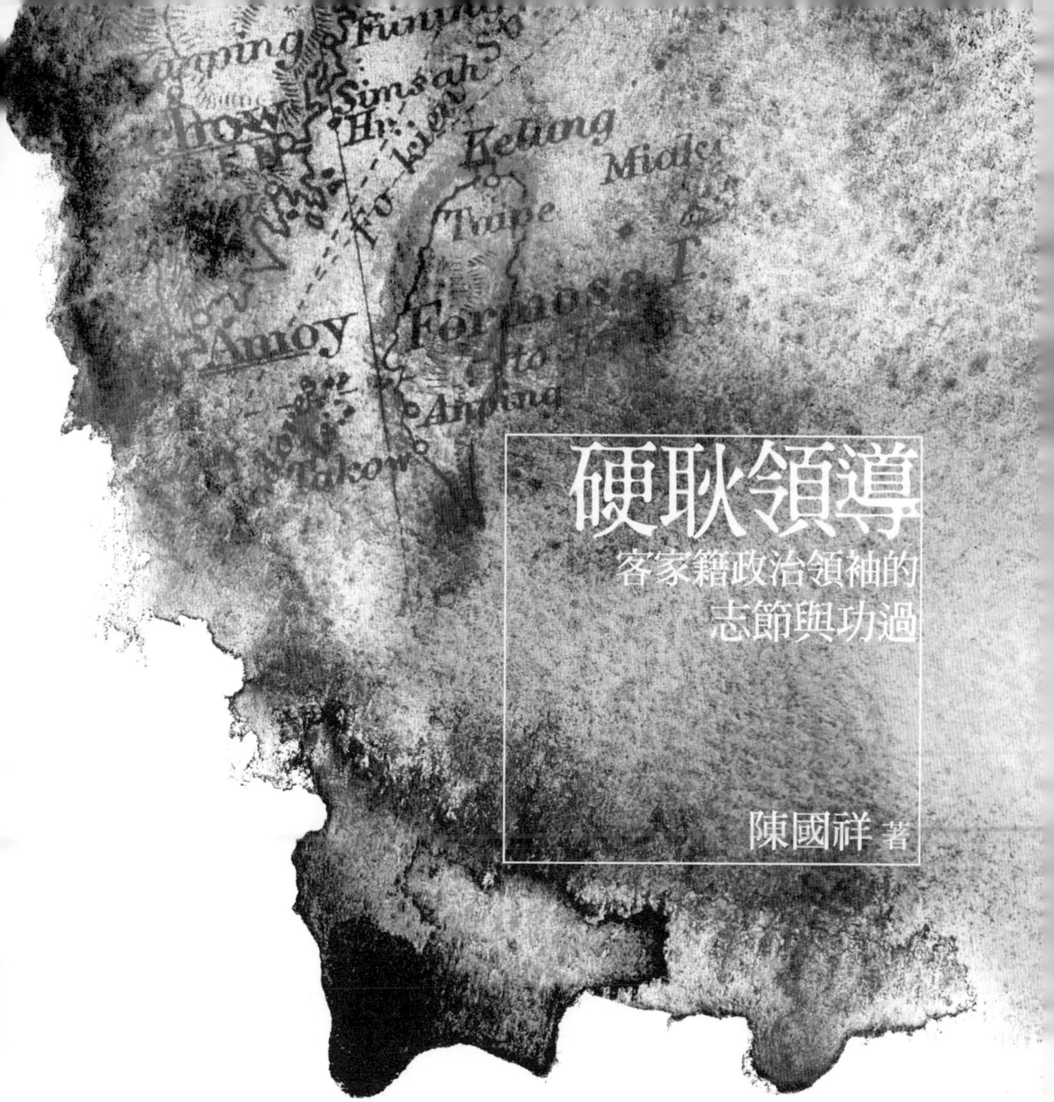

硬耿領導

客家籍政治領袖的志節與功過

陳國祥 著

Contents

自序

潔白桐花的見證與啟示

自小在苗栗縣南庄鄉偏僻的客家庄成長，附近兩三個鄉鎮絕大多數居民都是客家人，直到讀中學時才接觸到客家以外的族群，因此我的客家族群認同非常清晰而強烈。

隨著接觸面的擴大，逐漸感受到客家族群在台灣社會處於弱勢地位。幼小的心靈陸續湧現一些關於客家族群的問題，例如：客家人爲什麼都住在鄉下？客家人爲什麼都務農？客家人爲什麼比較貧苦？客家人爲什麼被普遍認爲節儉甚至吝嗇？閩南人爲什麼多不喜歡甚至看不起客家人？客家人爲什麼沒有當大官的？

客家人在台灣處於邊陲地位

這些令人不快的問題，在在侵蝕著身爲客家人的族群自尊心和榮耀感。那個年代到都市求學或謀生的客家人，由於自感族群地位低落，多半掩藏自己的客家身份，因之被稱爲隱形客家人。同時，由於脫離客家聚落，被拋入異質而疏離的都會中，從而與原鄉的文化臍帶幾乎完全斷裂。在主流社會中，客家文化和客家話顯然處於邊陲地位，加上政治與經濟處於低下，因此都會中的客家人多半存有自卑情節。

隨著台灣的自由化與民主化的胎動，各個領域的社會運動蓬勃興起，積極爭取自身利益、地位與影響力的提升。一些客家文化人跟著投入社會運動的洪流中，疾呼「還我母語」及搶救客家文化，隨而集資客家雜誌，爲客家人發聲。我也是其中一份子，雖非先鋒，更非鬥士，但在客家權益的爭取上也未置身事外。後來，由於台灣的民選制度逐步落實，選票的份量愈來愈重，因此權力鬥場上的政黨和政治人物爲了爭取客家票，也越來越重視客家權益。許多客家電台播音了，客家事務機構成立了，客家電視台開播了，候選人紛紛提出客家政策白皮書，大學也紛紛成立客家研究的科系與學院。客家人頓然成爲舉足輕重的政治力量，地位顯著提升，客家文化得到呵護與發揚，客家人的各項權益也得到扶助。

許多政治領袖都是客家人

二〇〇八年總統大選，我參與馬英九客家政策白皮書的擬訂，偕同一些學者專家所提出的政策主張多被馬先生採納，後來成爲馬政府客家政策的主軸，同時經由《客家基本法》的制訂，而融入國家法典中。自此而後，我對客家問題和客家人的命運發展更加關注，投入一些心力研究探索。我心中一直有個問題，爲什麼許多呼風喚雨的政治領袖都被認爲是客家人？他們備受客家人景仰，他們究竟是不是眞的是客家人？他們是不是具備一些客家人的獨特性格？這些問題備受客家人關注，因爲對於族群榮耀感不足的客家人而言，那些政治領袖的客家身分確可光耀客家，增長客家自信，同時豐富客家精神資產，豎立學習典範。基於客家文化人的使命感，我感到義不容辭，應深入研究這些問題且提出解答。

在當前的台灣，客家籍傑出政治人物備出，更引起人們關切客家族群的「政治基因」有何特出之處。不知是巧合還是事出有因，蔡英文確定取得民進黨總統候選人提名資格的同日，馬英九獲國民黨提名競選連任。這兩位下屆總統候選人都具客家人背景。蔡英文的父親是屏東縣坊山鄉客家人，馬英九的客家籍祖先從陝西輾轉遷到福建，宋朝末年時移居湖南，他是湘潭祖籍地開基主的第二十二世子孫。馬、蔡和前總統李登輝一樣，身上留著客家人血液，只因爲成長過程的生活背景並非客家人聚居區，所以不諳客家話，也不熟悉客家文化。

儘管如此，他們的人格特質與政治風格，似乎都帶著客家人熟知的「硬頸」之氣。這種氣質固然並非客家人獨具，但是如果將歷來具客家背景的政治領袖的行事風格加以歸納，似乎都有這種硬頸氣質，這或許和客家族群獨特的歷史命運脫離不了關係。

客家領袖普具堅毅而執著的硬頸性格

南宋出身江西客家村的抗元英雄文天祥，帶領以客家人爲主力的義軍奮勇作戰，寧死不屈，最終壯烈成仁。咸信具客家背景的孫中山，發動革命百折不撓，堅忍不拔，留下硬頸精神的典範。中共改革開放的領導人鄧小平、胡耀邦都具客家背景，他們的祖先都是從贛南客家人聚居地外移，胡耀邦更是在湖南瀏陽客家移民聚落成長，他們都體現了客家人堅毅、執著的硬頸性格。海外擔任國家領導人的客家人，最富盛名的是新加坡的李光耀和泰國前總理塔信。他們都是硬直的領導人，執著信念，堅定貫徹己見，絕不向國內外挑戰力量妥協。

李登輝在落實民主制度、鞏固權力地位、爭取台灣主權地位以及和中共的對抗上，處處表現執著、倔強、堅毅的性格，至今仍然錚錚鐵漢一條。馬英九的硬頸之氣，同樣表現在他原則的堅持、理念的固執和目標的落實上，例如他在法務部長任內查察賄選、偵辦貪污和打擊黑金的執著上，也表現他擔任總統後頂著「親中賣台」的帽子，堅決推動兩岸經貿交流。蔡英文的硬頸之氣表現在她一路以來對中共的抗斥上，從「特殊的國與國關係」到否定九二共識、反對ECFA，她一以貫之，堅持不變。

這些客家籍政治領袖的共同特質究竟有無族群文化基因上的意義，尚待研究考證，但其中反映的政治領袖的實然與應然問題，卻值得探索。

硬殼、硬頸與硬耿意義不同

從客家文化的視角來看，跟硬氣有關的概念有三個：硬殼、硬頸、硬耿。「硬殼」的意思是固執己見，是負面語言。「硬頸」，按照客家文化宗師鍾肇政的解釋，即是對於不公不義的事不屈服、不妥協，亦有「擇善而固執」之意。另外，在客家作家李喬於客家人台灣開拓歷史小說《寒夜》中所詮釋的「硬頸精神」是指樸實正直、沉穩內斂、吃苦耐勞、堅持原則、關照全局、勇於承擔，是清代遷移台灣山區墾拓的客家人普遍具有的品性。至於「硬耿」，則指涉個性的剛強與弘毅。依據客家籍作家曾逸昌在《客家通論》的解釋是：「一種擇善固執的表現，而這種堅強的意志力，他除了來自於困苦環境的磨練，爲了求生存必須堅持到底外，另一方面就和客家人重視讀書人的氣節有關，只要是認爲是正確的事情，就會產生強烈主觀，不輕易妥協、放棄的情緒或性格的表現。」

爲了理解那些具客家背景的政治領袖的共通性格，我從南宋的文天祥研究起。文天祥是震古鑠今的民族英雄，一直被客家人視爲客家豪傑，奉爲重氣節的典範。我跟許多人同樣好奇，文天祥何以被認爲客家人？研究後發現，文天祥的祖先漢朝時期從中原到四川做官，南北朝時先人參軍打戰，到江西住了下來，後來遷到蘆陵，這個地區當時是中原南遷客家人的聚居地，文家在這裡住了三百多年後生下文天祥。據中國大陸在當地的學者考察，文天祥的故鄉現在還是客家庄，據此更加證明文天祥爲客家人。這些論據當然不夠堅實，孫中山和鄧小平的情況亦乎如此。至於李光耀、李登輝和馬英九的客籍背景，因爲有家譜爲證，他們的自我認同也如是，因此非常確鑿。

探索這些政治領袖客家籍背景的緣由，必須從他們祖先的遷徙路徑著手，也就必須掌握客家人遷徙的歷程，而客家人千餘年來從中原輾轉遷移歷史，當然也是漢族遷徙使的一環。

中華民族的遷徙歷程，基本上是爲了求生存，也就是爲了安身立命。歷來的政治領袖之所以成爲領袖，就是回應人民安身立命之所需，提出經國濟民之道並予以實踐。他們的經國濟民之道及其所展現的領導風格，對人民禍福影響重大，因此描繪與評價他們的性格與作爲，理所當然地成爲本書的重心，而客家元素隨而退居次要地位，成爲一個敘事由頭罷了。

硬直而耿介的領導性格

既然是以「客家籍政治領袖」把他們串在一起，就必須探討他們共通的領導風格。經過比較與歸納，我將其概括爲「硬耿領導」，而不採取俗常使用的「硬頸」概念。主要考慮是「硬頸」比較強調客家人對於外來壓力的對應之道，著重於堅強不屈的意涵，意義比較偏窄。至於「硬耿」，意涵則比較寬廣，既硬直又耿介，較能涵蓋他們共通的領導性格。

寫這本書原本是從客家關懷出發，但我的核心關照點還是經國濟民。因此，這本書雖以客家爲由頭，卻絕非「客家學」之作；雖以領導特質爲書名，卻也非「領導學」之作。正確地講，這本書是針對客家籍政治領袖的人物論述，述其經國之道與領導之風，論其政治作爲之功過。最重要的是從論述中歸結當前時代所需的經國濟民之道爲何？囿於學養與見識，本書既不全面也不深刻，只不過是個人探索治國方略與領導統御的粗淺之作。

油桐樹見證客家人堅毅性格的養成

身爲客家子弟，固然懸念著族群的興衰與榮枯，但這畢竟不是凌駕於國族之上的核心關懷，因爲只有國強民富，其下的各個族群才能眞正分享資源與榮光。儘管客家人千年以來爲求安身立命而流離遷徙，其步調多是繼踵其他族群之後，因此只能在偏遠山區開墾耕種，其經濟地位隨而始終居於弱勢，但是比起台灣原住民被漢民族驅趕到從崇山峻嶺中掙扎營生，大陸族群多半飽經戰火摧殘而逃難求生，在台灣的客家人還算是處於安逸，而且早已取得生存憑藉的。只是自小成長在貧困的農村中，耳濡目染盡是困乏與艱辛，因此內心深處總是惦念著客家族群的發展問題。

在農村的貧苦環境中，土地是最重要的生存憑藉，絕大部分的生存資源和財富都是從泥土長出來的。就以油桐樹來說，它是當年許多經濟作物中的一種，但經濟價值偏低，樹幹不值錢，油桐仔也賣不了幾毛錢。即使如此，小時候卻常看見鄰近農民砍伐油桐樹、挖開油桐仔去換取一丁點的生活所需。正由於經濟價值低，後來就放任油桐樹生長，到了春夏之交，油桐花滿山遍野盛開，數大便是美，卻也頗具觀賞價值。每到桐花漫爛季節返回原鄉途中，望著桐花，一方面有釋然之感，慶幸現在鄉親終於不再需要從油桐樹身上討生活了，另一方面也頗有冰清玉潔的情懷，因爲潔白的桐花象徵潔淨無瑕的心念與人格，細細品賞，涵詠其

廣　告　回　信	
板橋郵局登記證	
板橋廣字第83號	
免　貼　郵　票	

235-62

台北縣中和市中正路800號13樓之3

印刻文學生活雜誌出版有限公司　收

讀者服務部

姓名：______________________ 性別：□男　□女

郵遞區號：______________________

地址：______________________

電話：（日）______________________（夜）______________________

傳真：______________________

e-mail：______________________

INK

INK PUBLISHING

讀者服務卡

您買的書是：______________________________

生日：　　年　　月　　日

學歷：□國中　□高中　□大專　□研究所（含以上）

職業：□軍　□公　□教　□商　□農

□服務業　□自由業　□學生　□家管

□製造業　□銷售員　□資訊業　□大衆傳播

□醫藥業　□交通業　□貿易業　□其他__________

購買的日期：______年______月______日

購書地點：□書店　□書展　□書報攤　□郵購　□直銷　□贈閱　□其他

你從哪裡得知本書：□書店　□報紙　□雜誌　□網路　□親友介紹

□DM傳單　□廣播　□電視　□其他

你對本書的評價：（請填代號　1.非常滿意　2.滿意　3.普通　4.不滿意　5.非常滿意）

內容_____封面設計_____版面設計_____

讀完本書後您覺得：

1.□非常喜歡　2.□喜歡　3.□普通　4.□不喜歡　5.□非常不喜歡

您對於本書建議：

感謝您的惠顧，為了提供更好的服務，請填妥各欄資料，將讀者服務卡直接寄回或傳真本社，我們將隨時提供最新的出版、活動等相關訊息。

讀者服務專線：（02）2228-1626　讀者傳真專線：（02）2228-1598

味，或可砥礪心性，提升人格境界。

油桐花近十年在客家行政當局的膜拜與宣揚之下，已然成爲客家的精神圖騰，其中隱含的一個意義，或許是油桐樹伴隨著客家人艱苦營生，見證了客家人堅毅不屈性格的形成歷程，而高大樹身燦開的潔白桐花，更引領客家子弟欽慕高節、清亮的人格情操，以及堅行正道而不苟合於凡俗濁世的卓絕堅持。這也是我從多位客家籍政治領袖的作爲與性格中得到的驗證與啓示。

緒論

硬耿領導

六位客家籍領袖經國濟民之道

「硬耿領導」，即是硬直而耿介的領導。「硬直」者，堅決直道而行，不屈不撓；「耿介」者，堅守志節，不與人苟合。從文天祥到孫中山、鄧小平、李光耀、李登輝，再到馬英九，都可見識他們堅持信念、直道而行的人格特質；他們堅守志節，絕不苟合。這正是歷來客家人所追求的精神與崇仰的典範，且是經國濟民不可或缺的領導素質。

歷來仁人志士、英雄豪傑多以經國濟民爲志業，將其懸爲奮鬥標的，以資號召天下。儘管能成其事者有如鳳毛麟角，但爲此而苦謀計策而奮而戰不懈、赴湯蹈火者，難計其數。

近代中國國勢衰頹，外患頻仍，民族危機深重，以致經國濟民更成爲眾多知識份子、政治行動家的共同追求，彼此所信之道容有不同，但所懷之志，卻是本質一致的。

經國濟民是志士仁人的共同追求

站在庶民大眾求生存的立場上，經國濟民是帝王、高官、豪傑的職責，至於凡夫俗子的欲求，只不過是安居樂業。即便如此卑微的願望，處在亂世或弱邦之中，往往卻是高渺難圓的夢幻，期之而不可得。

更爲可悲、可歎的是，歷來許多政治行動家視經國濟民爲無物，各逞其爭權奪利、魚肉人民的狼子野心，致使生靈塗炭，民不聊生。另一方面，雖然有些掌控權柄者懷抱經國濟民之願，但其政策目標與行事手段，往往脫離了客觀的現實，違背了人民的意志，以致事態發展背離原始初衷，而鑄下禍害，讓人民受苦受難，不得安居樂業。

以中華民族來說，邦國之間的征戰固然此起彼落，數千年來更深受北方游牧民族的侵凌與壓擠漢族，構成連綿不絕的外患，成爲興國安邦與安居樂業的重大挑戰。

漢民族原本聚居中原地區。兩千多年來，基於開疆闢土或者逃避內亂、外患之需，許多漢人不絕如縷地從中原向南再向西、向東等方向遷移。遷移者無不以找尋可以安居樂業的處所為念。戰亂蹂躪愈深重，自北往南遷徙的民眾愈多。

漢民族屢為求生存而艱辛移民

中國歷史上出現三次移民的高潮，多是來自北方的侵擾最為肆虐之際，有時則是由於內部出現兵連禍結。第一個高峰期出現在南晉末年延續到南北朝時期，第二次出現在唐朝中葉的天寶德年間到至唐末，第三次則出現在北宋到南宋，特別是北宋末年金兵逼近的靖康年間到南宋滅亡止。這三次移民高潮標誌著漢民族經國濟民遭到最嚴重挫敗的悲慘際遇。

從世界移民史以觀，移民的典型型態有兩種，一種是「生存型移民」，也就是為了維持自身及家人的生存而不得不遷入其他地區；另一種是「發展型移民」，也就是為了改善物質生活或精神生活的狀況而遷入其他地區。前一種移民是「推動力」的移民，也多數情況是基於自然災害、戰爭動亂、外敵侵入、土地緊張或是人口壓力而被原居地推出去；後一種移民多半是被其他地區吸引過去，所以是遷入地區的「拉動力」所引發的移民。毫無疑問的，中國歷史上漢民族的移民絕大多數屬於「生存型」的移民運動。

客家人以贛閩粵山區為搖籃

漢民族的遷移運動中，客家人是其中一支起步時程較晚，但移民規模大、時間跨度長、移動梯次多的移民。隨著宋朝政治中心的和經濟重心南移，大量的客家人跟著中原其他漢民族的腳步南移。他們由於起步較晚，大多往山區移動，在江西、福建和廣東交界的廣大區域集中，形成一個依託武夷山脈的「客家大搖籃」，這個大搖籃也被稱之為「客家發祥地」。在這個搖籃中，源自北方的漢民族和當地的畲族等先住民融合，發展出既有中原傳承又有在地新成分的客家文化。

客家民系醞釀成形的贛閩粵山區，在南宋末年經歷了一次刻骨銘心的大震盪，就是客家人和畲族為了維繫安居樂業的家園，群起響應贛南廬陵人文天祥的號召，抗斥蒙古大軍的入侵與掃蕩，傷亡慘重，付出慘烈代價。文天祥在客家人聚集區出生成長，又率領以客家人為主力的抗元義軍，所以一直被視為客家人。這位寧死不屈的中華民族英雄，一心一意要抵禦外侮，經國濟民，奈何勢不可為，孤軍無力可回天，而寫下可歌可泣的壯烈史詩。

文天祥抗元激發客家人中原意識

在「客家搖籃地區」，大量客家人追隨文天祥冒死抗元，留下壯烈史蹟，也為後人留下永難忘懷的壯烈歷史場景。《千年客家》作者湯錦台指出：「正是因爲有著這些抵抗異族入侵的事蹟，才會產生後世客家以『中原傳人』自我期許的精神信念。」

客家人自詡爲「中原傳人」，也奉文天祥的「浩然正氣」爲典範。以鮮血鑄下的義舉，使得「天地有正氣」，更成爲民族魂，教化了世世代代的後世子民。正氣，不只是抗斥外侮的勇氣，更是一種內在的剛介、耿直、正義的人格力量，可說是一種深遠的文化、歷史、心理積澱而成的氣節。

文天祥的硬耿精神造就民族的脊梁

文天祥堅決直道而行，持守志節，絕不苟活，體現了貞固而至剛的倔強之氣，爲硬耿精神創立典範。

中國作家魯迅曾說：「我們從古以來，就有埋頭苦幹的人，有拼命硬幹的人，有爲民請命的人，有捨身求法的人……這就是中國的脊梁。」正道而行、守身爲大、剛正不阿，正是文天祥體現的「正氣」所蘊含的精神價值。

文天祥所處的趙宋王朝，儘管所轄國土窄小，軍事上也積弱不振，武力始終抵禦不了北方的游牧民族，但和當時世界上其他地區相比，卻是文化和器物均是最先進的。美國歷史學家費正清（John King Fairbank）在其畢生總結性著作《中國新史》中說：「宋代是偉大的創造時代，中國人在工藝發明、物質生產、政治哲學、政府、世俗文化等方面領先全世界。」

中華民族盛極而衰其來有自

當時中國的造船、航海技術也是獨步全球的，對日本、東南亞海陸貿易各方面都向前大步跨進。但是，如此這般先進的中國卻是盛極而衰。中華文明在宋朝滅亡後漸趨衰弱，以致在六、七百年之後淪落爲列強任意宰割的「東亞病夫」。

來自北方的游牧民族入侵、摧殘、壓榨，當然是衰頹要因，但是在費正清看來，更深遠的因素應是中國傳統文化的惰性。行諸於外的是明代旺盛興起的「反商主義」與「恐外症」，使得中國退出世界舞台，而且「中國手握海上擴張的優勢條件，卻被保守的理學儒士掐死，簡直就像是故意錯過近代科技與經濟發展的這班船」，而資本主義卻不能像近代歐洲那麼興旺，一個重要的原因是「商人一直不能脫離士大夫階級與官僚的控制，建立自己的地位」。

至於促進歐洲工業革命的推動力，諸如工廠制度的建立、市場的成長、新發明的運用、科學與工技的進步、民眾教育的增長、私人財產的保障、農業革命的推動、對外貿易的擴張、資本與信用的提供、勞動力的來源與生產力的成長、投資率的提高，在中國都是極度欠缺的。相對應的文化與社會轉型、政府機能變革，更是付之闕如。

在遙遠的歐洲，資本主義如火如荼發展，中國卻一成不變，而且採取鎖國政策，在專制王權的制約下繼續安之若素。以「大歷史」觀點著稱的歷史學家黃仁宇研究明、清歷史，探索中國發展停滯的根源。他認爲：「明朝的政策缺乏積極精神，雖然嚴格的執行中央集權，卻不用這種權威去扶助先進的經濟部門，而是強迫它與落後的經濟部門看齊，以均衡的姿態保持王朝的安全。」至於清朝：「改革與整頓，紀律與技術上的成份多，制度上的成份少。……他的文官集團仍是以四書五經爲精神團結的依歸，社會組織仍是以尊卑男女長幼爲綱領，上層機構與下層機構的聯繫，也全靠科舉制度維持。」如此故步自封，以政治力壓抑經濟力和社會力的變動，且拒斥一切外來文化的引進，致使中國傳統的模式幾乎保持不變。時日越久，腐朽衰敗的氣息越是四面八方瀰漫，且深深地滲透到社會的內在肌理。

閉關鎖國鑄下中國衰頹命運

當代表海洋文明的西方勢力以銳不可擋之勢入侵，中國立即一敗塗地，何況這一波的交鋒與對壘，已經不是單純的武器交戰，而是農耕文明與工業文明的較勁。

當時統治中國的滿人政權雖然大體已融入漢民族的文化中，但源於其游牧文明與農耕文明的根深蒂固的積習與偏見，對於異質的海洋貿易、商業文化、工業文明，本能上就存有排拒心理，因此面對浩浩蕩蕩而來的西洋文明，比起漢族人士更加排拒與防堵。因此，滿清政府處在千年大變局中，卻猶故步自封，閉關鎖國，實有其必然性。

當西方的優勢工業文明乘著船堅砲利現身中國時，中國上上下下，即使是有識之士，卻都仍然深深陷溺在傳統文化惰性和自尊自大的心理中。儘管已是老邁昏聵、風燭殘年的老大帝國，卻仍繼續因循苟且，仍依順著傳統文化慣性的推力，踉蹌步行。下焉者渾渾噩噩，以為可以「天不變，道亦不變」，安之若素，泰然處之。上焉者則認清帝國已是孱弱不堪，非有變革將不足以圖存，因之開始搞起洋務。

當中國面對外來軍事與商業勢力迅猛而凌厲衝擊的當兒，而政治與文化菁英苦尋興國安邦對策之際，綿延不絕的移民潮水仍不曾止歇。苦於生計困難的許多漢民族走向中國大陸人煙較少、開發較晚的地區尋求生路；越來越多的人不畏艱難險阻，飄洋過海，移到東南亞、飄到台灣或海南島甚至遠到新大陸，尋覓安居樂業的所在。

同樣的，在贛、閩、粵交界的山區廣袤的「客家大搖藍」，數百年來既是中原南遷客家人的大本營，也是客家人繼續前移他處的中繼站。在偏僻山區的生活，耕地的開墾與擴充永遠趕不上人口的增長，因此土地的供應緊張日益升高，促使人口外移的壓力持續存在。

落榜客家書生洪秀全「天國」變煉獄

一八四二年鴉片戰爭失敗之後，一個在廣州出生的客家移民後代洪秀全，經過四次科舉失敗後，運用一知半解的基督教教義，再胡謅瞎掰成「拜上帝會」，他和客家同夥參照天地會的秘密結社方式，快速吸引在廣西及廣東西部地區貧困的客家農民爲會眾，旋於一八五一年以「太平天國」之名舉事。

太平天國號召民眾，恢復漢族山河，反清不復明，而要開創新王朝，建立一個「有田同耕，有飯同食，有衣同穿，有錢同使（客家話，意爲花用），無處不均勻，無人不飽暖」的人間理想社會。一場農民起義隨之以摧枯拉朽之勢迅猛擴展，席捲江南大半地區。經過十四年的征戰，戰鬥一場接一場，內訌一波接一波，造成不絕的血腥大屠殺，死傷無數，破壞無窮，人間天國的美夢徹底幻滅，宛如煉獄的人間卻成爲活生生的現實。

終其一生，洪秀全並未建構「興國安邦」的完整藍圖，對於在反清滅滿之後、之外，如何抗拒外國勢力？在天王建立政權之後，如何創造民主政體？如何在平均資產之前先能創造財富？諸如此類至關緊要的大問題，全然空白一片。他們只有無盡的抽空中國文化的根基，而對西方文明又一無所知，以致淪爲文化上的蒙昧主義與虛無主義。最爲致命的錯誤是他極端破壞儒家文化，不僅掀倒孔子牌位，焚燒儒家典籍，還搗毀廟宇偶像，以致激起曾國藩以書生舉兵，疾呼：「乃開闢以來名教之奇變，我孔子孟子之所痛哭於九泉！」他號召文化人士大夫維護儒家名教，捍衛禮儀人倫。曾國藩儼然是以正義之師討伐太平天國的暴亂，最後粉碎了洪秀全改朝換代、「滅清興漢」以及建立人間天國的夢幻。

孫中山將世界潮流引進中國

太平天國傾覆兩年之後，廣東另一位客家移民的後代孫中山誕生了。他和洪秀全同樣出生貧農家庭，不同的是他未曾走上考進士求功名之路，也不像洪秀全從廣東濱海之區轉到內陸的廣西去傳教，再號召農民起義；相反的，他從濱海之區走向海洋，走出中國，走到異邦去修習西方文明。他清楚地意識到「世界潮流，浩浩蕩蕩，順之則昌，逆之則亡」。孫中山在第一次武裝起義後即被通緝，只好在海外奔波呼號，組織反清力量，並逐步建構了完備的經國濟民方案，展開義無反顧的革命大業。

孫中山固然心儀洪秀全「驅逐異胡」的豪健，但也認清太平天國「只知有民族，不知有民權；只知有君主，不知有民主；即使成功了，也不過是歷史上的一個封建王朝而已。」他無意建立一個新的王朝，而要做中國劃時代的革命尖兵，他要劃的時代是帝制與民國的兩個權力來源截然不同的時代。

孫中山是中國歷史上第一個走出改朝換代窠臼的革命者，決心先喚醒漢人的民族意識，驅逐滿清朝廷，然後推翻歷代皇帝依附其上的專制帝制，建立一個嶄新的民主共和國。他追求的理想相對於滯後的現實條件而言，顯得太過高遠，但「推翻滿清」之舉，相對於完整的革命大業，卻又太過輕易。

說它輕易，是因爲這個無能應付千古巨變、無力反抗列強侵凌的政權，恰好掌握在占中國總人口很低比率的滿人手上，因此居於多數族群地位的漢人把責任一股腦推到他們身上，輕輕把中華民族衰頹問題聚焦爲族群矛盾，把矛頭對準他們，好像只要逐退滿人，一切問題迎刃而解。

建立民國帶來千古大變局

另一方面，滿清朝廷在八旗軍、綠營軍都不堪一戰的困境中，不得不讓曾國藩等漢族權臣督辦團練，建立了向個人效忠的武力，藉以弭平太平天國等動亂。於是，兵政實權逐漸下移而轉到漢族督撫手上，幾乎淘空了清廷的根基。其後，基於整軍經武所需而大練新軍，也爲清廷培養了大批「掘墳墓人」。因此，當革命黨人登高一呼，並且向新軍滲透、宣傳、串連，便使清軍和各地督撫、諮議構成「倒滿」主力，大家湊合著輕輕一推，就傾覆了清廷。

但是，推倒一個帝制王朝的大樹之後，原本長出帝制的土壤還是一成不變，因此繼續長出許多「小皇帝」，只是變形爲軍閥，仍在遂行專制皇權的勾當。誰都知道，只有將土質徹底改良，民主的種苗才有可以滋長的肥沃土壤，但這是曠日費時的百年大業，非一蹴可及。老大的中國實在欠缺民主的土壤與氣候，以致孫中山揭示的民主理想顯得遙不可及，迫使他在推翻滿清帝制後仍不得不一再興兵，討伐那些阻礙民主政治落實與成長的軍閥官僚集團。

儘管如此，孫中山一踏出革命腳步，即踩著建立民主共和國的樂音前進，一往直前，不屈不撓。即使波折與失敗不斷，但他堅不改其志，硬氣凜然，耿介不移，發揮了十足的硬耿精神。

他所堅持的革命建國的理想，在當時中國的時空環境中，算是符合世界潮流且切中需求的，無奈理想與現實之間的反差實在太大，致使他當時難有所成。他一個成功的獲取，卻帶來往後更多的失敗；一個難關的克服，即招來後面更多的障礙。但是，他百折不撓，越挫越勇，文攻、武鬥雙管齊下，交相運用。儘管軍閥始終未除，民主共和國始終未立，但他擷古今中外文明建構的完備經國濟民思想學說，卻在暗夜的中國發出熠熠光芒，以其超邁的視野和宏遠的卓識，引領後人前進的方向。

歷經革命建民國的奮鬥四處碰壁的深重挫折之後，孫中山最後走上「聯俄容共」的新路，好比是在他生出國民黨這個兒子之後，再收養共產黨爲義子。奈何他過世不久，兒子與義子不堪在同一屋簷下長久同床異夢之苦，遂發生兒子兵戎驅趕義子的「人倫慘劇」。中國內戰的兵連禍結變得更爲多元而複雜，加上抵禦日本侵略的戰爭，使得多數中國人民連安居樂業都不可得，遑論興國安邦。

中華民國落實孫中山的理想

國共內戰過後，中國進入冷戰僵局，海峽兩岸的政權各擁重兵對峙，各自面向兩極對立陣營的一邊。在台灣的國民黨政府高舉孫中山「聯俄容共」之前的思想主義，政治上厲行以戡亂體制和戒嚴管制爲主軸的威權統治，施行有限民主，開放有限自由，准允有限人權，但在經濟發展上則納入資本主義國家的經濟體系中，並與二十世紀主流文明接軌。經過三十年的奮鬥，經濟上取得傲人的成就，奪得「亞洲四小龍」的冠冕。台灣創造「經濟奇蹟」之後，政治上也隨著民間社會的發展和在野勢力的壯大，促使執政當局全面開放人民自由權、保障人權，並逐步建立「主權在民」的政治體制，在民主政治上取得飛躍性的成長，堪稱創造了「民主奇蹟」。孫中山當年揭示的理想，在台灣已經基本實現，並有諸多超越之處。中華子民千百年來流離遷徙所追逐的美夢，也漸次成眞，落實在美好的家園中。

共產中國讓人民不得安居樂業

反觀海峽另一邊的中國大陸，自一九四九年建政之後，對內進行社會主義改造，對外實行「一面倒」政策，遠離二十世紀居主流地位的歐美文明，擁抱居於次流乃至逆流地位的「社會主義陣營」。建政初期取得的初步改造進展，以及在發展工農業與穩定政局上差強人意的績效，讓中共領導人「頭腦發熱」，貿然在經濟上推動極左冒進主義，在政治上徹底施行專政。其領導人毛澤東更是在黨內同志的縱容與認可下，取得集權於一身的至高無上地位，使其個人意志得以不受約制地恣意施展。

一個狂暴的領袖透過不成熟、不民主的決策體系，讓一系列殘民以逞的激進政策綿密上馬，「三面紅旗」、「大躍進」、「人民公社」等運動如狂風驟雨般雷厲風行。這幫心智狂傲之徒，竟以爲抓革命可以促生產，誤信人性的自利心可以轉換爲公益心，盲信人的意志可以發揮無窮的力量。其結果，卻是生產力的大萎縮，是人性的極度扭曲，是創造一窮二白的極權社會，是把人變成沒有個性只有共性的藍螞蟻。中間雖有兩三年的鬆綁與調整，緊接著又見獨裁者的指揮棒狠勁一揮，一場更爲腥風血雨的政治狂潮席捲整個中國大陸，倒行逆施莫此爲甚，鑄下了天地難容的亙古罪惡。

整整二十七年的時光，中國大陸動員所有力量，幾乎只幹一件名實不一的事：「以階級鬥爭爲綱」，其所標榜的終極目標無非是爲了建立一個理想的美好社會。然而，中國大陸一位「學者型作家」曾紀鑫論及所謂「理想社會」的施行與實現，彷彿中了邪魔一般，竟無一例外地重蹈著太平天國的一幕幕悲劇：「摧枯拉朽的暴力革命，無可避免的鎮壓內訌與爭權奪利，軍營化的社會管理模式，視商品經濟貿易爲毒蛇猛獸，領導階層的腐化墮落，理想與現實的嚴重脫節，專制集權的野蠻，毀滅一切中西文化的虛無，假美好名義實行的暴政，絕對平均主義的空想，大公無私的口號，愚民主義的政策，禁欲主義的盛行，扭曲人性的邪惡……」前後相隔一百年，從人民公社到文化大革命所思所行、所犯罪過，竟然和太平天國在本質上如此驚人的相似，儘管他們所宣揚的信仰截然不同。

鄧小平把中國拉回世界體系中

洪秀全所犯的罪過，由信奉儒家義理的曾國藩終結並收拾善後；毛澤東犯的罪過，則由信奉實用主義的鄧小平終結並撥亂反正。鄧小平是以四川人見知於世，其實，依鄧氏家譜，他的祖先是江西廬陵人，和文天祥同鄉，因此同樣被視爲客家人。鄧家在四川廣安第一世祖鄧鶴軒，於明朝初期的一三八〇年間到四川任官，在廣安定居，由於並非集體性移民，因而被在地的四川人同化了。

鄧小平這個頗似一般客家人硬頸、耿直性格的矮個子，能量之大，異於常人，而他韌性之強，也不同凡俗。他在中國大陸國民經濟瀕臨破產邊緣的非常時局出來收拾局面，在中共的社會主義大船山窮水盡疑無路的困惑時刻掌權轉舵，高舉改革開放大旗。他摸著石頭過河，一路碰碰撞撞，終於柳暗花明又一村，走出一條通衢大道，名之爲「中國特色的社會主義」。至於有何「中國特色」？屬於何種「社會主義」？鄧小平以其實用主義的性向和實幹家重效益輕理論的習氣，是從來不予深究的。

對鄧小平來講，有助於發展生產力的，就可稱爲社會主義，因爲社會主義和資本主義：「判斷的標準，主要是看是否有利於發展社會生產力，是否有助於提高綜合國力，是否有助於提高人民的生活水準。」這種區別標準可說是生產力論，說穿了就是「存而不論」，徹底揚棄中國百年來爲了如何經國濟民而在主義上爭得面紅耳赤、在戰場上打得你死我活的局面。

鄧小平啓動改革開放之際，大張旗鼓地在天安門廣場豎立起孫中山的巨幅照片，把這位「革命先行者」奉爲精神導師。鄧小平出生於孫中山創立同盟會前一年，而孫辭世前一年，鄧已在法國成爲中共旅歐支部負責人，並於孫逝世後一年因爲「聯俄容共」的因緣，奉派回國投效北伐大業。接著在國民黨「清黨」之後成爲中共重要幹部。他的革命生涯和孫中山仍有割捨不斷的連結，差別在於孫中山對社會主義只信了一半，鄧小平則幾乎全信，至少在他推動改革開放之前是如此。他們同爲後世所稱道的，是皆懷抱著救國救民的大志，爲經國濟民奉獻一生的全部心力，並且表現出無私無我的情操。

他在中國共產黨屢仆屢起，最終領導改革開放，充分顯現堅韌的意志和過人的鬥志。儘管他堅持所謂「無產階級專政」，有著出人意表的倔強之氣，但他推進改革開放的頑強意志，也是同樣的倔強與堅持。緊緊扭住他所認定的直道不放，強力排除一切反改革、反開放的障礙與干擾，不管其來自何方。他和許多老共產黨員同樣硬耿，但務實的精神卻使他最能貼近現實的脈動，讀出人民的心聲，而創造了眞正興國安邦的改革偉績。

改革開放恢復個人的自由選擇權

鄧小平主導的改革開放，主要是在生產關係上回歸人性的基本面，以調動生產著的積極性，同時把一面倒向社會主義陣營的面向徹底翻轉，重新回到資本主義國家的經濟體系中，回到二十世紀的主流文明。第一階段的改革集中在農業改革，主要法寶是實現「包產到戶」，讓農民可以爲自己的安居樂業拼鬥，因而讓農村的生產力得到解放，生產積極性大爲提高，農副產品的供應大大增加；第二階段的改革開放拓展擴大到城市，進而對國營商店、工業、礦業進行改革，主要措施是打破「鐵飯碗」，推動「合約勞動制」，鼓勵承包制，並讓企業自負盈虧，還下放權力，讓地方和企業有更大自主權，同時放鬆物價控制，試行市場經濟，另一方面是擴大特區，對外開放讓資本流動、貿易服務自由化；第三階段是開放發展市場經濟，讓私營企業取得自由發展空間，同時大力招商引資並發展外向型經濟。

改革開放在經濟領域確實卓然有成。究其短時間內取得顯著成就的根本原因，依據中國大陸出生的旅美經濟學家陳志武的分析，「改革」指的是恢復個人的自由選擇權，「開放」是讓個人經濟自由權跨越地理邊界，讓中國人和外國人能夠更加自由地投資、貿易。他把老百姓手腳放開，釋放人要過更好日子的本性，恰恰因爲這一「釋放自由」的主旋律，使等在中國門口數十年的全球化力量得以進入中國，讓中國社會終於能夠盡情分享發展了兩個世紀的工業革命和全球貿易秩序的好處。

跳不出無產階級專政的迷障

鄧小平啓動經濟改革開放，但堅持採取「兩個基本點」一鬆一緊的戰略，經濟開發了，但政治上的「四個堅持」一點都不鬆手。所謂「自由選擇權」牢牢限定在經濟領域中，政治上則堅持思想主義路線和執政權的壟斷。他顯然受制於馬克斯、列寧主義和毛澤東思想的禁錮太深，思想的侷限性很大，始終跳不出無產階級專政、共產黨領導的框架，因此他的改革開放走走停停、時左時右，一路在左右衝突的夾縫中跌跌撞撞前進。最大的缺漏是他在經濟上爲了發展生產力，而根本不計較是資本主義還是社會主義，但在政治上，卻爲了確保共產黨執政而嚴格區分資產階級民主和社會主義民主。至於何謂「社會主義民主」，則既無藍圖，更無如何跨越黨內「民主集中」這個「低標」的實踐方案可言，其對人民的自由權、人權，更是百般限制，排拒人類文明發展所衍生的諸多普世價值的實現。在「民主共和國」理想的確立上，他還落在孫中山的後面，以致中國大陸在經濟發展和政治改革上的反差和矛盾越來越大。

一九八九年的「六四」事件集中顯現這個反差的巨大矛盾。耐人尋味的是，引發「六四」事件的原委是中共前總書記胡耀邦的過世，學生和人民感念他的人格、功績與承受的不平際遇而集會悼念他，而下令武力鎮壓的元兇是鄧小平。他們有一個共同背景，就是祖先同樣從江西移居到川湘。鄧小平先祖因當官而從江西廬陵遷到四川廣安，胡耀邦祖先同樣在明朝時自江西樂安的客家庄遷到湖南瀏陽，與客家移民聚居在西嶺地區。胡耀邦是鄧小平親手提拔而又親手鬥倒的中共領導人。他們之間的歧異正是在所謂「資產階級自由化」的問題上。鄧小平和中共其他元老思想閉塞，無法接受自由、人權與民主的呼聲，無法容忍學生運動對中共統治權的潛在威脅，因此怪罪總書記胡耀邦處置無力，逼他下台。胡耀邦過世後引發的民主運動慘遭撲滅，使得中共的政治體制改革更加停滯倒退。

中國大陸政治改革嚴重滯後的問題，連其國務院總理溫家寶都大聲疾呼：「不僅要推進經濟體制改革，還要推進政治體制改革。」因為：「沒有政治體制改革的保障，經濟體制改革的成果就會得而復失，現代化建設的目標就不可能實現。」他所提出的政治改革內涵，包括：保障人民的民主權利和合法權益；最廣泛地動員和組織人民依法管理國家事務和經濟、社會、文化事務；從制度上解決權力過分集中又得不到制約的問題，創造條件讓人民批評和監督政府，堅決懲治貪污腐敗；建設一個公平正義的社會。」凡此這些，不僅是當前人類普世價值中的起碼下限，將其比對孫中山一百年前提出的民權思想，亦無超越之處。何以標榜「社會主義」的中國，至今還不能享受「資產階級」社會早已普及化的權利？

李光耀在第三世界建立經濟競爭力強權

另一位類似鄧小平在經濟發展和民主發展上反差很大的領導人，是新加坡華裔客家籍的李光耀。他的曾祖父李沐文是廣東大埔人，他和許多同一時空的客家人一樣，歷代祖先基於生計而進行「生存性移民」，輾轉遷到贛閩粵的「客家大本營」，但幾代之後還是迫於生計，繼續向外尋覓新的生存空間。十九世紀以後，隨著人口的迅速成長，閩粵地區出現往外國移民的大趨勢，以迅猛的勢頭向世界各地擴散；到了鴉片戰爭之後，國家殘破，民不聊生，加上資本主義國家在工業革命的推動下，在世界各地形成快速擴張的人力需求，急於尋找出路的千萬客家農民和無業勞工，更如衝破大堤的浪潮，滾滾流向勞力不足的各帝國主義殖民地，在異國他鄉的土地上留下足跡。李沐文就是在這波客家海外移民潮中，於一八六二年過海到英國殖民地的新加坡，後來娶了客家移民之女，再兩代生了李光耀。

李光耀成長於英文教育體系中，第二次世界大戰後到英國深造，接受法學的菁英教育。學成返回新加坡後，他憑藉勞工律師的「戰略位置」，累積政治領袖的戰鬥技能與群眾資源。他雖受了英國完整教育，而且家庭算是英國殖民的受益者，但他看透大英帝國的脆弱性，而堅決投身反抗英國殖民統治。

他雖然身上流著華人的血液，華人也占新加坡人口百分之七十五左右，但他堅決反對在新加坡號召「華人沙文主義」，以絕對多數的優勢地位統治新加坡。他要所有族群都認同自己是新加坡人，平等相待，絕對不容以大壓小。

新加坡雖處中南半島的轉口樞紐地位，但他絕不以轉口貿易為已足，也不以東南亞地區爲經濟發展的腹地。他放眼全球，從全方位視野制訂新加坡發展經濟的戰略，並從全世界爭取一切有助於新加坡經濟發展的必要的資源與有力的支援。

他雖處於一個蕞爾小國，面積只有台灣六十分一，人口則爲六分之一，但他將小國的能量發揮到極限，經常全球遊走奔波，唇凋舌敝地遊說各國政治與企業領袖投資新加坡。他也成爲許多國家領導人眼中的智者，紛紛向他請益有關亞洲乃至全球性議題的見解。

堅定相信自己是最後開懷大笑的人

有人相信，如果諾貝爾獎設有「治國」的獎項，李光耀將是最有資格得獎的人，而且將不只獲獎一次。的確，李光耀在新加坡獨立之初風雨飄搖之際，他深切知曉人民「安居樂業」的殷殷企盼，以宏遠卓識擘劃新加坡的安邦興國之道。對他而言，經濟發展壓倒一切，一切都要服務經濟發展這個總目標。經濟發展需要穩定的政局，只要政治能穩定，民主、自由、人權、新聞自由都是次要的，根本不必以西方的標準行之；吸引外資必須有良好的社會秩序，只要社會不紊亂，不惜以鐵腕嚴刑懲治罪犯，絕不手軟。他聲稱不在乎「政治正確」，只做政治上正確的決策；他不怕外人譏笑，只想成為最後開懷大笑的那個人。

李光耀的領導風格堅強而硬直，不跟隨主流思潮，不迎合時代風尚，不取悅世道人心，堅決獨立思考真正有利於國家人民的發展正道，堅持到底，絕不苟且，更不屈服於一切譏評與壓力。他體現了硬耿領導的極致。

他的治理績效傲視全球，但也付出重大代價。執政團隊人才濟濟，效率高、能量大，反對黨先是戰不贏的敗將，後來是扶不起的阿斗，以致政治體系嚴重欠缺監督制衡的力量。公權力部門強而有力，剽悍勇猛，公民社會卻是萎弱無力。許多新加坡企業與專業人士對於政府過渡干預社會生活甚至家庭生活十分不滿，根據曾在新加坡研究、教學的台灣政治學者洪鎌德的觀察：「新加坡人才外流情況十分嚴重，這表示有知識、有才能、有魄力的專業人士，對於新加坡政府的嚴苛、政治氣氛的鬱卒，已到必須用腳投票的地步。」另一方面，新加坡確有計畫地大量引進優質移民，也是頗受青睞的移民國家。根據蓋洛普公司二〇〇九年在美國的調查，最多人嚮往移民的國家是新加坡。

儘管美籍日裔學者福山（Francis Fukuyama）曾說：「在共產主義崩潰後，我們環視全球的意識型態，足以與西方的自由民主概念相抗衡的，並非穆斯林的基本教義，而是存在於日本、新加坡與鄰近國家的軟性威權主義，這些國家的經濟正蓬勃發展。」但是，所謂「軟性威權主義」畢竟是一種父權式的、家長式的統治方式，可能是開明專權也可能是開明獨裁的政府，其能否維持政治秩序的長久穩定，是否對人民的自由與人權構成太大威脅，都存著太多不可捉摸的變化因素。既然缺乏制度性的保障，實非長治久安之計。

李光耀和李登輝祖源爲同一個客家人

李光耀在中國大陸與台灣之間曾扮演傳話人的角色，跟兩岸領導人互動頻繁，包括曾領導台灣十二年的李登輝在內。其實，李光耀和李登輝出自客家同源。他們的一位共同祖先李火德於南宋和元朝之交遷移至客家原鄉的福建汀州，後世子孫繼續向他處遷徙，在此分道揚鑣，李光耀祖先遷至廣東大埔，李登輝祖先遷至福建永定，再分別遷至新加坡和台灣，兩人都在殖民政府的統治下受教育長大。

李光耀少年時代親睹原本不可一世的英國殖民者被任軍打得兵敗如山倒，倉皇逃跑，頓然失去對他們殘存的敬畏。戰後到英國留學看清英國社會醜惡的眞相，認清他們不可恃也不必懼，興起驅逐殖民統治著的決心，並且付諸實踐而達陣。

李登輝則沈浸於日本「深刻的文化」中，自認二十二歲以前是日本人，對日本教育根深蒂固的影響不能忘情，並且像蜜蜂採蜜一般一直從日文書籍和傳媒中汲取精神養料，因此直到九十歲時，他的文化意識以及世界觀都還像個日本人，而且是思想上被歸爲右翼的日本人，深切期盼日本在國際上有強勢作爲，以便抗衡中國「霸權主義」對亞洲國家的威脅。

他倆曾經密切交往，在兩岸關係的開展上，李光耀也有協助「破冰」的貢獻，但兩人後來不歡而散，並且不假辭色地相互批評。其間的交惡過程漫長而複雜，根本因素是兩人對中共處理兩岸關係基本思維看法不一。李光耀認爲李登輝低估中國大陸領導人和人民實現統一的意願，如果台灣的領導人不接受台灣和大陸「同屬一個中國」，不管以什麼定義爲準，局面將充滿變數。李登輝則堅持台灣的當務之急是推展民主化，實現主權在民，提昇人民的「主體意識」，而台灣的前途應由全體人民做決定。他也不滿李光耀怪罪自己在兩岸統一問題上不具誠意。兩人的歧見基本上是對於兩岸交往究竟應先擱置主權爭議，在各有詮釋空間的默契下同意一個中國的框架，抑或堅持主權問題必須先「說清楚、講明白」，台灣絕不蹈入「一個中國」的誤區。這個分野和台灣內部關於有無「九二共識」以及應否以此爲交往基礎的兩條路線紛爭是同源的。

李登輝落實「主權在民」的理念

李登輝經歷國民黨「外來政權」的專制統治，深感其害，但他有著習自日本歷史文化的「隱忍內斂」功夫，在威權統治下自保全身，而後接連寫下幾個驚嘆號，成爲蔣經國名實相符的接班人。他憑恃過人的意志力和驚人的權謀力，在黨內權力鬥爭中過關斬將，終於牢牢掌握權柄。在台灣民主政治邁向開放與深化的關鍵性階段，李登輝基於「主權在民」的理念以及建立台灣「主體意識」的用心，克服艱難，貫徹了全面直接民選的民主精神，贏得台灣

「民主先生」的美譽。

從國民黨內的權力鬥爭到民主新制的推進，以至對中共的主權抗爭，李登輝一貫勇敢進逼，執拗不屈。他懷著高度的自信和堅決的意志，硬直而倔強，而且鬥智昂揚，拼勁十足。黨內同志、中共當局和許多國際人士開始時確實低估他開創新路的意志與能量，也錯估他的生存哲學，以為他在個人權力和台灣定位上會與現實妥協，委屈求存。殊不知他是一位硬性而質直的鬥士。

他掌權初期，原本在相關人士的搓和下，派密使與中共方面協商，並且取得成果，頗有機會成為「兩岸先生」，但後來基於確立台灣「主體地位」的政略，大力推展以元首御駕親征為主戲的「務實外交」，突破封鎖到美國發表政治意味十足的演講，又對中共及其領導人嚴詞抨擊，終與中共碰撞出火花，出現「文攻武嚇」的緊張。到了情勢弛緩以及他在國內聲望臻於顛峰之後，他更進一步提出「國與國特殊關係」的論述，重新定位兩岸關係，招來「兩國論」的嚴重風波。首當其衝的中共當局當然極度憤岔，美國政府也深不以為然，聯手迫使李登輝技術性收回主張。

國與國特殊關係落得灰頭土臉

李登輝兩次出招，在台灣內部引發見仁見智的迴響，美國行政部門和中共的反應卻是極其負面。美國在台協會理事主席卜睿哲（Richard C. Bush）在後來的著作中指稱，李登輝在康乃大學的演講內容，美國政府有「被耍的感覺」；而「特殊國與國關係的提出」，事先未與外交核心成員及美國諮商，就「衝動地決定公開此一方案」，讓自己在宣傳站上屈居下風。

中共爲此與美方較勁與磋商之後，促使柯林頓總統在中國大陸發表「三個不贊成」，把台灣狠狠框在「一個中國」的架構內，造成李登輝推出「兩國論」的意旨實質上不進反退。李登輝處理兩岸關係衝撞式的作法嚴重挫敗，證明在國際強權的遊戲規則下，這種凸顯矛盾、激化衝突的作爲必然適得其反，遭來負面效果。他的後繼者陳水扁不能以此爲鑑，反而變本加厲，反把李登輝「國與國特殊關係」的理念推到極端，發展出「一邊一國」的截然分離主張，並且把李登輝衝撞式行事風格發揮得更加魯莽，而且一體適用於美國，結果遭來「麻煩製造者」的譏評，傷了和氣，更失去信任，最終把兩岸關係和台美關係破壞殆盡。對他而言，這是「台灣確立之主體地位」所必須付出的代價，但就發展機遇而言，台灣卻錯失了經濟上在中國大陸搶占先機的黃金時段。

在兩岸關係的基定位上，李登輝秉持「在台灣的中華民國主權獨立」的基本理念，發展出「國與國特殊關係」的立論，用以包裝台灣獨立於中國之外的政治路線。以此基調爲軸，當然反對「一個中國，各自表述」的「九二共識」存在，進而對於兩岸之間簽訂「經濟合作架構協議」（ECFA），隨之採取堅決反對立場。這也是從李登輝到陳水扁一脈相傳的路線，而從中貫串全局的便是蔡英文。

蔡英文是屏東縣坊山客家人之女，在李登輝時代擔任國家安全會議諮詢委員，爲「特殊國與國關係」研究小組召集人。陳水扁執政時代，她任大陸事務委員會主任委員，後來擔任行政院副院長，不僅否定「九二共識」的存在，也主導以「積極管理」束縛台灣企業對大陸投資的政策，延續了李登輝的「戒急用忍」政策。近年來擔任民進黨主席，領頭反對兩岸簽訂經濟合作架構協議（ECFA）。這個政策的脈絡是在主權問題上與中共硬碰硬，在兩岸經濟關係上設立人爲障礙，讓彼此的矛盾尖銳化、擴大化，並且限縮雙方的交流合作。

馬英九扭正台灣走偏的路線

李登輝祖源爲客家人，因出生成長於閩南人村落而被同化，可稱爲「客家底福佬人」。中華民國另一位領導人馬英九，在俗常的認知中，被歸類爲「外省人」。其實，依據最新考證，他的祖先原爲陝西扶風客家人，於唐朝末年到五代時期從中原輾轉南遷，一說先遷江西南昌、後遷永新，再遷湖南。另一說是先遷客家祖地的福建西部，而後於南宋與元朝之交，也就是文天祥贛閩粵「客家搖籃」一帶興兵抗元之際，名爲馬成中的先祖爲避戰亂而舉家遷湖南衡州（今衡陽），再於明朝永樂八年落籍湖田，以後湖田所傳馬氏都尊馬成中爲遷湘始祖，而馬英九則是湖田馬氏第二十二世孫。以此而論，馬英九的祖先可說是湖南化的客家人，或者稱之爲「客家底湖南人」。

他的父親是國民黨忠貞幹部，隨國民黨政府轉到台灣，早期被稱為「外省人」，後來成為「新台灣人」。馬英九以台灣「新移民」之子當選為中華民國總統，算是一個政治異數，也見證了台灣屬於移民社會的本質，只有先來後到之別，而無不可融合的族群區隔與界限。不同梯次移民的後代，絕大多數認同自己為台灣人，部分人則同時認同自己也是中國人。台灣認同的確立，顯示台灣經過生活體驗、教育薰陶、文化涵養及民主實踐的多重浸染，「台灣主體意識」已然深植人心。因此，馬英九宣示他的兩岸關係的作為立基於「以台灣為主，對人民有利」，乃是合乎民心趨向，是理所必然的。

馬英九帶領國民黨重新執政，不僅是從對立政黨手中取回政權，也是揚棄被前主席李登輝帶偏的路線，回歸國民黨正統的「非台獨」正軌。從李登輝到陳水扁，台灣和中共對壘前後近十五年，錯失了中國大陸經濟快速崛起的運籌黃金時期。這十五年間，台灣的經濟發展固然持續推進，但諸多數據顯示，在「亞洲四小龍」中，台灣的發展明顯落後，有些方面甚至原來領先群論，現在則是瞠乎其後。

從李登輝到陳水扁，緊緊抓住兩岸之間「主權優先結」，加大力度猛扭，把政治死結越扭越緊，不僅無助於主權爭議提的解決，反而使台灣不能在政府主導與對岸配合之下，好好抓住中國大陸經濟崛起的歷史性機遇，以致耽誤了經濟發展的良機。美國潛在台協會理事主席卜睿哲（Richard C. Bush）說得很透：「台灣經濟疲弱，失去競爭力，就等於在與中國談判時居於弱勢地位。」因此，馬英九擔當大任，一方面必須把走偏的路線扭轉過來，另一方面還要把耽誤的時間搶救回來。

「創造性模糊」打開兩岸協商的陽關大道

面對雙重嚴峻挑戰，馬英九堅毅執著，無懼於反對派拋出的「親中賣台」紅帽子，揚棄了從李登輝到陳水扁一脈相承的「主權優先」政策，不再執意彰顯矛盾、激化衝突的政治死胡同，改以務實的態度暫時擱置主權爭議，異中求同，並在「創造性模糊」的戰略指導原則之下，以「九二共識」爲兩岸接合點，展開緊密協商。一系列的議題熱鍋快炒，短短兩年半即端出十五道可口的大菜，將兩岸交流合作推到全新境地。其中，ECFA對於提升台灣經貿的競爭力、增進國際連結的影響最爲深遠。

這個協定使得台灣面對東亞區域經濟邁向一體化的趨勢，即時做出有力回應，爲自己在東亞經濟板塊中找到新的有利定位，免於被邊緣化危機。因此，在國際上與台灣處於高度競爭關係的韓國深受衝擊，乃發明了「Chiwan」這個字，把台灣和中國大陸此後的經貿連結比喻爲連體關係。由此可見，兩岸無形的政治和解已爲有形的經貿關係發展帶來宏大助益。

馬英九果敢而技巧地打開兩岸經貿的任督兩脈，雖然尚不足以抵禦金融風暴帶來的全球性經濟衰退，但對台灣的經濟復甦卻提供了積極助力，對於台灣往後的產業結構轉型，也提供了一塊堅實的墊腳石，據此可以跳得更高、更遠。馬英九認清台灣必須走出代工型產業的格局，積極發展具有高度創新與研發能力的產業，以期提升產品在世界市場上的附加價值，因此務必使台灣成爲全球創新能力高強的經濟體。馬英九懷抱著「壯大台灣、振興中華」的厚望，於孫中山創建中華民國一百年之際，矢言「世界是我們揚帆的藍海，全球是我們馳騁的中原」。具體而言，他的經國濟民的重要策略之一就是要發揮創造力的價值，轉變經濟結構，力求從代工走向品牌與創新，以使台灣經濟傲然挺立於全球舞台上，爲重振中華民族做出貢獻。

歷史發展的事實顯示，中國在宋朝時還是世界上文明最爲昌盛之所在，但在深深耽溺於大陸性的中華文明中，自滿而封閉，明朝時從航海世界中退縮，不再揚帆大海，不肯面向世界。就在此時，酣睡近千年的歐洲逐漸甦醒，受到文藝復興的洗禮，開始興旺，進而以全球爲其「馳騁的中原」，更加助長中西之間此消而彼長，終至中國國勢衰頽至極，任憑西方列強任意踐踏，華夏「中原」淪爲次殖民地。

孫中山革命的總目標就是要打破中國的閉鎖局面，納入世界文明體系中。而台灣相對於中國大陸早三十餘年創造「經濟奇蹟」，以及鄧小平能比毛澤東眞正在實質上促進「中國崛起」，關鍵同樣在於對外開放，在經濟上與國際資本主義體系接軌，互動互濟，共振共榮。

新加坡的李光耀將這個彈丸般窄小的不毛之地，推升爲全球最有競爭力的經濟體，基本的發展策略就是進行全球性運籌，引進世界頂大公司、頂級先進技術，發展金融服務，爭奪全球最富裕、規模最大的市場。時至今日，經濟全球化更已成無法逆轉的趨勢，一國經濟的盛衰，關鍵繫於在世界舞台上競爭力之高低，以及如何運用全球化趨勢「隨順而轉」，其中最緊要的就是成為「新科技與商機創造者」。果能如此，必可在世界藍海揚帆，並以全球為中原，馳騁奔馳。

讓台灣受人尊敬、令人感動

在揚帆世界經濟藍海的能耐上，以華人為主要人口的新加坡和台灣並駕齊驅，各擅勝場，近年來新加坡在多數方面領先態勢明顯，特別是在政府治理品質上，更是首屈一指。然而，在民主政治、人民自由和人權保障的發展上，台灣卻是領先群倫，在以華人為主體的社會中獨占鼇頭。中國大陸儘管經濟發展快速，國力迅猛崛起，但民主、法治、自由、人權的進展卻乏善可陳，顯著落後。就孫中山揭示的「民族、民權、民生」三大領域的理想發展，台灣有著比較均衡的發展，堪稱華人社會的典範。因此，馬英九誓言要使台灣成為受人尊敬、讓人感動的國家。

當然，台灣還遠不足以受人尊敬、讓人感動，亟待努力、改善與提升之處甚多。特別是在民主政治的發展上，出現了偏倚的現象，有如文化評論家南方朔所說：「由於歷史的曲折，近代的威權專制，他的民主化過程遂勢所難免地充斥族群、認同等具有高度爆裂性的課題，這也造成了台灣的民主化雖說是『民主競爭』，但實質上卻是『民主內戰』的本質。」

由於國家認同的分裂與朝野政黨的惡鬥糾結夾雜，相互增強，且惡性互動，愈演愈烈，更使「民主內戰」方興未艾。隨者民主政治的發展，政府的治理品質不升反降，政黨競爭也演變爲政治鬥爭，日趨惡質化，其所帶來的撕裂性與內耗性苦果也日益嚴重。

馬英九堪稱台灣政壇最具完善人格者之一，奉公守法，尊重體制，理性平和，而且政策主張傾向於共識型觀點，決策過程謹守民主化機制。然而，即使如此一個守正不阿的政治君子，大體上也只能在不激化政黨鬥爭、不惡化治理品質上盡其在我，做到有所堅持、有所不爲，尙難從根本上發揮導正之功。何況他身兼總統和執政黨主席，又具「外省籍」背景，理所當然的成爲反對派矛頭之所向。

這正是馬英九必須背負的十字架。幸而他一貫堅守大公無私、大德無虧的志節，堅持正道不倚、中道不偏的原則。他堅決讓政府體制合憲合宜運作，不因貪於一黨之利或迫於一方壓力而橫加干預；且讓兩岸關係互利互惠發展，不因一偏之見或一時利害而違逆最大公約數原則。他在柔和的風格中展現剛正的執著，在溫婉的言詞中飽含耿介的堅持，在平穩的作爲中體現原則堅固的倔強，堪稱爲柔性的硬耿領導者。

馬英九是孫中山思想與行誼上的信奉者與繼承者，在民國百年之際誓言：中華民國要做「華人世界的民主模範」。台灣在華人爲主體的社會中最爲傲人的成就，是實踐了孫中山「主權在民」的理想，然而面對民主發展的諸多缺陷，馬英九實應在發展台灣經濟新局之外，於潔身正己去行使職權與從事政治競爭之餘，不僅獨善其身，更力求兼善天下，尋求良方，戮力矯正已經扭曲變形的台灣民主政治。如此，才能使得中華民國建立更優質的民主政治，好讓台灣眞正受人尊敬、令人感動。

硬耿領導：直道而行、堅守志節

矯正台灣民主政治品質的良策很多，但要促使良策產生良效，卻是極其艱困的。重要的是要有硬耿的領導決心、風格與能耐。

所謂「硬耿領導」，即是硬直而耿介的領導。「硬直」者，堅決直道而行，不屈不撓；「耿介」者，堅守志節，不與人苟合。

從具有客家背景的政治領袖身上，我們可看到硬耿的領導風格。從文天祥到孫中山、鄧小平、李光耀、李登輝，再到馬英九，都可見識他們堅持信念，直到而行；堅守志節，絕不苟合。這正是歷來客家人崇仰的精神與志節。他們各別的思想、理念、政見或許有其侷限性，甚至顯有偏差，但都顯明具有倔強之氣。

所謂「倔強」，依曾國藩的詮釋，正是孔子所謂「貞固」，孟子所謂「至剛」；他以爲：「功業文業，皆須有此二字貫注其中，否則柔靡不能成一事。」

文天祥寧死不屈，在客家族群孕育的搖籃地區奮勇抗元，寫下可歌可泣的壯烈史蹟，發揚了浩然正氣，爲後世留下堅守志節的典範。

孫中山百折不撓，先以大無畏的勇氣推翻帝制，再以不苟合、不屈服的執著韌性，驅趕軍閥官僚惡勢力，爲興國安邦播下新生的種苗。

鄧小平堅毅務實，在大浩劫過後堅決以實事求是精神大破大立，撥亂反正，緊緊扭住改革開放方略，爲千萬人開創了世世代代的福祉。

李光耀擇善固執，在彈丸之島擘劃興國安邦策略，吸納全球經濟精粹，堅定而細緻地經之營之，爲新加坡開創全球最有競爭力經濟體。

李登輝堅忍不拔，在威權統治下隱忍內斂，掌權後落實主權在民制度，但也激化兩岸矛盾與衝突，爲台灣帶來發展的不確定性。

馬英九貞固致遠，對原則與是非的持守十分堅貞，擇善而固執，堅毅而執著地抗斥反對派抛出的「親中賣台」指控，打開兩岸交流合作的坦途大道，爲和平發展奠立百年基業。

這六位客家籍政治領袖展現了行直道、不屈服，守志節；至於不苟合的倔強器識，則顯現「貞固」而「至剛」的人格風範，爲「硬耿領導」做了鮮明而具實的展現。這正是經國濟民不可或缺的領導素質。

1

文天祥

寧死不屈 在客家搖籃譜寫壯烈的史詩

挺身赴難，顯現了百折不撓、堅韌不拔的頑強意志。這種殺身成仁、捨生取義的思想，以及大義凜然、以身殉國的堂堂正氣，震古鑠今，譜寫了一曲光耀千秋的正氣之歌。他堅決要為國家「鞠躬盡力，死而後已」；即使死了，也要「為厲鬼以擊賊」。力挽狂瀾，直到最後一息。有如他喜愛歌頌的梅花一般，「耐寒白如玉」、「清貞堅百煉」。他的壯烈義舉，直穿透歷史長河，萬古而長青。

一二七九年正月十二日，文天祥被元軍囚於船中，船隊經過珠江口外零丁洋，忽覺心潮起伏，感慨不已。南宋山河破碎，社稷飄搖；個人命運如雨打浮萍，半生盡是挫敗流離。如今身陷敵手，孤苦零丁，內心深處湧起一股不屈的衝力，激盪不已。按捺不住激動的心情，提筆寫下稱頌千古的《過零丁洋》詩：

辛苦遭逢起一經，干戈寥落四周星。
山河破碎風拋絮，身世飄搖雨打萍。
惶恐灘頭說惶恐，零丁洋裡嘆零丁。
人生自古誰無死，留取丹心照汗青。

敬仰同鄉前輩歐陽修的剛直人格

文天祥扶顛持危，慷慨盡節，可歌可泣的事蹟彪炳千古。歷來的客家人視他爲客家先賢先烈，將其寧死不屈的氣節奉爲典範。

文天祥是吉州廬陵人。文家原籍成都，是西漢蜀郡太守文翁的後代。西元九二五年，距文天祥一二三六年出生前的三百一十一年，六世祖帶兵到江西打戰，留鎮江西，住在吉州永新縣的通判家中，娶其女，後遷廬陵。

盧陵今屬江西省吉安市。據廣東嘉應學院教授劉加洪在《文天祥在閩粵贛地區的抗元愛國鬥爭及其影響》中指出，文家在廬陵世居的富田「是一個富饒美麗的客家村」。這個地處江西中南部的區域，自唐朝中期至五代變亂時期就湧入大批南遷的客家先民，他們在這塊區域駐足、生息、繁衍，成爲客家族群（或稱之爲客家民系）形成的大搖籃，並做爲再遷徙的中繼站。

到了北宋時期，在吉州廬陵出了一個大文豪、歷史學家、政治家歐陽修。他是文天祥敬愛的家鄉前輩。有一天，年少時代即以蒙古大軍勢如破竹連敗宋軍爲憂的文天祥，懷者沉重的心情信步來到廬陵學宮，赫然看到人被後來被當地尊爲「客家鄉賢」的歐陽修等人的遺像，不禁肅然起敬，油然興起有爲者亦若是的孺慕之情。

明道以後履之於身而見道德

歐陽修是北宋時期著名的史學家，他參與編修的中國的二十四史中的兩部，其中的《新五代史》是由他一人編著而成，不僅體裁與文筆堪稱楷模，而且褒貶得當，啓迪後人。經學方面的研究也頗富創見，最爲人稱道的是文學上的成就。他是「唐宋八大家」的主將，上承唐勢，下啓宋風，是公認的一代文宗。尤其令文天祥敬仰的是，歐陽修的政論觀點鮮明，議論剴切，氣勢磅礴，鞭僻入裡，遍見摯情似火、正氣凜然之作。

歐陽修在藝術上的主要特徵是以抒情爲主，感情婉轉纏綿，眞摯感人，其詞清疏雋永，蘊藉沉厚。然而，他的政治詩歌卻展現另一番精神風貌，勇於揭露矛盾，同情民眾，痛斥昏庸統治者，鞭韃大貪官污吏。晚二百三十年出生的文天祥爲此更加奉歐陽修爲榜樣。他寫下參訪盧陵學宮感言：「見學宮所祀歐陽修、楊邦義、胡銓像，皆謚『忠』，即欣然慕之。曰：歿不俎豆其間，非夫也。」

歐陽修爲人爲文俱以剛直著稱，屬於典型的硬耿之士。四十年的政治生涯中，歐陽修從縣令、太守、禮部貢舉、翰林學士，到疏密副使參知政事，可以說大小官都做過。參與諸多重要職務，是北宋中葉的重要政治人物，從政經驗豐富，政績雖然卓著，但直言敢諫，屢遭誣陷和挫折。《宋史》稱揚他「以風節自持」、「天賢剛勁，見義勇爲」，死後謚號「文忠」。

文天祥一如同被客家人奉爲客家前輩先賢的歐陽修，個人所懷之念、所爲之文、所行之道，基本上是統一而和合的。如歐陽修《論君子之道》所說：「君子之於學也，務爲道。爲道必求知古，知古明道而後履之以身，施之於事，而後又見於文章而發之，以信後世。」當時社會的文化氛圍講究人倫道德與忠義氣節，正是源於這種「知古明道而有學術，履之於身而見道德，道學施之於事爲政事」的理念。

江西是客家人南遷的中繼站

文天祥和歐陽修何以被認爲是客家人？特別是客家人，對此更是代代相傳，不待考證，率皆如此認定。這究竟是確有根源憑據，還是客家人基於宣揚本族群或本民系的光輝及優質，而刻意將各方先賢納爲先祖？

先以歐陽修來說。按照歐陽修親自撰寫的家譜，在吉州廬陵縣的歐陽宗族部分，他指出：「晉以後天下大亂，歐陽氏諸族，有歐陽舉、歐陽純、歐陽跡等，都帶領其族南遷，散居於丹陽（今河南省沈丘縣）、吳郡（今浙江省湖州市）、豫章（今江西省南昌市），而歐陽質這一系居於長沙臨湘。前面三支都不顯名於世，傳承無聞。歐陽質這一系從歐陽景達以後，逐步彰顯。自歐陽琮以後七世，舊譜佚亡。歐陽琮八世孫歐陽彪。歐陽彪的弟弟名歐陽萬。歐陽萬生某（名字失傳），某生歐陽雅。」

這個敘述要放進中原漢人南遷的大脈絡中解讀。西晉末年，匈奴侵入中原，漢人四處逃難，主要遷入地區是長江和淮河之間的區域。江西由於原爲三國時期東吳重要的屬境，社會經濟已有相當程度的開發與發展，而且水運暢通，與中原交通便利，因此吸引一部份中原漢人遷入。

唐朝中後期至五代亂華，遷入江西的漢人更多，其中不乏客家人。歐陽修的先祖入住的廬陵，確有不少客家人駐足、生息，或者當作進一步南遷的中繼站。歐陽修後人視爲客家人，有可能先祖確實是中原客家，也有可能是在廬陵與客家人長時期共居一處，而與其融化或被同化了。

實情究竟爲何，已難考證，何況依據許多學者研究，所謂「客家人」的稱呼可能到明代乃至清朝才廣爲「被稱」與「自稱」，因此北宋時期的歐陽修即使先祖是中原客家，也不會自稱客家人。

至於文天祥，依其自述，先祖於西漢時期在今之四川當太守，至於從哪裡到四川去當官，究竟是不是中原客家，他未說，也已不可考。而在文天祥出生前三百餘年，先祖因打戰入駐贛南的永新，再遷入廬陵，成爲歐陽修的同鄉。他的廬陵祖先所住的富田厝，如果眞是客家人聚居的村落，那麼，文天祥被同化的客家人至少已近十代了。

客家人與非客家人相互同化

誰是客家、誰非客家之辨，從客家人遷徙狀況而論，事實上有多種情況，很難清晰分辨。客家研究的開山泰斗、學者羅香林先生曾分析客家人的形成，他所指涉的主要類型是承接中原士族的血統，逐漸遷移到閩贛粵邊界山區，和其他民系混雜，從而成爲客家人者。

除此而外，廈門大學教授陳支平在《客家源流新論》中說，另外有四種類型：一、客家人與非客家人南遷時原爲同一祖先，後來分支各處，有的成爲客家人，有的成爲非客家人；二、原爲非客家人，遷入閩粵贛山區後成爲客家人；三、原爲客家人，遷入非客家區後成爲非客家人；四、客家人與非客家人交相混雜。

從這種類型劃分來看，歐陽修的中原先祖如果是客家人，他在江西廬陵如果又住在客家聚落，那他當然是客家人；如果不是，那他就成爲非客家人了。如果先祖非客家，則只有在廬陵住在客家聚落中，才被同化爲客家人，否則就是非客家。實際上如何，有待進一步考證。

至於文天祥，先祖移居廬陵三百餘年，如果眞是住在廬陵的客家村，那他的先祖就是被融合同化，而從非客家變客家了。果若如此，他就是語言性或文化性的客家人，而不是純血統性的客家。

無論如何，他是一個幸運兒，出生在一個書香家庭，從小就入私塾，勤讀聖賢書，受中國傳統的優質文化薰陶。

文天祥愛國之心堅如鐵石

文天祥的父親文儀酷愛讀書，藏書很多，所以文天祥是在書香環境中成長。二十歲那年，他進入吉州白鷺洲書院，受教於歐陽守道，耳濡目染，對其心性影響至深且遠。恩師於一二七三年仙逝時，文天祥撰一悼文，充分表露他「明道」與「踐履」合一的理念以及忠義的志節：「先生之學，如布帛菽粟，求爲有益於世用，而不爲高談虛語，以自標榜於一時；先生之文，如水之有源，如木之有本，與人臣言，依於忠，與人子言，依於孝，不爲曼衍而支離先生之心，其眞如赤子，寧使人謂我迂，寧使人謂我可欺；先生之德，其慈如父母，常恐一人寒，常恐一人飢，而寧使我無卓錐……及其爲人也，發於誠心，摧山岳、沮金石，雖謗興毀來，而不悔其所爲。」

就學白鷺洲書院那年，文天祥即中選吉州貢士，隨父前往臨安（今杭州）應試。出發前往京城省試前夕，廬陵地方長官爲他餞行，文天祥在宴會中寫了一首詩，詩中稱頌北宋蘇軾、蘇轍兄弟「兩蘇清節乃眞榮」，而他「自負應如此」，道出他志在維護「清節」而非追求功名的不凡抱負。

在殿試中，他作《禦試策》，切中時弊，並提出改革方案表述政治抱負，被主考官譽爲「忠君愛國之心堅如鐵石」，由宋理宗皇帝親自定爲狀元。四天後父喪，守喪三年後入臨安赴任時，前方與蒙古軍的戰事已很吃緊。

生在民族危亡時代中硬頸以對

文天祥在國家危急之際出任職事，一開始即表現出捍衛邦國的激切之情。但是，誠如宋史專家史式在《我是宋朝人》一書所說：「生於一個國家積弱民族危亡的時代，一個內憂外患紛至沓來的時代，一個英雄人物奮鬥終生也很難建功的時代。」

當時蒙古大軍已突破長江防線，南宋抵禦北兵的天險屏障頓開漏洞，杭州朝廷一片慌亂。在兵連禍結的危急時代，南宋卻是昏君當道、奸臣弄權的黑暗時代。當時最得理宗皇帝寵信的宦官董宋臣，基於避敵之鋒考量，力主遷都今之寧波。當朝大臣雖有人反對，但因官場盡是阿諛奉承之徒，所以鮮有直諫敢言之士。當時尚未正式上任的文天祥，卻是不同凡俗，他滿腔熱血地挺身而出，給宋理宗上了第一份奏疏，針對時弊提出改革主張，並且直言：「斬董宋臣以謝宗廟神靈，以解中外怨怒，以明陛下悔悟之實。」文天祥慷慨陳詞的奏疏石沈大海，遭當權者冷落，進而貶官。

後來，文天祥雖奉召再任官職，但不幸三年前被他求斬的董宋臣已重掌大權，文天祥堅持跟他勢不兩立，乃不顧自身安危，再上奏疏。他提醒皇帝對於董宋臣這類宦官縱使「未忍生平之惡以置其罪」，也應「收回成命撤其官職」。

這份嫉惡如仇的直言進諫，展現他硬頸、耿直的性格，充盈一股浩然正氣。結果還是被調離中樞，到江西任新職。後來又遭小人陷害再辭官返鄉。其後幾年，他宦海沈浮，皆因個性耿直，憂患時艱，直言無諱，而屢得罪當道，以致政治生涯發展極不順遂。

性格耿直難以適應官場文化

文天祥是非分明，剛正不阿。在他的價值天平上，君子和小人涇渭分明，形同水火。例如他在奏疏中說：「開國承家，小人勿用」。「小人不足大受倚仗，權勢所不至。」又說：「爲仁者能好人，能惡人。」只是，在官場現實上，是非曲直並非歷歷分明，甚至截然相反，因此文天祥極度耿直、認眞、黑白二分的個性，本質上是格格不入的。

他兩次被逐官，就是因爲過於耿直所直造成的。一二七〇年，把持朝政的奸臣賈似道爲了擴權，假意辭職，時任「秘書少監」的文天祥負責幫皇帝起草詔書，他起了兩篇稿子，通篇皆未歌頌賈似道，因而被「僞君子」賈退回，找人重擬，隨後又授意御史台官僚彈劾。文天祥被迫辭官，慨言：「乃知剛介正潔，固取危之道，而僕不能變者，天也。」

一二七四年，文天祥在贛州任知府，憂心如焚，決意拼死報效，而展開了與客家人共同抗元的悲壯歷史。

據贛州師範學院客家研究中心教授周建新調查研究所得：「因爲贛南一直有文天祥父親在贛南做過私塾先生的經歷，因此贛南客家人對客家生世的文天祥到來，表現了極大的擁護熱情。這一年，文天祥一面熟悉贛南政治軍事人文，一方面廣爲動員客家人積極抗元，爲即將來臨的戰事做著大量的準備。」戰火隨即燃起。

一二七五年正月，元軍統帥伯顏率軍大舉進攻，宋軍的長江防線全線崩潰，朝廷下詔讓各地組織兵馬勤王。文天祥在家鄉接到《哀痛詔》後泣不成聲，決心應詔勤王，隨即散盡家產，聚兵積糧，短期內就在贛州招到以客家人為主力的勤王贛軍上萬人。

招募勤王義軍以客家人為主力

文天祥招募的勤王義軍，客家人之所以居於主力份量，有其時代背景。

由於中原地區戰禍頻繁，先民紛為避亂而遷徙，客家人也是這樣。依據羅香林《客家源流考》的說法，中原地區客家人在西晉末年進行第一次大遷徙。當時由於統治階級腐敗，民族矛盾尖銳，遂引起永康元年的八王之亂，繼之又在永嘉年間，爆發了各地人民反對晉王朝的戰爭。不堪奴役的漢人大舉南遷，他們由中原經河南南陽，進入襄樊，沿漢水入長江，遷向湖北、安徽、江蘇、浙江一帶：朝東則由九江到鄱陽湖，或順贛江進入贛南山區。

到了唐朝安史之亂後，戰亂所及，唯有江西東南、西南和粵東北一帶比較堪稱樂土，於是各省客家先民，紛紛由江州溯贛江而上，來到今天的贛南、閩西、粵東北的三角地帶定居。到了北宋，都城開封被金兵攻占後，宋高宗南渡，在臨安（今杭州）稱帝，建立南宋王朝。隨著高宗渡江南遷的臣民，據非正式統計，就達百萬之眾。這時後，處於黃河流域的漢族人為了躲避戰亂，又一次掀起渡江南遷的熱潮。

據《客家學導論》作者王東教授研究，今天客家人的祖源，固然有羅香林所說的魏晉南北朝以來南遷的中原漢人後裔，也有先此而來的北方流民，但其中的大多數則是在唐代安史之亂後由北方遷往江西中北部，再由江西中、北部遷往贛南和閩西的。由此可見，江西確是中原客家南遷後的聚集地與中繼站。

到了北宋時期，由於太平時日長久，人民暫時得以安居樂業，因而江西和福建出現第一個經濟與文化的繁榮時期，人丁興旺，移民源源不絕。

據《江西客家》作者周建新從當時的戶數推估，贛南人口應已達到一百五十五萬，再加上接壤地汀州的人口數，當已突破二百萬。他認爲：「歷史時期（尤其是唐中後期至五代）入遷贛閩邊區的客家先民經過北宋一百餘年的和平發展，繁衍數代，人口壯大，且與當地土著發生初步融合，並生長出若干客家文化事項。」這表明「一支新的獨特的民系——客家，正在醞釀和發育成長起來」，因而確信「贛南在客家民系的形成過程中具有搖籃的地位」。

因此，文天祥在「客家搖籃」地區招募義民並展開抗元壯舉，可說是在客家遷移歷史上一次護守新家園、捍衛漢民族的壯烈義舉，對於客家人精神文明的發展與提升，產生了極其深遠的影響。

文天祥拒絕投降準備自殺

文天祥率領義軍到臨安後，發現朝廷被主和權臣把持，「姑息牽制之意多，奮發剛斷之意少」，更不堪的是，爲了與元議和，居然把降將呂文煥的姪子呂師孟提拔爲兵部尚書。文天祥爲此義憤塡膺，力主殺呂師煥，以激勵前方將士的士氣。然而，他依舊不得要領，卻奉命把部隊帶到平江。後來，常州告急，文天祥奉命馳援。

據周建新教授在《江西客家》一書中說：「文天祥從平江贛軍中派出客家將領朱華、尹玉、麻士龍三人率三千人前往支援。」三股客家籍人士統率的戰士，雖然奮勇衝刺抗敵，英勇作戰，奈何宋軍指揮官私心自用，調度錯亂，而元軍攻勢猛烈，以致最終未能擋住元軍兵鋒，而且犧牲慘重。

次年正月，元軍挾其萬鈞之勢，兵臨臨安，文武官員紛紛出逃。元軍統帥伯顏要已投降的南宋政府派「祈請史」到元朝大都（今北京），謁元世祖忽必烈，請其納降，並聽受處置。伯顏並且指定文天祥「入北」。

文天祥被任命爲丞相，但羞於此行。出發前夕，他寫了一封安排後事的家書，說「擬翌日定行止，行則引決」，但被勸「到大都後，祈而不許，死未爲晚」，他才消自殺之意。到了元軍大營，文天祥見到威風凜凜的伯顏，但他毫不示弱，他不卑不亢地說：「講解一段乃前宰相首尾，非予所與之。今大皇予以爲相，予不趕拜，先來軍前商量。」

伯顏見狀，連忙說：「丞相來勾當大事，說得是。」

文天祥質問伯顏：「本朝承帝王正統，衣冠禮樂之所在，北朝欲以爲國軟，欲毀其社稷與？」

伯顏說：「皇上謂社稷必不動，百姓必不殺。」

文天祥抓住這一點不放：「爾前後約吾使多失信，今兩國丞垂相親定盟好，宜退兵平江或嘉興，俟講解之說達北朝，看王處如何？」他繼續說：「能如予說，兩國成好。幸甚。不然，南北兵禍未已，非爾利也。」

伯顏對文天祥的強硬態度深感驚愕，覺得被冒犯，乃聲色俱厲地恐嚇。

文天祥面無懼色，大義凜然地答道：「吾南朝狀元宰相，但欠一死報國，刀鋸鼎鑊，非所懼也！」

從敵營逃出後南歸抗元

結果，伯顏背信棄義，把他扣留了。伯顏企圖誘降文天祥，以便利用他的聲望來儘快收拾殘局。文天祥寧死不屈，伯顏只好將他押解北方。

行至鎭江，文天祥冒險出逃，無畏艱難險阻，堅決南歸抗元。這一段九死一生的脫逃過程，驚心動魄，刻骨銘心。文天祥寫道：「嗚呼！予之及於死者，不知凡幾矣。」「生死晝夜是也，死而死矣，而境界為惡，層見錯出，痛定思痛，痛如何哉！」眞是悲壯懾人！

南歸途中，他用詩歌明志：「臣心一片磁針石，不指南方不肯休。」一二七六年五月二十六日，他歷盡劫波，輾轉到達福州，被宋端宗趙昰任命為右丞相、樞密使，都督諸陸軍馬，再高舉抗元大旗。

其後幾年間，文天祥轉戰今之福建、廣東、江西等地。研究文天祥抗元經緯的劉加洪教授認為：「他的抗元活動大部分在客家地區進行，這既跟江南已被蒙軍占領有關，但也跟文天祥是客家人有關。」

抗元活動集中在贛閩粵山區

周建新教授在《江西客家》中進一步指出：「文天祥的抗元活動主要在贛閩粵邊山區。他在贛中、贛南廣為聯絡地方豪強和畬民起兵勤王。其間，大量的客家人參加了文天祥的抗元隊伍。」

這裡所謂「畬民」，是指當時與家人雜居在江西福建廣東廣大山林地區的少數民族，他們先於客家人居住在這一帶。畬人與漢人經過長時期與漢人摩擦、交往、融合過程後，文化意識逐漸共通，面對蒙古入侵後的擁有命運一體感，因此也熱烈響應文天祥的勤王號召。

畬民參加抗元行動最富盛名的是廣東畬民首領陳吊眼和畬民婦女許夫人，他們也率領「畬軍」，加入廣動地區的抗元戰事。由於漢畬聯手抗元的共同經驗，使得客家人和畬民的融合過程順暢，對客家民系的型塑與成熟產生積極助力。

畬民與客家人的融合的重要過程，一如《千年客家》作者湯錦台所說：「面對著強勢的漢人及漢文化，有些畬人選擇融入當漢人社會，但更多的人則是退縮回到潮、梅粵東地帶和贛閩粵交界處山區，與汀州、贛南先期到來的苗傜族後人結合，混居於唐末和兩宋之交的戰亂中大批南逃的漢人移民及其後人當中，經過長期的融合後，最後在這一封閉的山區地帶形成了一個新的民系，這就是後人所知的客家民族。」

客家人與畬民融合為新客家

湯錦台引述「中國國家自然科學九五計畫重大項目」的「客家人起源的遺傳學分析」，其結論中的遺傳基因數據說明客家人和少數民族融合的事實：一項對福建常汀一百四十八名客家男子所做的遺傳研究發現，從父系Y染色體分析，當地客家男子的主要成分為北方漢族占百分之八十以上，畬族占百分之十三。由此可見，客家人已和畬民融合成新的客家了。

對於客、畬的融合，《客家學導論》作者王東也說：「從隋唐之際遍布於閩粵贛交界地區，到元明之際陸續遷出，畬族人在這裡生活的數百年，也正是客家先民遷入大本營地區並形成客家民系的重要歲月。因此，從這個角度看，客家民系的形成過程，正是畬族被漢化的過程。不管這一過程是通過什麼途徑來實現的，但是有一點是不容置疑的，那就是今天客家中，肯定部分融合了部分畬族的血統。至於雙方文化上的相互影響，更是不容置疑的。」

文天祥帶領客家和畬民為主力的義軍，先轉移到汀州（今福建長汀）、漳州、龍岩等地，聯絡各地的抗元軍。周建新教授敘述他重整義軍的過程：「從汀州取道石城，進入贛南後，聞說文天祥重歸贛南的客家人，備感興奮，贛軍殘餘部將劉洙、蕭明哲、陳子敏等紛紛從各地起兵再度來會。」

眾多客家人壯烈犧牲

宋末的抗元戰役中，客家人發揮了史無前例的奮戰力量。在文天祥的感召下，他們「裂裳為旗，荷矛為兵」，群起回應，隨軍轉戰贛閩粵地區，最後有跟隨文天祥轉戰至海豐五坡嶺者，有護送宋帝輾轉至碙州、崖山者，勇往直前，義無反顧，犧牲慘重。

早先，文天祥奉詔勤王，贛州一帶人民望風景從，短短幾個月，便組織了上萬義軍。後來，他在南劍州建立督府，再舉義旗時，原來從贛州起兵的舊部紛紛聚集來會，福建當地也有很多人參加了文天祥的隊伍。例如，福建南劍州客家人、著名青年學者謝翱傾家募兵數百人，投到文天祥部下，參與抗元鬥爭。福建長汀客家人黃廣德自稱天下都大元帥，起兵抗元。在廣東梅州的客家人，同樣也積極回應文天祥，參與抗元鬥爭。

史書記載：「元初，兵由贛州趨潮，梅縣及大埔，應文信國之募，起而勤王，與元兵鏖戰，不利，奉駕南行。松口鎮卓姓全族八百餘人，竟隨至崖門，至帝爵沉海，仍無一人降元者。」據統計，當時梅州客家人口，總數不過二、三萬人，但是追隨文天祥從軍的男女，竟有八千之多，最後多犧牲性命。

清朝客家家籍外交家、大詩人黃遵憲爲此寫了一首詩：「男執干戈女甲裳，八千子弟走勤王。崖山舟覆沙蟲盡，重戴天來再破荒。」這首詩貼切地描繪了客家子弟義無反顧地追隨文天祥抗元的奮勇精神。

文天祥兵敗家破繼續抗元

一二七七年三月，文天祥自龍岩南下，收復梅州，意外見到逃難到此的母親和家人，在兵荒馬亂之中重逢，眞是悲喜交加，但敵人大軍壓境，緊追不捨，只有繼續奔赴國難。

這年五月，文天祥率軍由梅州出兵，進攻江西，在雩都（今江西于都）獲得大捷，攻克興國，又以重兵進攻贛州，以偏師進攻吉州（今江西吉安），陸續收復了許多州縣，江西各州郡起而響應，大有席捲江西之勢。

元軍對文天祥的戰力非常震驚，特派元帥李恒率精兵到江西對付文天祥。先在興國縣發動反攻，文天祥因爲已將大部分兵力集中到贛州前線，後方頓遭元軍鐵騎突襲，寡不敵眾，被迫撤退。在撤離途中，妻妾和三位子女被元軍擄去，兵敗家破。他懷著一顆破碎的心，收容殘部，退往循州（今廣東龍川西）。

當年冬天，文天祥屯兵廣東永安縣（今爲紫金縣，孫中山先祖遷至香山縣現前世居於此）東南部，次年進軍會周海豐縣，繼續抗敵。一二七八年夏，文天祥得知南宋行朝移駐厓山，爲擺脫艱難處境，便要求率軍前往，與南宋行朝會合未果，率軍退往潮陽縣。同年冬，在率部向海豐撤退的途中遭到元將張弘範的攻擊，兵敗被俘。

文天祥服毒自殺未遂，被張弘範押往厓山，讓他寫信招降宋將張世傑。文天祥說：「我不能保護父母，難道還能教別人背叛父母嗎？」張弘範不聽，一再強迫文天祥寫信。文天祥於是將自己前些日子所寫的《過零丁洋》一詩抄錄給張弘範。張弘範讀到「人生自古誰無死，留取丹心照汗青」兩句時，不禁也受到感動，不再強逼文天祥了。

南宋最後在厓山兵敗滅亡後，張弘範向元世祖請示如何處理文天祥，元世祖說：「誰家無忠臣？」命令張弘範對文天祥以禮相待，將文天祥押到大都。

押解北上北途中，文天祥深以國亡家碎爲痛，感慨萬千，不能自已。他想到母親在兵荒馬亂之際，備嘗艱辛，最後死於異鄉，不禁浩歎：「嗚呼！人誰不爲臣，而我欲盡忠不得爲忠；人誰不爲子，而我與盡孝不得爲孝。天乎，使我至此極耶！」

押解北上絕食七天未亡

文天向被押解從廣東進入江西境內，即當時的南安，眼見故鄉近了，他開始絕食。他盤算從南安軍走水路到家鄉廬陵，大約要七天，絕食七天應可餓死，如此即可盡節家鄉，葬歸本土。不料，押解他的元官懾於文天祥在贛南起兵勤王招來上萬人響應的威名，唯恐消息走漏，激起贛人集結奪人，乃改道北上，繞過文天祥的故鄉，遂使他求死故土的美夢落空。他忍者絕食的痛苦寫下詩句《發吉州》，詩末：「首陽風流落南國，正氣未亡人未息。青原萬丈光赫赫，大江東去日夜白。」浩然正氣充盈胸臆，壯烈成仁之志已然定矣！

文天祥被押到大都後，軟禁在會同館，元世祖多管齊下，全力勸降文天祥。首先派降元的原南宋左丞相留夢炎對文天祥現身說法，進行勸降。文天祥一見留夢炎便怒不可遏，留夢炎只好悻悻而去。元世祖又讓降元的宋恭帝趙顯來勸降。文天祥北跪於地，痛哭流涕，對趙顯說：「聖駕請回。」趙顯無話可說，快快而去。

元世祖知悉後大怒，下令將文天祥的雙手捆綁，戴上木枷，關進兵馬司的牢房。文天祥入獄十幾天，獄卒才給他鬆了手縛；又過了半月，才給他褪下木枷。

元朝丞相孛伯羅親自開堂審問文天祥。文天祥被押到樞密院大堂，昂然而立，只是對孛羅行了一個拱手禮。孛羅喝令左右強制文天祥下跪。文天祥竭力掙扎，坐在地上，始終不肯屈服。孛羅問文天祥：「你現在還有甚麼話可說？」文天祥回答：「天下事有興有衰，國亡受戮，歷代皆有。我爲宋盡忠，只願早死！」孛羅大發雷霆，說：「你要死？我偏不讓你死。我要關押你！」文天祥毫不畏懼，說：「我願爲正義而死，關押我也不怕！」獄中的文天祥，一心求死。面對連棉不絕的勸降，不爲所動；遭受肉體折磨，也不爲所屈。然而，親情的柔性攻心，卻是最難捱過的。

獄中接獲女兒來信淚哽咽

有一天，他突然接到女兒柳娘的來信，得知三年前被俘後音訊全無的妻子歐陽和兩個女兒，目前都在大都宮中爲奴，她們常穿道家裝束，唸誦道經祈福。他和妻女近在咫尺，只要願降即可團聚。文天祥受到強烈震撼，悲痛煎熬，但他忍過錐心之痛，堅決成仁取義。他寫給妹妹的信中說：「收柳女信，痛割腸胃。人誰無妻兒骨肉之情，但今日事到這裡，於義當死，乃是命也。奈何奈何！」他要妹妹撫慰妻子「歸之天命」，至於女兒則：「可憐柳女、環女好做人，爹爹管不得。淚下，哽咽哽咽。」

文天祥難道眞是鐵漢無情，沒有一點源於人性的掙扎？沒有一點基於親情而做的妥協？他確實以節氣爲重，忠義壓倒一切，唯一做的妥協是認可他的弟弟文璧投降。文璧於一二七八年元軍打舉進攻廣東時，在惠州降元。他自稱投降的考慮是爲了「宗祀不絕如線」。文天祥對一直跟他並肩抗元的文壁投降從未批判，反而在文中說道：「吾以備將相，義不得不殉國。汝生父文壁（指文壁）與汝叔姑全身以全宗祀，惟忠惟孝，各行其志矣。」這是符合人情義理的。文天祥的節操唯一受人質疑之事，則是所謂「得以黃冠歸故鄉」的說法。

「得以黃冠歸故鄉」之說應非無中生有

《宋史．文天祥傳》記載：「時世祖皇帝多求才南官，王極翁言：『南人無如文天祥者。』遂遣極翁諭旨，天祥曰：『國亡，吾分一死矣。儻緣寬假，得以黃冠歸故鄉，他日以方外備顧問，可也。若遽官之，非直亡國之大夫不可與圖存，舉其平生而盡棄之，將焉用我？』」

有人據此認爲，文天祥有歸隱故鄉當道士（黃冠），甚至將來做元朝顧問的念頭，顯現文天祥已經有意歸降，但忽必烈卻不能容忍其模糊態度，他要奴才式全心全意的投降，因此並沒有同意他歸隱當道士的心願。甚至指稱，有一位被文天祥怒斥過的降元的南宋前官也不同意，他說：「天祥出，復號召江南，置吾十人於何地！」不過，有人根本不相信此事爲眞，認爲留夢炎之流者，因爲忌恨文天祥保全節義，知悉王極翁在運作忽必列釋放文天祥，讓他去當道士，所以誣陷文天祥，指稱是他的本意。

所謂「黃冠歸故鄉」的眞實性如何？南京大學出版的《文天祥評傳》作者修曉波認爲：宋史記載文天祥所云「得以黃冠歸故鄉，他日以方外備顧問可也」的話，不會「完全空穴來風，捕風捉影，總還是有一點影子的」。他的論據與推理是這樣的：文天祥在獄中曾接見一個名叫靈陽子的道士，兩人暢談道，文天祥送他兩首詩，詩文中流露超灑忘世之意，實際上是反映了文天祥頭腦中雖浸透了理學思想，但一如宋代理學內在的矛盾，一方面肯定現實生活中的封建秩序，一方面又帶有追求滅寂或長生的佛、道色彩，因此也帶有「混合物」的基因。

文天祥在獄中多人勸降無功而退，顯示他們根本不瞭解文天祥的內心世界，只有王極翁能體察。王極翁雖投降但對文天祥既佩服又同情，所以在元世祖跟前保舉文天祥，說「南人無如文天祥者」，並且還想串連南宋降官十餘人請釋文天祥爲道士。靈陽子去給文天祥說道，極可能就是王極翁安排的。因爲他用勸降老套說不動文天祥，要將他救出苦海，只能讓道士去轉化他對忠義語氣節的執著，願意歸隱山林爲道士，這樣也好向世祖說項。由於靈陽子受命談道產生預期效果，才讓文天祥鬆動。

寧死不屈終於求仁得仁

眞相究竟爲何？文天祥是否眞有宋史上所載之言？這些難以考證。唯一確切無疑的是文天祥意志堅決，不動如山。一二八三年一月八日，元世祖乎忽必列召見文天祥，親自勸降。文天祥對元世祖仍然是長揖不跪。忽必列也沒有強迫他下跪，只是說：「你在這裡的日子久了，如能改心易慮，用效忠宋朝的忠心對朕，那朕可以在中書省給你一個位置。」文天祥回答：「我是大宋的宰相。國家滅亡了，我只求速死。不當久生。」忽必列又問：「那你願意怎麼樣？」文天祥回答：「但願一死足矣！」元世祖十分氣惱，於是下令處死文天祥。

次日，文天祥被押解到柴市刑場。監斬官問：「丞相還有甚麼話要說？回奏還能免死。」文天祥喝道：「死就死，還有甚麼可說的？」他問監斬官：「哪邊是南方？」有人給他指了方向，文天祥向南方跪拜，說：「我的事情完結了，心中無愧了！」一二八三年一月九日，文天祥在大都柴市（今北京交道口南大街）被殺害。

文天祥在刑場寫下了絕筆詩：

昔年單舸走維揚，萬死逃生輔宋皇。
天地不容興社稷，邦家無主失忠良。
神歸嵩岳風雷變，氣哇煙雲草樹荒。
南望九原何處是，塵沙黯澹路茫茫。
衣冠七載混氈裘，憔悴形容似楚囚。
龍馭兩宮崖嶺月，貔貅萬灶海門秋。

天荒地老英雄喪，國破家亡事業休。
惟有一腔忠烈氣，碧空常共暮雲愁。

而今而後，庶幾無愧

死後，歐陽夫人獲准出宮收屍，在他的帶中發現一首附有序言的贊：「吾位居將相，不能救社稷，正天下，其當死久矣。頃被執以來，欲引決而無間，今天與之機，謹南向百拜以死。」這應是他的絕筆文，短短數言，道盡他以死明志的悲壯情懷。

他死時年僅四十七歲，留下傳頌千古的《正氣歌》：

天地有正氣，雜然賦流形。
下則為河嶽，上則為日星。
於人曰浩然，沛乎塞蒼冥。
皇路當清夷，含和吐明庭。
時窮節乃見，一一垂丹青：
在齊太史簡，在晉董狐筆．
在秦張良椎，在漢蘇武節；

爲嚴將軍頭，爲嵇侍中血，
爲張睢陽齒，爲顏常山舌；
或爲遼東帽，清操厲冰雪；
或爲出師表，鬼神泣壯烈。
或爲渡江楫，慷慨吞胡羯，
或爲擊賊笏，逆豎頭破裂。
是氣所磅礴，凜然萬古存。
當其貫日月，生死安足論！
地維賴以立，天柱賴以尊。
三綱實系命，道義爲之根。
磋余遘陽九，隸也實不力。
楚囚纓其冠，傳車送窮北。
鼎鑊甘如飴，求之不可得。
陰房闃鬼火，春院閟天黑。
牛驥同一皂，雞棲鳳凰食。
一朝蒙霧露，分作溝中瘠。
如此再寒暑，百沴自辟易。

哀哉沮洳場，爲我安樂國。
豈有他謬巧，陰陽不能賊！
顧此耿耿在，仰視浮雲白。
悠悠我心憂，蒼天曷有極！
哲人日已遠，典刑在夙昔。
風簷展書讀，古道照顏色。

文天祥求仁得仁，歷代無不奉他爲英雄，萬古長青。前述《文天祥評傳》作者修曉波的評價不失公允而全面：「文天祥是一個理想主義者。他在早年的爲官生涯中，恪守儒家信條，以理想化的人格去做官，結果在世俗的官場中屢屢受挫。理想愈完美，在現實中的失望就愈大，而他又抱定自己的理想不肯放棄。

「在南宋末年政治昏暗的年代，如果沒有外敵入侵，他最終可能會以一個失意官僚的結局了此一生。但蒙古貴族入侵中原，改寫了中國歷史，也改變了文天祥的命運。國難當頭，他起兵勤王，用大量的詩篇抒發了對國家的熱愛，並表達了自己寧死不屈的氣節。更爲可貴的是，他用行動努力地去實踐，百折不撓，明知不可爲而爲之。在兵敗被俘與囚禁中，長期忍受磨難並經受住了種種考驗，國亡而志不屈，用生命譜寫了一曲千古絕唱的正氣歌。

「正因爲如此，他從一個普通的封建官僚『升格』爲著名的歷史人物。因爲在宋王室沈淪、乾坤傾覆之際，文天祥由理想人格所支撐的精神成爲一個被征服民族不肯屈服的象徵。一個偉大的民族必須具備不屈不撓的素質，所以文天祥的精神是不朽的。」

偉大的民族需有不屈不撓的素質

宋史專家史式亦從民族精神發展的立場評價文天祥：「有些人雖然成功了，他的功業只起作用於一時；有些人雖然失敗了，他那奮鬥犧牲的精神卻能長期鼓舞後人，成爲我們民族精神、民族魂的一部份，影響了千秋萬代。岳飛和文天祥就是這樣的人物。」

綜觀文天祥的一生，特別是在客家搖籃地區的抗元壯舉，展現了他嚴於忠奸之辨、義利之別的修爲，體現了毀家濟國、誓死抗敵的情感；他滿懷不顧安危、挺身赴難的獻身精神，顯現了百折不撓、堅韌不拔的頑強意志。這種殺身成仁、捨生取義的思想，以及大義凜然、以身殉國的堂堂正氣，震古鑠今，譜寫了一曲留芳青史、光耀千秋的正氣之歌。同時，他氣勢磅礡的詩句，影響了後世千千萬萬的仁人志士。

文天祥的高貴情操，正是中華民族精神的最突出的表現，後世的客家人也將其視爲客家精神最鮮活的表現。客家人標榜、奉行的理想人格特質，諸如：剛強堅毅、硬頸耿介、勤勞奮發、忠義氣節，在他身上都活靈活現地流露出來，因此更加奉他爲客家先賢。當然，這些人格特質也是中華民族的精神共性，非客家人所獨有；而且，客家精神是中華民族傳統的一部分，又是中華民族傳統的一種具體表現，因此文天祥這種英雄偉績及其浩然正氣，被民族後代與客家子民奉爲敬仰與學習的典範，確實對中華民族文化和客家民系意識的發展與提升，產生了不可磨滅的貢獻。

從中華民族的文化發展而論，文天祥的懷抱及其實踐，表現出民族精神的「理想典型」，也就是體現了士人或知識份子所懷之「道」。道源於古代的禮樂傳統，基本上是一個安排人間秩序的文化傳統，但是由於「道」缺乏具體的形式，因此必須如精研中國文化思想的余英時教授在《道統與正統》之間說：「知識份子只有通過個人的自愛、自尊才能尊顯他們所代表的『道』，此外便無可靠的保證。中國知識份子自始即注重個人的內心修養，這是主要的原因之一。」儒家要求的「求諸己」、「盡其在我」，就是強調個人內心修養的重要。余英時教授認爲「中國文化之所以能延續數千年而不斷，卻也是受這種內在的韌力之賜」。

豎立道德風範影響深遠

余英時在《從價値系統看中國文化的現代意義》一文中進一步解說：修養不能止於知識的層次，「知及之，人不能守之，雖得之，必失之」，如何「守仁」，便不純是知識的事了，最要緊的是讀聖賢書之後，更進一步「切己體驗」，「向自家身上討道理」。這也就是歐陽修所說的「知古明道而後履之以身」。余英時教授強調：「兩、三千年來中國社會能維持大體的安定，終不能說與它獨特的道德傳統毫無關係。社會上只要有少數人具有眞實的精神修養，豎立道德風範，其影響力是無法低估的。」

文天祥就是「具有眞實的精神修養」並「豎立道德風範」的人。他自小讀古聖賢書，就是從歷史人物有關仁義的宣說以及所體現的道德境界自勵，以追求理想人格。他年少時曾寫到：「德業如形影。德是存諸中者，業是德之著於外者。」又說：「君子之所以進者，法天行而已矣。進者，行之驗，行者，進之事……行固君子也。」也就是說，只有積極不懈的習德並行德，才能進步，再持之以恆下去，就能實現人生理想，達到從容爲聖賢的境界。最後，他求仁得仁，絕筆中說「讀聖賢書，所學何事」，無非達到「無愧」的終極境界罷了。

「唯其義盡，所以仁至。」這是文天祥對其寧死不屈抗元到底的最終遺言。他以死求之的「義」與「仁」又是什麼內涵？研究文天祥的專家萬繩楠認爲，文天祥所追求的「義」，是他自己說的，是爲國家「鞠躬盡力，死而後已」；即使死了以後，也要「爲厲鬼以擊賊」。至於「仁」，則是「天地生物之心」，也就是像梅花那樣「千古不變凌霜」，開在天地閉塞、萬物未遞通之時，而在國難當頭之際，挺身而出，力挽狂瀾，直到最後一息。

文天祥正如他歌頌梅花那樣，「耐寒白如玉」、「清貞堅百煉」，穿透歷史長河，萬古而長青。

2

孫中山

百折不撓　推翻帝制掃除軍閥敗而不餒

基於「如置一星之火於枯木之山矣，不必慮其不焚也」的信心，他將武裝起義視為革命首要工作，敗而不餒，屢敗屢戰。這種堅定不移的頑強意志，鮮活地表現他意志堅決的倔強性格。他既能中和又能創造，不直接搬用現成的學說與制度，不侷限於西方的或中國的單一文明來源；既能具體實踐又能建構思想，全方位扮演革命家的多元性角色，成為促成中國千年大變局的革命家。

一九一一年十月十日，一連串陰錯陽差，導致革命黨人占據武昌，清朝官員逃之夭夭，華中、華南各省紛紛響應。經過一陣紛亂的角力與協商之後，中華民國臨時政府宣告成立，隨後清廷遜位，終結了中國數千年來的帝制。孫中山率先倡導並引領眾多仁人志士前仆後繼犧牲奮鬥的革命大業，乍然開花結果，取得初步成功。

以硬耿精神追求革命理想

然而，這次成功之後，卻是一個接一個的失敗與挫折，一波接一波的紛爭與混亂，一次接一次的嘗試與努力。直到百年過後，孫中山雖獲海峽兩岸政府與人民的敬重，但他懸爲鵠的之理想雖已達成大半，卻仍有一部份仍高懸空中，特別是建立「民主共和國」的籲求，在他推翻帝制百年之後，在中國大陸卻猶看似高遠而難以企及。

孫中山所揭示的理想，是他「內審中國之情勢，外察世界之潮流，兼收眾長，益以創新」，逐步建構而成。當時中國之情勢正值「衰世」，有如清朝中葉文化思想家龔自珍「將萎之華，慘於槁木」的比喻，而且「日之將夕，悲風驟至」。

孫中山生長於中國危急存亡之秋，置身於中西文明激烈衝突與交鋒的地理空間，憑他敏銳的心思，年少之時即已洞察中國救亡圖存的緊迫性，並且認清「世界潮流，浩浩蕩蕩，順之則昌，逆之則亡」，因而苦尋醫治藥方，奮身投入革命大業中。雖屢遭挫敗，但倔強不退，硬頸不屈，愈挫愈勇，表現堅韌的硬耿精神。

超脫閉塞，以宏闊視野看待中國

孫中山出生的地理區位、家庭背景以及啓蒙教育，注定他很難經由科舉途徑進入仕途攀上主流地位，反而讓他易於出其外而以超脫眼光看待中國的處境，並以宏闊見識尋求救亡之道。孫中山是一八六六年出生於中國邊陲地帶的廣東省香山縣翠亨村。祖先殿朝公（生於一七四五年，卒於一七九三年）遷到這個鄰近澳門的濱海農村之時，先來者早已占據富饒之地，後到的孫家只能租種多沙的土地。由於地貧不適耕種，他父親孫達成長年在澳門打工養家活口，守在家鄉的人則勉力做田。孫中山六歲即開始幫助農務，鍛鍊出刻苦、耐勞、堅毅的意志。

由於家貧，哥哥孫眉十四歲時棄學當長工，兩年後隨舅父去檀香山（夏威夷）做打工仔。孫中山七歲起讀私塾，九歲入村塾，接觸中國了傳統文化的皮毛。十三歲時，經一再力爭後獲准到檀香山投靠哥哥，先幫哥哥打工，再去教會學校和中學讀書，成爲小留學生。

他的邊陲地帶出生背景與非科舉路線的求學歷程，注定他在中國的邊緣人位置，但也開啓他親炙西方文明的視野。孫中山的邊緣人地位與世界人眼光，讓他得以從腐朽、僵化、滯後的主流社會脫穎而出，而在當時先進於中國的外國與香港所吸取的新知，開闊了眼界，砥礪新志向，讓他成爲從中國外部發動革命，衝撞舊體制、開展新機運的一個劃時代先鋒。孫中山一生的革命事業就是從邊陲向核心進擊的過程。

邊陲之地造就新思維的變革先鋒

當時的中國，經過鴉片戰爭的砲火洗禮，通商口岸成爲管窺外面世界的窗口，而廣州及其周遭的珠江三角洲，因長期對外開放的歷史優勢，以及鄰近香港、澳門的地理之便，而成爲得風氣之先的新時代寵兒。原本在中國處於地理與文化邊陲地位的劣勢，一下躍身爲最方便與世界接軌的風水保地，因而遽然冒出一些衝撞舊秩序的先鋒。例如：建立太平天國的洪秀全是廣東花縣人，在廣州應考時因爲拿到基督教傳教士的宣教冊子，而激發了日後創教與迷惑人心的靈感；發動「公車上書」並開啓維新變法的康有爲是廣東人，他曾到香港目睹其進步的情狀，深感震撼，狂買西書研讀，眼光與思想丕變；清末民初重要思想啓蒙家梁啓超同樣是廣東人，受教於康有爲而成道業。孫中山比他們跑得更遠、更年少時浸淫西學，因此思想上比他們更西化，而且更有革命意識。

即使在香山縣的家鄉，孫中山家族也是邊陲人，因爲他們是遲到的外來者。孫中山在香山縣翠亨村算是移居後的第五代。開基祖殿朝公從何處遷來這個偏僻村落，關乎孫中山在血統上究竟是客家人還是廣府人，算是重大課題。所以，自他過世至今，一直受人關注，但爭論不休，猶無定論。他的家世源流有兩種說法，一種是從紫金遷入香山，是爲「紫金說」；一種是從東莞遷入，是爲「東莞說」。兩說各持孫家家譜，各有論據，互不相讓。

先祖從何處來有不同說法

最早做了深入考證的是中山大學教授羅香林，他在一九四二年發表《國父家世源流考》，主要根據是紫金的一本《孫氏家譜》，認定孫中山的的先祖是璉昌公（孫氏十二世祖），孫中山從紫金遷增城，後世輾轉遷到香山縣。羅香林又說：孫中山曾述「家廟在東江公館村」，而紫金縣位於廣東的東中部，鄰近河源市，西瀕東江，原名永安，一九一四年改名紫金，爲純客家人群聚區。所以，孫中山是先祖住紫金的客家人。

羅香林教授在書中指出：香山的孫氏本是中原世族，唐末之亂渡江南徙，子孫散佈於贛南、閩南與粵省各地。晚唐僖宗時期因黃巢之亂，遷居江西寧都。五傳後遷福建長汀之河田。至明初永樂年間，友松公再遷廣東東江上游紫金縣之忠壩，是爲入粵始祖。十二傳至璉昌公，兵敗流散，康熙年間自紫金遷居增城。又過了兩代，再遷至香山縣涌口門村。兩代後殿朝公自涌口村遷至翠亨村定居。由此可見，孫中山的祖居地有三處：一是江西省寧都縣，二是福建省長汀縣，三是廣東省紫金縣。

據一九七一年在台灣出版的孫中山的家世族譜《台灣樂安孫氏族譜》載：孫氏遠祖唐

朝以前居住在河南陳留地方，遷入虔化（即今寧都），又遷居福建汀州河田，五傳孫友松偕弟孫友義由河田遷居長樂縣忠壩公館村（今屬廣東紫金縣）。孫友松爲孫中山一脈孫氏入粵始祖。另外，江西寧都孫氏族譜記載：三世祖諱士元，生四子：長十五郎字有恭、次十七郎字有敬、三念二郎字有惠、四念六郎字有信。恭房之後居興國、贛州，敬房之後傳到七世九承士，生二子，長二居士，次三承士，三四職匡。二居士之後明居下鄉嚴坑，三承士之後居福建汀州河田，四職匡之後居法沙湖田。這份家譜與羅香林教授所撰《國父家世源流考》及《台灣樂安孫氏族譜》所載內容資料，是完全連接並且是吻合的。

祖源紫金客家之說信而有徵

紫金縣的人也認定孫中山先祖是本地人。他們說，明朝永樂年間，孫中山的高祖孫友松、孫友義兄弟從福建長汀河田遷到這裡定居，其定居點在距縣城十九公里的忠壩鎮北面的黃牛埃磨山下，一個叫孫屋排的發昌村，老地名又叫公館村。鄉人張倣渠等爲紀念孫中山，一九四二年集資創辦 所「中山中學」，請其子孫科題寫校名和題字。孫科題寫校名，還根據他父親生前的教導，爲這所學校題詞「和平奮鬥」，立爲校訓。一九九二年，又增辦了忠壩二中，後來爲紀念孫中山夫人宋慶齡，忠壩二中更名爲慶齡中學。

「紫金說」的另 證據是在孫科手著八十述略。書中說：「我祖先上世於唐朝時，從河南陳留南遷江西寧都，明初由閩西遷廣東省紫金縣，清初由紫金縣遷香山縣。從遷粵始祖友松公至先父的嫡孫治平、治強，恰好二十代。」並稱：「我的父祖輩皆深明大義，對先父的影響極大。而先父領導民族革命，推翻滿清帝制，一方面固然受當時環境所刺激，另一方面也未嘗不是祖先遺傳的結果。」一九七二年，世界客屬總會在台北籌辦第二次懇親大會。籌備幹部向孫科報告工作時，孫科稱：父親曾告訴我，老家住東江永安縣（現名紫金），並說原爲客屬，從中原南遷。

認定孫中山源自紫金客家人者，還請出早年曾任孫中山擔任大元帥時任大元帥府警衛團營長的北伐、抗日名將薛岳將軍，指他告訴台灣客屬研究專家謝福健說：中山先生自己說過，他原籍在紫金縣，是東江客家人。謝福健問他孫中山與部屬講話用什麼語？薛岳答：與客籍同事講客家話，與廣東同志講白話（粵語）。孫科夫人陳淑英夫人也曾在謝福健著作中親簽「先翁是客家人，老家在紫金」等字樣。

家人習俗與傳統客家人不同

「紫金說」看似信而有徵，但「東莞說」也有其不可漠視的論據。

「東莞說」的事證主要是：原由孫中山的二姐孫妙茜保存的翠亨《孫氏家譜》記載：「始祖、二世、三世、四世祖俱在東莞縣長沙鄉（即上沙鄉）居住。五世祖禮贊公在東莞縣遷居來湧口村居住。孫中山的胞兄孫眉的後人孫滿、孫乾等人則一直堅持祖籍為東莞而拒絕承認紫金。另外，在翠亨附近的譚家山孫家墳場，葬有三十九穴墳墓，其墓碑所刻墓主名諱與《孫氏家譜》、《孫梅景等人賣田契》、《樂安堂仕合號帳冊》、《孫達成兄弟批耕山荒合約》所記載的孫家人名、名號相吻合。這些文物、史料證明孫中山的先祖早在明朝成化年間就已自東莞遷至香山。如果此說成立，孫中山的先祖變成東莞的廣府人，遷到香山縣自然是住到廣府人聚居的翠亨村。

持「東莞說」者還通過對翠亨地區作民俗學調查，瞭解關於翠亨孫氏在居住、語言、婦女足型、婚姻物件等方面的特徵，認定翠亨村是廣府人居住的村落，最早開村的都不是客家人，並且一直也沒有客家人入住。過去，由於民系隔閡，翠亨地區的客家人與廣府人是分村而居的，沒有混居的情況。因此孫家居住翠亨村，證明翠亨孫氏不是客家人。如果翠亨孫氏是由紫金遷來的客家人，那麼他們就不能遷入翠亨村，而只能遷入翠亨村周圍的客家村，特別是有紫金人居住的客家村。而且，孫中山的母親、二嬸、嫂子、姐姐、妹妹、堂妹及其他宗親的婦女都是纏足的，客家婦女都是天足。另外，孫中山時代孫家並沒有與客家人通婚的習慣，如孫中山的母親楊氏、三嬸譚氏、大嫂譚氏都來源於當地人居住的村落，不是客家村。即使是鄰近鄉村的客家人與廣府人之間也是很少通婚的，而孫中山的親屬及孫中山本人都與當地人（廣府人）結婚，而不與客家人結婚，這對以往當地人與客家人不通婚的習俗是有力的實證，同時也表明翠亨孫氏不是客家人。

對於「東莞說」的論據，廣東中山大學教授潘汝瑤、李虹寫了一篇論文反駁。主要論點是：孫妙茜保存的翠亨《孫氏家譜》漏懂百出，資料不完備且未加考訂，應是未完成的稿本。其中最大缺漏是「有世無系」，傳代關係不明，且多缺代，尤其根本無法「有根有據地說明連（璉）昌公是東莞孫氏的後代」。何況，羅香林一九三七年親訪孫妙茜，她為何只拿出一本孫家的《紀念冊》，而未提出《孫氏家譜》？所以，翠亨《孫氏家譜》不足為憑。至於何以習俗與客家人有，倒和廣府人無異？「紫金說」原倡者羅香林教授到翠亨考察後說，孫家與廣府系互通婚姻，到孫中山父親孫達成時已經本地化了，母親楊氏又是廣府人，所以纏足不足為奇；他雖是客家人與廣府人的混種，但他和父親都「尚能客語」。

說普通話的口音也難辨別祖源

聽孫中山留下的演講錄音，或許可以幫助判讀孫中山的母與為何。林嘉書教授寫了一篇〈鮮為人知的孫中山講話錄音〉，聽了孫中山《告誡同志》錄音，覺得「他以帶古中原音韻色彩的漢族客家人的發音腔調講普通話」。不過，廣東中山大學教授林家有卻表示，該中山研究所的客家籍學者「都認為並無明顯的客家口音」，他認為：「因客家話與廣州話均保留了不少中原古音，所以，孫中山的普通話錄音恐不足以證明他原來是講客家話或廣州話。」聽過孫中山講話錄音的人，固然難以判定他原來講的是客家話，但也可聽出和一般廣東人講普通話帶著濃厚的粵語口音判然有別，因此一個合理的解釋是：孫中山自小就是雙聲帶講廣府話，也講客家話，口音相互中和了，因此講普通話時，兩種口音都不明顯。

然而，這個推斷只有語言上的意義，還不足以據此針對「東莞說」和「紫金說」爭論雙方提出的事證，尙難將孫中山的家世淵源完全說分明。唯一可以確定的是，香山縣是廣府人與客家人混居的區域，所以，孫中山即使不是源自紫金的血統上的客家人，而是來自東莞的廣府人，至少還能說客家話，因此與客家人保有文化上的淵源。

自小就叛逆反抗民俗信仰

無論血統上屬客家人還是廣府人，孫中山自小就不同凡響，特別是在反抗傳統禮教、民間信仰和不良習俗上，孫中山表現得非常叛逆，破壞性十足。十八歲那年，他因爲堅持信基督教而被哥哥趕回家鄉後，有一天和好友陸皓東結伴到村廟北極殿玩，見到神像粉刷一新，還有人跪拜，孫中山人爲光火，走近神像對眾人說：「這個廟，除了廟住能得到求神者金錢外，誰神也得不道好處！」說著說著，就把「玄天上帝」的中指折斷了。他然後又到金花殿，把「金花娘娘」的粉臉刮破，還扯斷一隻耳朵。這個褻瀆神明的行動鬧得全村沸騰，眾人鼓譟痛罵，興師問罪。孫母迫於輿情，只好賠錢修復，並把他趕去香港讀書。他在夏威夷因信教而失學，回鄉後卻因破壞民間信仰而復學。眞是敗也是神，勝也是神。

少年孫中山對傳統迷信反叛破壞，卻對太平天國造反抗清的故事神往不已。童年時，他在翠亨村見到太平天國老兵馮爽觀，常聽他講述太平天國領導人洪秀全、楊秀清的事蹟以及他的作戰經歷，感到非常佩服，並且心嚮往之，還感嘆地說：「要是洪秀全滅了清朝就好了！」馮爽觀就鼓勵他：「你長大後也當洪秀全吧！」孫中山也以「洪秀全第二」自詡，十八歲從檀香山返國後，他常在鄉里宣講太平天國和美國華盛頓革命的事蹟還和孩童大玩「捉滿州仔」的遊戲，弄得家鄉父老非常驚慌。

少年時仰慕洪秀全反清民族思想

孫中山自許爲洪秀全的繼承者，稱太平天國領袖與將士們是「老革命黨」，認爲當時的革命黨人繼承了太平天國革命事業。而太平天國「所揭以號召天下者，則爲民族主義」，他對太平天國的民族主義評價甚高，認爲：清代乾隆以後，用篡改歷史、禁書和大興文字獄等嚴酷手段消滅排滿思想和民族意識，「中國的民族思想保存在文字裡頭的，便完全消滅了。到了清朝中葉以後，會黨中有民族思想的，只有洪門會黨。當洪秀全起義之時，洪門會黨多來響應，民族主義就復興起來。」他不僅繼承了太平天國的民族主義思想，還繼承了太平天國在這一方面的鬥爭策略。在辛亥革命成功之前，他主要依靠愛國知識分子、新軍和會黨從事革命活動，而聯絡各地會黨，正是太平天國反清的重要鬥爭策略。

孫中山顯然是從漢族的立場看待太平天國，將其定性爲高舉「民族主義」大旗反抗滿清的「革命先行者」。事實上，太平天國的興起有其深層的社會經濟背景。「拜上帝會」的創始人、傳播者洪秀全、馮雲山是客家人，前期傳播地區是廣西東南和廣東西部的客家山區，洪、馮二人的居停主人是客家人，太平天國的主要骨幹多數是客家人，據中國社會科學院研究員王慶成考證，東王楊秀清、西王蕭朝貴、南王馮雲山、北王韋昌輝、翼王石達開都是客家人，其信眾也多半是客家人。何以若此？

據《太平天國與客家》一書的作者劉佐泉指出，這並非歷史的巧合，而是時代和社會矛盾的產物，因爲：在「土客雜居」的廣西東南和廣東西部之類的地區，先遷入的本地人和後到的客家人之間爲了爭奪土地而不斷發生大面積、大規模的土客械鬥，客家人多數居於明顯弱勢，面臨嚴酷的生存壓迫，甚至流離失所，因此太平軍的崛起原本是「一支客家武裝移民之組織」，後因土著地主豪紳、團練、戰團和地方官府驅逐追殺，而演變爲反抗土著和「滿妖咸豐」的武裝反叛，另一方面則意圖向外發展以覓安身立命的處所，終而演變爲集結「農夫之家、寒苦之家」的跨族群反叛運動。

看穿太平天國缺乏民主思想

孫中山基於「驅逐韃虜」的戰略目標，將太平天國定性爲民族主義先鋒，但他對太平天國的民族主義並不只是簡單的繼承，而是有所發展。太平天國稱滿人爲「妖」，公開宣布要「殺盡妖魔」。孫中山先生有所不同，而是區分滿族中的統治階級與一般百姓，他說：「民族主義並非遇著不同種族的人就要排斥他。我們並不恨滿洲人，是恨害漢人的滿洲人。」他主張在推翻清廷之後，建立一個以漢族爲主的民族平等的多民族國家。

孫中山在民族主義方面對於太平天國革命事業有所繼承，汲取了一些經驗。對於太平天國的失敗，他則作了分析：「依我的觀察，洪秀全之所以失敗……最大的原因，是他們一班人到了南京之後，就互爭皇帝，閉起城來自相殘殺。……所以那種失敗，完全是由於大家想做皇帝。」

爲了接受教訓，古爲今用，他向革命黨人敲警鐘說：「我們在中國革命，決定採用民權制度，一則爲順應世界之潮流，二則爲縮短國內之戰爭。因爲自古以來，有大志之人多想做皇帝。此等野心家代代不絕。當我提倡革命之初，其來贊成者，十人之中，差不多有六七人是有一種皇帝思想的。但是我們宣傳革命主義，不但是要推翻滿清，並且要建設共和，所以十人中之六、七人都逐漸化除其皇帝思想了。但是其中還有一、二人，就是到了民國十三年，那種做皇帝的舊思想還沒有化除，所以跟我革命黨的人也有自相殘殺，即此故也。我們革命黨於宣傳之始，便揭出了民權主義來建設共和國家，就是想免了爭皇帝之戰爭。」

太平天國最終潰敗的緣由之一，確實是領導者滿腦子帝王思想所致。誠如中國近代思想史學家李澤厚所說：「政權人選和權力實際上人然長期操縱在上級官員的手中，廣大群眾並無眞正的權力。時間一長，退化變質、徇私舞弊，種種封建官場的陋習弊病都不可避免瀰漫開來。在上層，情況更是如此。由於沒有任何近代民主制度，專制與割據、陰謀與權術變成了進行權力鬥爭的手段，而且愈演愈烈。」這不只是太平天國的本質性悲劇，也是民國以後政局一再重複上演的戲碼。

超越改朝換代的思想格局

基於這種認識，孫中山早就坦率指出：「在革命黨人中間，還有不少人存在皇帝思想。革命事業的心腹之患，不在敵人的強大，而在自己人中還有人沒有化除封建意識、皇帝思想。大家不能化除封建意識、皇帝思想，即使革命成功了，也不過是改朝換代而已。打倒了舊皇帝，又來了新皇帝，換湯不換藥。什麼社會的進步，國家的富強，人民的幸福，都是實現不了的。」

由此可見，孫中山從太平天國承續了民族革命的意識，繼而將其民族思想從反滿的族群意識，昇華爲振興中華的民族主義，另一方面則超脫了造反奪權的改朝換代思想，發展以民爲主的民權主義思想。

由於思想上超越中國傳統的帝制思想，所以孫中山雖然十分推崇太平天國，但並不過份拔高太平天國。他直指太平天國只知有民族，不知有民權；只知有君主，不知有民主。即使成功了，也不過是歷史上又一個封建王朝而已。

因此，他雖然對太平天國的失敗無限惋惜，但對太平天國並未估計過高。他說：「五十年前的太平天國即使能夠勝利，而革命後仍不免爲專制。此等革命，不能算成功。」他認爲太平天國的革命是「英雄革命」，這種革命成功了，只是完成了民族革命，還不能建立自由平等的新國家。他自己所領導的革命是國民革命：「議會以國民公舉之議員構成之，制定中華民國憲法，人人共守，敢有帝制自爲者，天下共擊之！」

孫中山認爲，太平天國是革命黨人的先驅，但並不是學習的榜樣，因爲他們的領袖還有皇帝思想，實行的是封建專制主義，「全國長年相爭相打，人民的禍害便沒有止境。我從前因爲要免去這種禍害，所以發起革命的時候便主張民權，決心建立一個共和國。共和國家成立以後，是用誰來做皇帝呢？是用人民來做皇帝，用四萬萬人來做皇帝。照這樣辦法，便免得大家相爭。」

孫中山長期研究太平天國，目的是爲他所領導的革命事業服務，汲取經驗並接受教訓，但是，終其一生的革命事業，他猶未將中國轉化爲「人民作皇帝」的共和國即抱憾以終。太平天國冀圖以拜上帝教實現人間天堂，但從其所作所爲來看，根本上只是斷章取義地擷取西方宗教的糟粕，既是虛幻不實的，更是畸形變態的，而孫中山卻著眼於中國現實情狀，參照西方文明的精華，建構了兼顧理想性與可行性的思想學說，以扶大廈於既傾，拯生民於水火。

從改良主義破繭而出

立下救國救民宏願，放棄獲利甚豐的醫師事業而「從事於醫國事業」之初，孫中山還是一個改良主義者，一度希望透過上書條陳興革之道，推動中國的富強。他上書清廷洋務運動的頭頭李鴻章，卻石沈大海。體認清廷竟連區區的經濟興革之議都不屑一顧，孫中山原本滿腔的沸騰熱血，頓時激化爲點燃滿清政府腐朽大廈的熊熊烈火。

「傾覆清廷，創建民國！」孫中山在遙遠的異邦舉起革命的旗幟，走上職業革命家的不歸路。他是中國第一個發出革命的高亢強音的人物，而且一開始就擺脫中國幾千年改朝換代的窠臼，昂然揭開轉變國體與政體的歷史性革命大業。他的絕決態度顯示他不願苟合於世，立志硬直，耿介不阿，而且堅持到底。

尤具破天荒意義的創舉，是孫中山當時已萌芽清晰的民主觀念。他一八九四年創立興中會時，除了揭示「驅逐韃虜，恢復中華，創立合眾政府」的革命目標，同時訂了「檀香山興中會章程」，內中規定「凡會內所議各事，當照捨少從多之例而行，以昭公允」。這應該是中國近代第一次用《章程》形式確立初步民主制原則。

做爲一個革命團體領導人，面對艱險的任務，必須統領意見紛歧的同志，展開非常的革命行動，如何既能統一意志，又能在不違背內部民主機制的原則下達成，確實不是一件容易的事。孫中山並不是一個專擅、獨裁的領導人，多數時候都能尊重他人，包容異見，只是在領導權威受損、意志不能貫徹的情況下，他也建立了可確保領袖意志獲得服從的制度。

在革命過程中面臨集權或民主的掙扎

最典型的一個事例是一九一三年討發袁世凱的「二次革命」失敗之後，孫中山鑑於：「黨員雖眾，聲勢雖大，而內部份子異見分歧，步驟凌亂，既無團結自治之精神，復無奉命承教之美德，致黨魁則等於傀儡，黨員則有如散沙。」事情原委是究竟要如何討伐袁世凱，內部意不一，黃興主張協調解決，孫中山幾經猶豫之後，主張武力討伐。

黃興負責軍事，自知與袁世凱軍事力量的對比懸殊，因此未盡全力作戰，孫中山對他陽奉陰違非常惱火，因此決心締造一個紀律嚴密的「中華革命黨」，規定黨員入黨要宣誓服從命令，「附從孫先生再舉革命」，還要捺手印。此舉引起一些同盟會老同志如黃興、李烈鈞等人強烈反彈，拒不入黨。孫中山這種極度強調黨魁的絕對權威以及黨員的絕對服從的作法，造成一些同志因為不接受家長式統治而離散，又被質疑違背革命主旨且不符民主精神。

其實，孫中山對於同志大體上是相當尊重的，畢竟大家有志一同，革命成功擺第一，一切好商量。特別是在革命初期，孫中山對同志更是姿態放得很低，例如，孫中山創立興中會後，到香港活動，認識那時在洋行當副經理的楊衢雲，於一八九五年籌備廣州武裝起義。孫中山先被香港興中會同志選爲總辦，同時商定將來革命成功成立臨時政府後，總辦就是大總統。隨後，孫中山準備回廣州部署起義臨行前，楊衢雲突然要孫把總統的地位讓給他。孫中山非常詫異，但想一想，這次起義的經費都是楊衢雲募來的，他還徵集了一支起義隊伍，密購一批槍枝彈藥。如果拒絕所求，恐怕會壞了大事，因而不得不忍讓謙退，成全楊衢雲的總統美夢。這個戲碼算是預演了一次後來把臨時大總統位子讓給袁世凱的大戲。

胸懷大度難免遭小人暗算

孫中山對待同志大體皆從革命大局出發，對主義方略堅持原則，絕不退讓，待人則胸懷大度，信任、包容同志，而且眞誠待人，不玩弄權術。這種作風固然能贏得人心，團結同志，但也因爲過度相信人，常以「以君子之量，度小人之心」，所以動輒招人暗算，吃下大虧。

例如，一九二二年，他在廣東的部將陳炯明叛變之前，原已有跡可尋，但他雖有警覺決卻毫未防範。先是陳炯明佯稱願意支付財政款項，請孫的左右手廖仲凱去領取，孫派廖去，結果廖一到就被扣押。陳炯明隨後下令部將熊略砲擊孫中山所在的總統府，熊發砲前，想到孫中山待人不薄，不忍下毒手，就派一個連長到總統府向孫中山的秘書密通報消息，林姓秘書勸孫中山轉移。不料，孫當下說，當年在廣州作惡多端的陳炳焜那幫人，都不敢發動軍事叛亂，何況陳炯明跟隨自己多年，一手栽培起來，不會敢於發動叛亂。直到第二天砲彈轟過來，孫中山還不敢置信，仍巍然不動，經宋慶齡等人苦言相勸，他才易裝逃命。

南京大學教授茅家琦總結孫中山一生的待人之道，指他從善良的願望出發：「往往被對手的假象、一時的表現所蒙蔽，而看不清對手的本質和一貫的表現，因此，在政治鬥爭中往往吃虧、打敗戰。」

最鮮明的事例是他和袁世凱之間的交手，他一誤再誤，一敗再敗，宛如一個純眞的書生和一個奸險的政客對壘的寫照。最早於一九一一年武昌起義之後，孫中山從歐洲返國途中致電上海報刊就說「聞黎（元洪）有請推袁（世凱）之說，合宜亦善」，又說「至於政權，皆以服務視之爲要領」。

回國經香港時，他的革命戰友胡漢民、廖仲凱和一幫廣東革命黨人勸他不要直接到華中，先留在廣東從長計議，因爲北洋兵力未破，袁世凱倚兵自重，舊勢力未除，政權無威力鞏固，孫中山一旦到上海南京，雖將被擁戴，但已無兵可用，元首形同虛器。孫中山卻以爲「我恃人心，敵恃兵力，覆之自易」，堅決北上，結果毫無可恃之後盾，而被袁世凱玩弄於股掌之間。

袁世凱擅長權謀欺世盜權

孫中山這樣一位立志救國救民的純正革命家，竟然栽在袁世凱這種恐怕連「天下爲公」之念一刻都不曾在腦中閃過的權謀野心家之手，只能浩歎人類歷史上，勝利女神經常正善良、公平、正義於不顧，而將天平的砝碼傾向邪惡的一方，眷顧那些手段能力高強的人。

袁世凱在清王朝命爲之際受命扶持，大玩兩面手法，一方面利用清廷殘餘兵力進攻南方革命勢力，逼其就範，另一方面借革命力量逼清廷交出政軍大權，再成立以他爲首的統一的中央政府。他老謀深算，縱橫捭闔，威脅利誘。孫中山一方面迫於形勢，以爲可用袁世凱的力量「推翻二百六十餘年貴族專制之滿州，則賢於用兵十萬」，一方面又從善良的願望出發，以爲袁世凱「不苟於然諾」，結果讓這個翻雲覆雨的野心家輕易掠奪國民革命的成果。他爲了讓袁世凱擺脫北方就勢力的羈絆，退位後向參議會提出咨文，要求將政府地點從北京轉到南京，袁世凱假造北京兵亂事件迫孫中山讓步，孫不但讓步，還應袁世凱之邀，在可能被袁殺害的陰影下堅持到北京。

他和黃興在上海準備登船北上之際，徒然從北京傳來急電，只一位曾任武漢軍政府軍務部長的人被殺害，疑是袁世凱下的毒手。黃興很氣，決定留下來查明眞相，但孫中山堅決按計畫北上。他對送行記者說：「無論如何，不失信於袁總統，且他人皆謂袁不可靠，我則以爲可靠，必欲一試吾目光。」他在北京與袁晤談十三次，結論是：「余已與袁世凱開誠布公，面商一切。倘公舉袁世凱爲正式總統，余之願表同情。」又說：「袁總統可與爲善，絕無不忠於民國之意，國民對袁總統萬不可存猜疑心，妄肆攻訐，使彼此誠意不孚，一事不可辦，轉至激迫原總統爲惡。」

他隨後擔任袁的鐵路督辦，棄政治於不顧，絕不願在民國體制下經營政治實力以牽制袁世凱。他對民國非常忠誠，貞固不遷，態度有如他病逝前在北京協和醫院窮盡西醫療程無救之後，有人勸他是服中藥，他說自己是西醫，在西醫院服中藥「是爲不誠」，直到搬離醫院後才服中藥。

袁世凱後來簡直無惡不做，孫中山對他從善良願望出發，毫無牽制之力，到了一九一三年三月宋教仁被袁世凱買兇刺死後，國民黨連運用薄弱的議會力量牽制袁世凱也付諸東流，讓他更可以爲所欲爲。宋教仁之死不僅是孫中山和國民黨痛失牽制袁世凱的大將，也使初生的民國剛冒出的議會政治新芽慘遭風雨摧殘。

心思單純質直，待人推心置腹

孫中山心思純眞，待人推心置腹，一貫與人爲善。即使對他心存不詭者，他有時也不知防範，以致招來禍害。孫中山或許也瞭解自己個性上的特質，例如一九一二年時，他哥哥孫眉被人推舉擔任廣東都督時，他寫信去勸阻，主要理由是：「兄質直過人，一入政界，將有相欺以其方者。」

華裔美籍學者張緒心在《孫中山未完程成的革命》書中指出：「孫輕易信任他人所言，而他待人確是如此率直，毫無掩飾，這並非是出自無知，而是常用誠實同情的態度去對待周圍的世界所致。」有如一八九六年，他在英國倫敦的中國駐英公使館被監禁，推測就是他易於輕信他人所致。這次事件的關鍵點是他究竟是如何進入使館的？

他在《英倫蒙難記》的說法是他在倫敦路上遇見廣東老鄉，受殷情招呼，後來在對方似「諧謔」又似「周旋」的笑貌中「一紛擾間」被推入的。但是，根據公使館與清政府的來往電訊及相關人士的敘述，應該是他自己闖進去的。南京大學出版的《孫中山評傳》，依據大量第一手史料拼出原本實況：孫中山有一天在使館門口遇見在此學造炮的宋君，問他使館內有無廣東人，宋說有一位鄧廷鏗是老廣，孫跟宋進使館見鄧，佯稱姓陳名載之，但離開前抬手看金錶上的時間，鄧對金錶很好奇，抓住孫的手看個仔細，赫然看到錶上刻有英文拼音的「孫」字，聯想到可能是被通緝的孫文。

到了第二天，因爲與鄧廷鏗約好要一起去海港見一位廣東老鄉，所以又去使館，使館毫不費功夫就把他監禁了。當天駐英公使龔照瑗當天發給北京總理各國事務衙門的電文說：「孫已到英國，前已電達。頃該犯來使館。」由此可見，孫中山等於自投羅網。

缺乏革命家特有的冷酷性格

性格純良，心念質樸，表現在孫中山待人接物的諸多作爲上。身爲一個革命者，他對理想的追求堅定如石，不屈不撓，卻一貫崇尚仁義與和平，不願過渡訴諸暴力手段。美國史學家史扶鄰（Harold Z. Schiffrin）寫了一本孫中山評傳，稱他爲「勉爲其難的革命家」，他指出他性格上的一大特質：「孫中山反對鼓勵階級鬥爭，也不願用暴力手段去消除本國的不公正根源。他雖具有大無畏的精神，但缺乏眞正革命家所特有的冷酷。」

即使面對列強各國，孫中山也常溫婉對待，寄予共同爲善的厚望。他雖然一心一意要革命強國，讓中國擺脫被帝國主義欺凌的悲慘命運，但他在革命的過程中，爲了取得奧援，籌措經費，不得不與列強諸國及其有力人士打交道，承諾如能得到金援，未來革命成功後將讓渡種種特權。爲此，他常被當時的人以及後世譏評「與虎謀皮」、「出賣國家」、「爲達目的不擇手段」。特別是與他關係最密切的日本，孫中山自始至終都寄予厚望，儘管日本對中國一再顯現永不厭足的野心，他仍倡言「大亞洲主義」，寄望中日聯手合作抵禦歐美白色帝國主義，始終堅定不移。這當然是因爲他對西方列強特別是英國徹底失望所致。他也長時期得到日本友人基於不同動機而提供的支援。

因革命所需而與日本結下不解之緣

孫中山一八九五年發動第一次廣州起義失敗後，被香港政府拒絕入境，從此就以日本爲最主要的革命根據地。當時日本雖在甲午戰爭中打敗中國取得諸多利益，但也引起其他列強干預，使得日本暫緩攻勢，養精蓄銳，以待更有利時機。當時的一些政要試圖尋覓中國的代理人或是合作夥伴，以爲日本在華謀取更大利益做準備。其中有人主張亞洲國家聯合對抗歐美列強，這個思路與孫中山有相當程度的雷同，所以有合作的基礎。

孫中山和日本人發展出緊密關係，始於一八九五年在香港籌備第一次廣州起義之際，當時他就得到日本民間人士的經費和軍費支援，他還拜訪日本駐香港領事，請求支援數萬支步槍和手槍，以便發動「反清起義」。當時日本侵略中國方酣，積極要挽救中國「亡種危機」的孫中山卻跑去跟日本政府討軍械來打中國，不是違背「國家民族利益」嗎？

但是，當時孫中山和革命黨人的認知有別於此，他們懷著濃厚的大漢族主義情緒，認爲中國長期遭滿族的異族統治，這些異族統治者又是腐敗無能，使得中國慘遭外強侵凌，因此唯有推翻滿清，恢復漢人治理，中國才有救。因此，他們普遍存著「先清內再禦外」的想法。既然如此，孫中山目睹日本發動侵略中國戰爭，一方面疾呼「拯斯民於水火，扶大廈之將傾」，一方面又「日本正以雄師進逼北京，在我黨固欲利用此時機」。

日本友人支持動機各有不同

次年，在英國蒙難獲救之後，孫中山與日本的關係獲得進一步發展，他在倫敦結識了不少日本旅居當地的各路人馬，他們熱心串連，架起孫中山和日本之間的橋樑。在英國考察研究一段時間後，他認為「吾生平所志，以革命為唯一之天職，故不欲久處歐洲，曠廢革命之時日，遂往日本，以其地與中國相近消息易通，便於籌劃也」。

到了日本，他結識了「亞細亞主義者」宮崎滔天，一見如故，暢談甚歡。透過宮崎滔天，孫中山結識滿懷「聯合亞洲對抗歐美」的日本政要犬養義，兩人志同道合，成為長期知己。犬養毅頗有識人之明，他看出孫中山成為中國革命領袖的三大特質：言行一致、篤信自己的學說、清廉節儉不貪財。他們在彼此的共同點上結合，為中國的革命列車添加了柴火。

有了日本基地之後，孫中山不斷得到日本友人的直接幫助、日本政府的間接幫助，更獲得源源不絕來自中國的留學生、革命流亡者的響應，不斷在中國各地灑下革命火種，激化「反清廷、建民國」的政治與社會矛盾。

不過，孫中山和日本政府之間的關係，既不穩定也不密切，因為彼此固然有共同點，但彼此之間的歧異和矛盾更多，而且日本政府根據中國內部情勢及列強在中國爭雄的態勢變化，不斷調整對華政策與作法，隨而不時調整對待孫中山的態度，關係時密時疏，而孫所得到的直接助益十分有限。孫中山原本對日本政府助他發動武裝起義寄予厚望，但始終不得要領，在希望落空之後，他甚至親自到台灣，轉而遊說日本殖民當局支持他在華南發動武裝起義。一九〇〇年，他和一批日本朋友抵達基隆，日本內務省長官立即致電台灣民政長官：對孫逸仙陰謀要採取防遏措施，特別是對我國人援助其事，因有礙外交，必須嚴格阻止。電文所指的「陰謀」是籌備中的惠州起義。

孫中山在十七年後發表的《建國方略》中提到這件事，他說，到台灣後得到總督府民政長官後藤的支援許諾，於是一方面擴充原有計畫，就地加聘軍官，一方面下令即日發動，並改原訂計畫，不直逼省城而先占領沿海一帶地點，多是先集合黨眾，等他到現場後再進行攻取。按照此說，日本在台殖民政府答應他支援惠州起義，但要求他配合修改計畫。

不料，惠州起義發動之後，台灣殖民政府改變支持的態度，命協助起義的日本人離開台灣，勸孫中山也離台，所其的彈藥支援也落空，起義軍因糧餉不繼，慘痛失敗。台灣總督府隨後下驅逐令迫使孫離開台灣。不過，這次惠州起義卻是孫中山主導的武裝起義中聲勢最爲浩大的一次，他和革命黨人召集起了兩萬多軍民共襄義舉，義舉之初勢如破竹，前後堅持了一個多月。

深切認清列強滅亡中國的陰謀

經過一九〇〇年八國聯軍的摧殘之後，中國的困境和危機更深重了，日本一些政客甚至主張將中國分割爲南北兩塊，列強瓜而分支。孫中山感於中國危在旦夕，日本又處心積慮裂解中國，乃於一九〇一年底發表《支那分割保全合論》，強調中國國土統一數千年，「有統一之形，無分割之勢」，並警告列強「分割之日，非支那人屠戮過半，則恐列強無安枕之時矣」。這篇文章反映孫中山對列強滅亡中國的陰謀認識更深了，他對日本支援革命的幻想也做了務實性調整。

民族危機趨於深重之際，民族的新生力量卻也萌芽茁壯。日本成爲留學生和革命流亡志士的大本營，孫中山掌握了時代的風潮，於一九〇五在東京創立同盟會，成爲集結革命力量的有力組織，也成爲輻射革命力量的堅強堡壘。在此同時，由於孫中山繼續發動武裝起義，清政府向日本交涉要求驅除孫中山，他於一九〇七年被迫離日，和日本之間的關係也隨而暫時疏遠了。直到一九〇九年，他爲了籌劃第二次廣州起義，才短暫回到日本，他那時已不再寄望日本支援起義，只求「轉變日本政府態度，使不阻礙中國革命，俾革命黨得在日本設秘密機關，以策動國內革命工作」。

革命面的財政極度困絀

他尋求日本政府支援革命，實質所獲有限。同樣的，他祈求英國、法國、美國、俄國等政府奧援，也都大失所望，還讓後人質疑他反對列強瓜分中國又要尋求列強支援的矛盾。

他當然深知其間矛盾，但確有不得已的苦衷，那就是革命的財政極端困絀。國內沒有財主伸出援手，華僑雖熱心但財力有限，留學生一窮二白，只有外國政府資財雄厚。因此，孫中山常有向外國政府求援或借貸的嘗試，提出的償債方案非常優惠，以致有時被批評為不擇手段。例如他曾向一位美國退休銀行家提出一項貸款計畫，在十年內借款三百五十萬美元，分四期支付，利息按本金百分之十五計算，每次付款及先扣除利息。將來如有一省光復，秩序建立後，新政府即委任美國財務管理人為海關稅務人員徵收出口稅。

他對其他國家政府也提出過類似的貸款方案，條件再優渥也從未如願，反招罵名。不過，美國學者韋慕庭（C Martin Wilbur）的一席話倒是對他頗有同情性的諒解：「從現實的觀點來回顧衡量過去的歷史，人們會認為，孫逸仙對債權人的某些許諾是魯莽大膽的，甚志是喪失原則的。對於提供特權、地位和租借一事，也許他毫無內疚不安之感，因為他的注意力集中於一個偉大的目標：推翻可惡的滿王朝，建立一個有利於中華民族的進步政權。」

想盡一切辦法籌措財源

問題的根源是革命需款太大，簡直是無底洞，金錢沒有來路，他多半一人承擔處募款重任，經常碰壁，革命時時缺錢，個人生活都很窘迫，有時連旅費都沒有著落。但是，他一直人窮志不窮，從不被金錢打敗，始終咬牙苦撐，奮戰到底。

早在他創立興中會時，他就知道革命非錢莫辦，於是在章程中訂了一個集資辦法：設「銀會」濟公家之急，兼為股有生財捷徑。每股十元，可認一股至萬股，開會之日（意指革命成功），每股可回收本利百元。他等於是把革命大業拿來當投資標的，提供有信心者投資，而且比照固定收益債券的方式，明訂固定的投資報酬率。

這種募款方式後來還改革創新，以求集合鉅款，分途舉義。一九一〇年第二次廣州起義失敗，孫中山認為關鍵在於金錢不足，他說：「此次之事不成，不過差五千之款，致會黨軍不能如期到省。」痛定思痛，他於是在美國芝加哥開辦「革命公司」為籌款機構，股份一萬股，每股一百美元，但須認股一半以後才收款。後來到了舊金山，再發起「洪門籌餉局」，鼓勵僑民捐款，規定捐款每斤五元以上者，發給「中華民國金幣票雙倍之數收執」；捐百元以上者記功一次，千元以上者記大功一次，於民國成立之日，獲記功者與軍士一同論功行賞，記大功者還可「向民國政府請領一切實業優先利權」。這種募款方式彷彿是發行優先認股權證。這種募款方法很有創意，很靈活，可惜少有人響應。因此，革命的火爐始終在欠缺柴火的困境中慢慢加溫的。

革命大業苦缺柴火，他個人同樣一貧如洗。一九一〇年第二次廣州起義失敗後，孫中山密抵東京，住進好友宮崎滔天家，他家人後來的回憶，平實生動地描述孫中山的貧苦情狀：「此時孫先生的令兄也因爲在夏威夷的事業衰落而來到日本，和孫先生同住我們家裡。孫先生說帶來點禮物，拿出占領廣州時所發行的兩枚銀幣和一些軍票送給我。隨後，他脫下汗跡斑斑的制服，裡面穿的竟是我五六年前在窮困中縫做與洗燙的單衫。一生擺脫不開窮神的糾纏，是中國革命家的常事。孫先生窮，我們也窮。爲了迎接遠來的貴客，雖然想燒一澡堂的水位他洗塵，卻又無煤無柴。只好打發孩子到隔壁的空房子撿拾一些木柴回來，才把澡堂的水燒好，讓兩位孫先生洗了一個澡。」

大總統擔任臨時深爲財困所苦

辛亥年武昌起義成功後，革命初步有成，孫中山仍然擺脫不了貧困的厄境。他在美國中西部知悉革命軍占領武昌，沒有馬上趕回國，繼續在美國與歐洲進行外交上的努力，主要還是爲了尋求外國政府貸款或資助，以支撐新政府運作之財務需求。他到華盛頓寫信給美國國務卿求見，石沈大海。到英國後簽署一項文件，希望取得英國政府基於「友誼和支持」的一百萬英鎊貸款，允諾革命勝利後「給予在華若干優先權利」，結果毫無所得。到了法國，提出優厚的貸款條件，包括讓渡關稅、礦稅、部分土地稅的徵收權，得到的回應是「絕對不可能」。孫中山兩手空空回國迎接中華民國這個嬰兒的誕生。

回到上海，他透過宮崎滔天與日本「三井物產會社」上海分社洽談貸款，幾經交涉，一無所得，臨去南京就任臨時大總統，還是口袋空空，急得如熱鍋螞蟻。他離滬前一天，要宮崎務必幫他籌到五百萬上路，否則新政府無法運轉，宮崎辦不到，孫給他一周寬限期，宮崎答應想辦法籌錢。

他懷著百般無奈的心情去領受此生最榮耀的嘉冕大典，這個革命英雄到了南京就任臨時大總統時，不但總統權位已承諾「虛位以待」袁世凱，公庫也是虛空如洗。孫中山就任後爲籌錢想盡辦法，但仍一籌莫展，他的革命伙伴黃興描繪其中慘狀：每日到陸軍部取餉者數十起，軍事用票因現金太少而無以轉換，雖強迫市人亦無益，農曆年前如無大筆進帳將跳票，信用崩盤。軍人餓著肚子，有嘩潰之勢。發行債劵緩不濟急，各省不能供輸還熬熬待哺。對於洽談讓渡權利以借貸遭責難之事，黃興將無可奈何的情況比喻爲「猶如寒天解衣付質，療饑爲急」。

孫中山當上大總統，還來不及幹出福國利民的好事，就幹下「解衣療饑」的壞事，引來一片斥責之聲。先是發行軍用鈔票，規定三個月後可到中國銀行兌換銀元，士兵領到軍用票到商家買實物或兌銀元，到處被拒，軍民糾紛迭起。南京臨時政府向日本三井財團接洽貸款五百萬，允諾讓渡官辦的漢冶萍公司生鐵、礦砂等利權，消息曝光後招致「賣國」的罵名，礙於輿情被迫廢約。

實在走投無路，他再以招商局名義向日本洽談貸款，日本政府乘人之危，大肆敲詐，他不得已承諾讓渡滿蒙地區利權，英美兩國偵悉後強力干預，被迫放棄。他和黃興爲解南京臨時政府財務燃眉之急，耗盡心力，一無所獲，還弄得聲譽蕩然。黃興急得胃出血，吐個不停。孫中山接見回國慶賀的同盟會老同志，被問到革命成功當上總統應該很痛快吧？他大嘆：「何來痛快？只有苦惱！」

向列強籌錢留下一些疑點

除了這兩項對日本方面的承諾之外，孫中山在一九〇五年間爲了反抗袁世凱滯留日本，據二次大戰後從日本政府流出的資料中，他被疑先公開反對袁世凱與日本簽定「二十一條」出賣中國利益，後來卻又與日本外務省政務局長簽訂中日盟約，允諾給予日本類似程度的利權。這個約即使是眞的也未履行，但他後來獲得德國政府援助，應是有落實的。事情經過是一九一七年，美國準備加入第一次世界大戰，由於中國政府也對德宣戰，北洋政府意見紛歧，輿論也正反異見對立。孫中山公開反對中國參戰，主要理由是防止北洋政府藉口參戰向列強貸款自肥，但同樣是在第二次世界大戰後從德國政府流出的資料顯示，孫中山因強烈反對中國參戰，或德國兩百萬的資助。論者認為正是由於得到這筆鉅款，孫中山才有能耐動員北京的一百餘位參眾議員追隨他到廣州去「護法」，建立「中華民國軍政府」，出任大元帥，集結力量反制北洋政府。

不僅德國，法國也是孫中山尋求合作的對象，主要是因為法國在中南半島據有大片殖民地，尤其是越南，因接壤中國，便於向兩廣發動武裝起義。根據法國的中國問題研究者白吉爾（Marie-Claire Bergere）所著《孫逸仙》，孫中山在一九〇七年前後密集在兩廣邊境一帶發動起義，是「得到法國政界或利益團體或多或少的公開援助」，目的在建立革命根據地，使用「外國的奧援在廣東成立分離主義政府」。如果此說屬實，無非是孫中山致力國民革命三十年間一以貫之的「求外援以自強」的策略運用。

孫中山從創立革命團體獻身國民革命，到推翻滿清建立民國，再經歷你爭我奪混戰不已的民初政局，一直被財務困絀所羈絆。由於始終缺錢，以致革命武裝行動規模小得可憐，政治掌控力量一直微不足道，甚至為了籌錢，向列強大方讓渡利權而遭罵名。他在廣州主政時，也被批評橫徵索財，與當時全國各地的軍權勢力作風無異。無論如何，他弄錢都是公而不是為己謀。清末民初與他政見相異而走不同條路的梁啟超就說他：「操守廉潔，最少他自己本身不肯胡亂弄錢，即便弄錢也不為個人目的。」

革命缺乏社會支撐的基礎

他在革命過程中何以一直未經費不足所困？這當然不應歸咎於他個人募款能力不足，也不是因爲他缺乏愛國心所致。一切問題的源頭應該是國民革命的基本性質、革命方略以及政治號召，在在缺乏堅實的社會基礎支撐所造成的。

興中會和同盟會孤懸海外。其能創立，源自孫中山的排滿建立共和國理念；其能獲得響應，在於積弱不振的中國正受滿人統治，漢人在共同的排滿意識下，合力推擠已然搖搖欲墜的清朝磚牆；其能推倒清廷，固然要歸功於孫中山等革命黨人率先在海外高舉反清大旗，再滲透國內，鼓動風潮。但武昌起義建立灘頭堡後，能在短時間內獲十八省響應宣佈獨立，則要歸因於中央與地方矛盾結合滿漢矛盾，致使漢人掌控的地方勢力坐大，和新軍同樣在「民族革命」的激情下，搭上革命列車。無論是海外的革命中堅力量，或者是國內呼應國民革命的政治勢力，都不代表當時的中國一批具有資財實力的新興社會利益集團業已出現，並且聚集在孫中山的主義旗幟下推動革命。

恰恰相反。孫中山在海外聚集的革命中堅力量主要是留學生、革命流亡者、會黨人士和華僑。他們大多數是從原本的社會網絡逸出，飄零海外，像是失根的蘭花。留學生和革命流亡者以日本爲大本營，他們大多因滿清於一九〇二年以來一連串的殘暴鎮壓行動而激進化，紛紛轉向反滿革命，響應孫中山號召。

會黨的社會邊緣人性格易同情革命

孫中山在海外活動和國內武裝起義都甚倚重的會黨，據南京大學教授李秀領研究，會黨力量強大，是因爲：「近代中國人口的壓力和時勢的動盪，造就了分布於南北的種種秘密組織。從內地到沿海，從駐軍兵營到交通碼頭，從鄉村到城市，會黨均混跡期間。這是一股受社會擠壓而游離於社會之外的對抗力量，其成員心懷離異和不滿情緒，有著激烈的破壞性心理，他們不受社會的尊重，也不受法律和社會正統秩序的制約。他們不僅具有自圖飽暖乃至劫富濟貧的經濟追求，也有強烈的反清抗官意識。」另外，被孫中山頌讚爲「革命之母」的華僑，固然不乏移民數代家業鞏固或者事業有成者，但多數還是地一帶的打工仔。他們對革命的奉獻，雖被孫中山譽爲「革命之母」，但大多數還是「熱心有餘，資力不足」。

說到國內呼應革命的勢力，一方面是新軍他們接受比較現代的軍事訓練，思想觀念傾向改革現狀，他們身在「滿營」心在漢，但也算不上新興的社會利益階層。另一股勢力是士紳階層。這個階層的人多半新舊文化內涵兼而有之，寄身於各種新興事業或機構，多數省市的諮議局長掌握在這個階層手中。他們多數傾向維新或立憲主張，對革命原先多心存畏懼，後來因爲清廷連立憲都不接受，因而逐漸同情革命主張。他們是武昌起義後紛紛宣佈獨立，成爲扳倒滿清政府的重要推手。不過，辛亥革命之後，他們少有人追隨孫中山繼續革命。除了這兩個新階層，當時的中國因爲民間實業剛萌芽，還不成氣候，所以並無成熟的、壯大的企業家階層出現。

革命在中國內部漂浮無根

孫中山發動的排滿革命，起之於海外，成之於國內，但在國內，它是漂浮無根的，既未寄託在新起的經濟階層或社會勢力之上，也未能寄身於下層的廣大民眾之間，因此力量是孤立的，牽動的層面是狹隘的。這樣的革命注定只能短暫成功，而不能持久；只能掃除漢人掌權障礙的表層帝制，而不能帶動傳統社會結構的大幅轉型。

同時，孫中山或許是因爲貧農家庭出身，又親身瞭解歐美國家下層階級生活的痛楚，致使他的思想主義是面向全體國民的，經濟方面的主張傾向下層階級，具有社會主義的色彩，難免遭致社會上既得利益階層和富有資產者的疑懼，因此始終得不到他們的奧援。即使他的革命主張傾向於經濟下層群眾，但他和革命黨人又未發展出對群眾宣傳、組織、動員的戰略指導原則和戰術實戰技能，因此民國之前的革命活動一直侷限於華僑、知識份子、會黨、新軍、列強政府與外國友人之內，因此力量顯得單薄。進入民國之後，一直到「聯俄容共」之前，他領導的政治力量與組織，雖然很重視主義的建構、民智的啓迪，但也一直未發展出群眾路線，因此未能開創新局面。

性格倔強，百折不撓

儘管如此，孫中山革命的意志非常堅定，百折不撓，愈挫愈勇。有人認爲這是因爲他的天生性格非常倔強有以致之。他的二姐孫妙茜描述他小時候呈現的性格：「幼時即喜爲人打仗，見群兒被人欺凌，則大抱不平，必奮勇以打，即打不贏，亦不稍退。」到檀香山讀了中學再讀教會學校，因信仰基督教，他哥哥制止無效，憤而要他棄學歸國，他也堅持篤信上帝而返鄉。這種執拗的個性的或許正是他在革命過程中百折不撓的驅動力。

他處逆境而能披荊斬棘，堅持不懈，光是武裝起義就失敗了十次。辛亥革命後，同樣一再挫敗，但仍不改其志，奮戰到底。一九一三年二次革命失敗後，他寫信給南洋同志說：「吾輩既以擔當中國改革發展爲己任，雖石爛海枯，而此身尚存，此心不死。」

他的堅毅性格如同撰寫《追尋現代中國》一書的英國史學家史景遷（Jonathan D Spence）所說：「孫逸仙的頑強不屈以及樂觀豁達使他從不輕言放棄，而他堅韌的人格特質亦使他贏得眾多支持者，俾以壯大夢想。」

他前後發動的十次武裝起義，在旁人看來，簡直是在大草原上點燃星星之火，根本發生不了燎原之效。主張維新變法的康有爲就批評他：「孫文躁妄無謀，最易僨事。」

但是，他認爲武裝起義如果順利攻下戰略要點，可以占領城市，建立革命根據地，再由點擴張爲面，形成割據局面，引發各地響應，即可覆滅清廷。他認爲：「如置一星之火於枯木之山矣，不必慮其不焚也。」因此，他將武裝起義視爲革命首要工作，敗而不餒，屢敗屢戰。這種堅定不移的作法，鮮活地表現他意志堅決的頑強性格。

武裝起義地點與其他革命團體有異見

關於武裝起義的地點，孫中山堅持集中在廣東、廣西一帶，因爲起義選擇地點必須考慮四個條件，一是可聚集力量，二是便利接濟，三是有利進取，四是便於運籌指揮。來自湖南湖北的黃興、宋教仁，曾質疑他一直在廣東起義是不是因爲自己是廣東人，爲何不到長江沿岸武裝起義以發揮較大的進取效應？孫中山回應，長江口防犯嚴密，武器很難運進去，不如廣東廣西海陸運輸都便利，又遠離清廷軍樞重地，容易突破且進退有餘。他說：「方今兩粵之間，民氣強悍，會黨充斥，與清政府爲難者已十餘年，而清兵不能平之，此其破壞之能力已有餘矣。」孫中山的倔強性格，使他在舉事地點上也不肯改變己見。

不過，宋教仁等華中地區來的革命黨人還是認爲「在邊地進行爲下策」，而「在長江流域進行爲中策」，置於上策則是「在首都和北方進行」，只是難度大，條件也不成熟。宋教仁改變不了孫中山偏好華南起義的堅持，只好「兄弟登山各自努力」，在長江流域各地成立

「華中同盟會」，爲辛亥年的武昌起義埋下火種。

同盟會一九〇五年在東京成立後，他和黃興等人制訂了革命方略，做爲指導全國武裝起義的綱領。在這綱領指導下，革命黨人在華南各地一再舉事，雖一再敗北，但他認爲：「革命風潮之鼓蕩全國者，更爲以前所未有。」但他卻也因而在清廷嚴重交涉後被迫離開日本，到東南亞去策動武裝起義。

自一七〇七年五月起一年之內，接連發動潮州之役、惠州之役、欽州之役、鎮南關之役、欽廉之役、雲南河口之役等六次武裝起義，這六次起義都是以會黨爲主力。總結失敗經驗，孫中山深刻認清會黨有侷限性，不足爲恃，轉而以聯繫新軍、策動清軍爲武裝起義新的戰略。

當時，新軍的人數快速擴充，而且革命化傾向越來越明顯，孫中山和革命黨人看到這股新興的革命潛在力量，開始積極聯繫他們。另一方面，中國的社會矛盾日益激化，各地抗爭迭起，清廷的治理危機愈益嚴重，已呈奄奄一息頹態。孫中山看出「中國內地事情誠爲風雲日急，有岌岌不可終之勢」，在此「中國命運懸於一線」之際，孫中山認爲「機局已算成熟」，於是決定籌集鉅款、集中起義。革命黨人全面發動，深入聯絡新軍並分頭募款準備發動大規模起義。

七十二烈士轟轟烈烈之慨震動全球

一九一〇到一九一一年，革命黨人密集籌劃，準備大幹一場武裝起義，以圖一舉攻下廣州，呼喚全國各地響應，傾覆滿清王朝。黃興於四月二十三日潛入廣州建立起義指揮部，先鋒隊在香港集結，待命出發。然而，清軍已經查知有事要發生，下令新軍槍械全部繳回，並突襲一些起義機關，廣州起義的主幹陳炯明等人主張推遲，有人主張不可遲疑。

黃興決定改期再起義，通知香港解散先鋒隊。黃興又想到如此一來所有準備將付諸東流，同盟會也將信譽受損，也對不起熱心參與者和捐獻者，越想越不甘心，決定發動「大暗殺」。

四月二十七日，他帶一百多個人直撲兩廣總督府，但其他說好要配合攻堅的同志和新軍都未發動，黃興孤軍奮戰，幾個小時後就被清軍殺得清潔溜溜，犧牲八十六位眞正都是同盟會正牌盟員的革命志士。一場原訂的革命大搏，變成如此一次有限目標的攻打。孫中山先失望之餘，只能說：「事雖不成，而黃花崗七十二烈士轟轟烈烈之慨已震動全球，而國內革命之時勢時以之造成矣。」

這樣講並非孫中山的掠美之辭。中國現代史學家唐德剛在《袁世凱、孫文與辛亥革命》一書中也對黃花崗起義做了類似評價：「他們死得太慘烈了。八十多人原是同盟會的骨幹他們差不多每個人都是將相之才，卻被當作衝鋒陷陣的小卒犧牲了。一旦集體犧牲，則同盟會之菁英斲喪殆盡；但是他們之死，也挖掘了我們民族的良心。全國暴動已蓄勢待發，清廷惡政也被推到了崩潰的邊緣。」

武昌起義意外成功卻非偶然

臨門一腳是五個半月之後倉促起事的武昌起義，由於站定腳跟一陣子，而被清廷緊急召回來支撐爲局的袁世凱，基於「養寇自重」的謀略，雖向武漢三鎮反攻，但只取二城，留下武漢，好讓清廷繼續挺他。果然在漢人裡應外合之下，武昌起義引起全國熱烈迴響，輕鬆推倒原已搖搖欲墜的清王朝。歷史的發展眞是「計畫趕不上變化」。

當然，武昌起義幸獲成功，就事件本身來說，雖出自華興會的策劃，創出局面卻是一次非計畫性的意外，但就形勢推移來看，卻是勢有必至，且與孫中山展望的情勢發展吻合。如他歷來所信，一旦占領城市且立定腳跟，全國各地便會做連鎖性的響應。所以，他在武昌起義雖無主導其事之力，卻也有推波助瀾之功。

始終苦於缺乏自己的軍隊

儘管滿清政府的崩解跟孫中山預期的也是追求的方式很接近，但是，他推動的武裝起義在軍事上並不成功，十次起義從來沒有一次能按原先的計畫進行，更不曾占領過任何城市。道理很簡單，從一八九四年創立興中會到一九二四年創立黃埔軍校的三十年間，他從未建立自己的革命軍隊，每次舉兵作戰都是臨時湊合。反滿革命期間，沒錢、沒地盤，無從建軍，多半是動員會黨、雇傭兵或者策反清朝的雇傭，再來就是未經訓練的革命黨人上陣衝鋒。民國以後，同樣缺錢，也沒有自我建軍的正當性，兩次到廣東組建政府，都是依靠當地軍閥、雇傭兵或拼湊一些雜牌軍，最後還被轟走。

直到一九二四年「聯俄容共」之後，獲蘇聯奧援，才開始建立自己的軍隊。他最終走上「聯俄容共」、「以俄爲師」之路，與其說對俄共的列寧主義有信奉之心，不如說他飽經挫敗之後，滿懷著建立一支軍隊去統一中國的急切之念。

其實，孫中山雖然在「傾覆滿清」的過程中一再訴諸武裝起義，但他卻不熱中於建立自己掌控的軍隊，做未遂行政治意志的工具。辛亥革命之後，胡漢民建議他留在廣東，「就粵軍各軍整理，可立得精兵數萬，鼓行而前，始有勝算」，但他堅決赤手空拳赴會。後來，袁世凱稱帝，孫中山領導「中華革命黨」聯絡各地進行暴動，策動兵變，到袁世凱見四面楚歌不得不放棄，憂患惶恐而死之後，孫中山馬上下令「罷兵」，解散革命黨領導的軍隊，因爲「當息紛爭，事建設，以昭信義，固國本」。他未能預見袁世凱這棵大樹倒下之後，並未因竊國首腦隨消失而回到民國正軌，隨之而來的卻是軍閥割據的混亂。孫中山再度因爲手無軍隊而無力匡正政局。

所以，他在革命過程中眞正起作用之處，不在武裝攻堅得逞，而在政治號召得力。他洞燭機先，深切理解他所處時代的渴望，一八九四年率先呼喚「驅逐韃虜，恢復中華」，抓住時代的脈搏，首開革命風潮之風。既能喚起排滿革命意識，又能統合主張歧異的各路人馬，大家齊一步調，鎖定目標，終於眾志成城。

建立當時中國最先進而完整的思想體系

孫中山的革命思想從政治口號的訴求開始，隨著革命情勢的推移和政治宣傳的需要，逐步向前開展，發展爲有系統、有深度的思想主義。他建構革命學說，再接再厲，持續不斷地努力不息，如同他的革命行動一樣，奮戰不懈，不達目的絕不終止。

儘管不是學識根基紮實，稱不上具有學術嚴謹度和原創性的理論家，也因爲自己的思想一直處在探索與發展的過程中，同時必須因應情勢的變遷與戰略目標的轉換而與時俱進，改弦更張，因此難免出現內在的矛盾。但是，就兼顧知識與學說來源的多元化、涵蓋當時中國所面臨問題的完整性、實踐步驟的具體化等三方面而論，他無疑超越同時代其他人。誠如前述法國學者白吉爾所說：「三民主義儘管在學術史上難占有一席之地，但卻象徵著文化傳播史上的里程碑。學者所輕蔑的種種缺陷（過度簡化、雜沓、天眞的狂熱激情），卻正是它在中國和第三世界成功的原因。」

孫中山的思想學說是否達到自我設定的「內審中國之情勢，外察世界之潮流，兼收眾長，益以創新」，固然見仁見智，其中也存著一些難以克服的難題，如中國顯然國窮民困，國家如何有財去「發達國家資本」，而抑制民間資本又如何去發展產業振興經濟？但是，誠如中國近代思想史學者李澤厚所說，他比同時代的革命者都站得高看得遠：「儘管理論深度有所不夠，他所提出的思想和政綱，他的三民主義學說卻反映和概括了當時整個時代的要求和歷史的動向，是當時中國最先進最完整的思想體系，並產生了國際影響。」

孫中山的思想學說如同他的革命策略，一直隨著客觀情勢和主觀認知的改變而不斷形成、發展與調整，因此是與時俱進的，而非自始至終一成不變的成型定見。例如，三民主義中的民族主義，便是由最初的狹隘的漢民族排滿的「驅逐韃虜」，發展爲各族融合一體、中華民族反對帝國主義的思想。

民權主義也有其充實和發展的過程。原本的含意是單純的「建立民國」，即是建立民主共和國，後來認爲西方的三全分立並不完備，而有「五權憲法」以救「三權鼎力之弊」。至於「權能區分」構想，則是爲了方便人民行使直接民權，以其人民和政府的力量可以平衡。

民生主義的變異程度就更大了。最早只有「平均地權」的主張，後來一方面要解決人民的生計問題，一方面又要防範出現歐美國家經濟發達之後所帶來的貧富不均的積重難返問題，所以逐漸添加了節制資本、振興實業、均富、同富等觀念。到了一九二四年「聯俄容共」之後，更染上了反對私人大資本的色彩。

整體而言，孫中山的思想學說是以西方思想與制度為主體，再揉合了中國的傳統文化，同時是以實踐為目標的具體方案，因此除了主義之外，更著力於實踐性的「建國大綱」、「知難行易」、「民權初步」、「實業計畫」等論說。

孫中山是革命的實踐者，而非純粹的學術人、思想家、理論家、文化人，不可能以鑽研學術或著書立說為本業，而是為了實踐與宣傳的革命需求而發憤鑽研古今中外文明發展的結晶，整理出一套體系相當完備的思想學說與實踐方案。

據統計，孫中山已經發行的著述中，所涉及的國家與地區共有七十幾個，地名兩千多個，中外人物一萬多名，主義、思想、學說、流派一百五十多種，重要事件接近兩百件，而他過世時在上海故居留下的外文書多達五百餘本。孫中山用功之勤與學識之淵博，由此可見。當然，受制於時代的眼界與個人的才學，孫中山的思想境界有其侷限性，理論和主張的嚴謹度、邏輯性和一貫性有其缺陷，某些主張虛幻不實，但是比起同時代的任何思想家或政治運動家所建構的思想學說、政治綱領或主張，顯然更完備、更具可行性。

美國研究中國近代史卓有所成的歷史學家費正清，對孫中山建構的思想學說做了堪稱公允的評價：「處在中國偉大傳統與各種外國模式分崩離析的多元格局中，恐怕沒有任何一個有系統思想的思想家取得足以與孫中山媲美的成就。」

在中國傳統與西方現代化的張力中創造學說

不只如此。他最超越凡俗之處，是既能中和又能創造，而不直接搬用現成的學說與制度，也不侷限於西方的或中國的單一文明來源，而且能具體實踐又能建構思想，能夠全方位的扮演革命家的多元性角色。

中國文化與思想學者余英時概括孫中山的革命偉績說：「共和建立，也許眞的可以說他使中國得到新生。毫無疑問，共和正是在中國傳統與西方現代化各個層次的張力中所創造的一個綜合。」他進而指出：「就個人而言，孫的作用顯然是決定性的。因爲在當時的情況下，只有他能夠將個人的張力轉化爲創造的泉源，去做他能做的一切。」

孫中山爲革命奮鬥一生，幾乎從來沒有眞正成功過，重要的心願幾乎都未於生前達成。在他的革命生涯中，艱難與困絀緊密相伴，挫折與背叛如影隨形，些許的功績幾乎都不是他親身直接促成的。但是，後世深知：他失敗的當兒正好播下了日後成功的因子，他精心擘劃的藍圖雖被踐踏於一時，但後世所達到的有限目標，卻足可嘉惠後人千秋萬世。而他不屈不撓的硬氣以及不與世俗苟合的耿介態度，更豎立了崇高的人格風範，成爲可貴的民族精神資產，讓後人景仰、學習。

3

鄧小平

堅毅務實　搏擊左右而又屢被左右夾擊

敢想、敢闖、敢幹、敢鬥，勇於豁出去，也勇於承擔責任。三次被打倒，三次再復出，最終取得近乎獨攬的大權，主導中國的改革開放大業。在「十年浩劫」帶來的悲慘世界中，力圖撥亂反正。他把握人生的最後機緣，將實事求是的一貫務實作風發揮得淋漓盡致，有時衝撞左翼，有時突擊右翼，在經濟領域中衝出改革開放路線，徹徹底底改變了千千萬萬人世世代代的命運。

鄧小平於一九二二年在法國加入「旅歐中國少年共產黨」，開始獻身於中國共產黨的革命、建政與執政事業，進而主導改革開放大計，最後於一九九二年發表「南方講話」，重新啓動經濟的改革開放，前後達七十年。

他一生的作爲與際遇，深刻反映了中華民族在千古大變局中掙扎求發展的軌跡，也以其「主觀能動性」改變了歷史的進程。

在開放與保守之間纏鬥前進

在這段跌宕、起伏的歷程中，他自始至終都在左右兩條路線的糾葛、纏鬥與夾擊中賈勇前進。有些時候，在有的問題上採取開放性政策，同時反制左傾路線；有些時候，在有的問題上採取保守性政策，同步去抑制右傾力量。隨之而來的，有時遭受左翼勢力的攻擊，有時受到要求開放的黨內外右翼路線的指摘。他的政治生涯可說是搏擊左右而又被左右夾擊的奮鬥史。

他敢想、敢闖、敢幹、敢鬥，勇於豁出去，也勇於承擔責任；掌權當道時，他快行己意，大開大闔；挫敗失意時，他壓低姿態，保持樂觀的精神狀態，尋求東山再起。三次被打倒，三次再復出。最終取得近乎獨攬的大權，主導中國的改革開放大業，在文化大革命「十年浩劫」帶來的悲慘世界中力圖撥亂反正。他把握人生的最後機緣，將他實事求是的一貫務實作風發揮得淋漓盡致，有時衝撞左派，有時突擊右翼，在經濟領域中衝出改革開放路線，徹徹底底改變了千千萬萬人世世代代的命運。

祖先從江西客家聚集區搬到四川

鄧小平走上革命途程，要歸於到法國「勤工儉學」的淵源。他的求學歷程近似於早期的孫中山，從一個農村小孩自十五歲上下就飄洋過海，到遙遠的「泰西」異邦修習，開闊了眼界，立定了志向，走上了革命之路，成爲打破舊秩序的急先鋒。

依據鄧小平女兒鄧榕（毛毛）在「我的父親鄧小平」一書對其家世源流的敘述，鄧家的一世祖爲鄧鶴軒，原籍江西吉安府蘆陵縣（文天祥祖籍地），於一三八〇年（明朝洪武十三年）以兵部員外郎進入四川，居住廣安。由於當時蘆陵聚居大批從中原南遷的客家人，因此鄧家先祖被認爲是客家人。

鄧小平屬客家人的說法，早在一九二〇年他搭船到法國馬賽時，前來接待的留法勤工儉學前輩李璜（曾任青年黨主席）就知悉，他後來在回憶錄中寫到：「鄧小平，四川廣安人，原籍廣東客家。」李璜應是只知鄧的客家背景，想當然爾祖籍是廣東，而不知實爲江西。

鄧小平的先人從江西移居四川，是爲當官而去，並非經濟性移民。不過，在宋、元、明三朝時期，江西的中原客家移民卻有大量人迫於生計而輾轉移往湖南和四川，中共改革開放初期的黨務領導人胡耀邦的先人，就是從江西遷到湖南瀏陽的客家人。明朝萬曆年間，胡耀邦先祖、客家人胡允欽（生於一五六九年），爲躲避戰亂，攜家眷離開江西樂安浯塘故土，來到湖南瀏陽，選在中和蒼坊村定居。胡耀邦是胡允欽的第十二代孫。胡耀邦的客家人背景，也獲他兒女確認。二〇〇五年，紀念胡耀邦誕辰九十周年時，北京出版社出版了滿妹（滿妹名李恒，從母姓，胡耀邦的么女）的人物傳記《思念依然無盡——回憶父親胡耀邦》書中說：「許多人都不知道我家有客家人的背景。據考證，我的先祖是明末時爲避戰亂，篳路藍褸，由贛入湘，定居瀏陽的。」書中描述胡氏先祖遷徙到瀏陽的情景：「明末清初，前後有四千多名江西、廣東的客家人陸續西移北遷，塡補到湘贛邊界上，其中就包括我的先祖。後來，他們看中了瀏陽河南那片被稱爲西嶺的丘陵山地，便結廬而居，建設家園，開始新的繁衍生息。」這正是無數中原客家人遷徙各處的共同情狀。客家人遷至新家園後，由於多是後到移民，因此只能在山區開墾農田，種植爲生。胡耀邦的祖先在瀏陽世代務農，他在家鄉上初、高小，一九二九年在瀏陽中學讀書時秘密加入共青團，走上中共革命征途。

鄧小平的先人同樣自江西遷移出來，但畢竟是隻身到四川任官，而非客家人集體移民，因此除了農耕之外，多進入仕途。鄧鶴軒遷至廣安之後，他的第三、四、五、六、七代都是考舉進士。他的祖父以裁縫、織布、磨粉營生，賺了一些錢，家境漸趨寬裕，到他父親鄧紹昌（又名文明）時，開始接受較多教育，就讀成都法正學校，畢業後教了幾年書，後來當上地方官吏和幫會領導人，成爲紳軍政權的重要成員。由於接觸面廣闊，因此懂得培養子女的開闊門路。鄧小平七歲時就進入新式，高小畢業後在廣安縣中學讀了不久就離開家鄉，到重慶投考留法勤工儉學預備學校。

至於鄧小平爲何會參加留法勤工儉學？有一說是他父親鄧文明聽說重慶有一所法語預備學校，學費廉宜，學兩年即可出國，便勸鄧小平去讀。《鄧小平傳》的作者韓文甫認爲，此說不可信，因爲：「鄧文明十分富有，客家人教育子弟是最捨得花錢的，不可能貪圖學費便宜而鼓勵兒子投考留法預備學校。」韓文甫推斷泰半是鄧小平自己爭取進入留法預備學校的。無論如何，這個選擇反映時年十六歲的鄧小平對外國世界充滿好奇，且敢於離鄉背井闖蕩國外，算是相當有上進心且有膽識，也爲他投入中國共產黨種下因緣。後來回國工作則是因「聯俄容共」政策。

鄧小平到法國不久，中國共產黨在上海成立了，開啓了尋求從左翼的社會主義路線重建中國的革命先河。自此而後，右翼的國民黨和左翼的共產黨對峙拼鬥，其間，國共兩黨短暫的合作，正好把當時已從法國轉入莫斯科孫逸仙大學研習的鄧小平召回中國，加入革命戰鬥的行列。事情的緣起是國共合作之後，國民黨於孫中山逝世後分裂爲左右兩派，掌握軍權的蔣介石率軍北伐頗有進展。

一九二六年，與奉系軍閥張作霖敵對的馮玉祥到莫斯科尋求軍事援助，蘇聯提出的軍援條件是他必須加入國民革命軍的北伐行列，他同意後，鄧小平及幾位同學奉召回國進入馮玉祥的西北軍工作。不久之後，蔣介石面對聯俄容共後愈趨尖銳的黨內國共之間矛盾，於一九二七年發動清黨、分共，馮玉祥隨後跟進，鄧小平急忙逃命奔赴漢口，加入中共中央工作。自此而後，鄧小平成爲中國共產黨的「無產階級革命家」。

首次出征即表現實事求是態度

一九二九年，鄧小平奉命到廣西策劃「百色起義」，正式投入軍事鬥爭行列，是他人生的一個重大轉折點。他深切記住生命史上的這個烙印。

一九九三年十月三十一日，九十高齡的鄧小平乘車在北京遊城，路過高速公路收費站，好奇地問隨行人員：「收多少錢？」北京副市長張百發告訴他收二十元，鄧榕俏皮地伸手向他說：「收錢！」鄧小平回答：「我哪裡有錢？從一九二九年起，我身上就分文全無。」

就在一九二九年，鄧小平第一次嚐到軍事勝利的滋味，完成「百色起義」計畫，成立紅軍第七軍。他第一次帶兵打戰就表現了實事求是的處事態度。當時中共內部正值李立三的「左傾冒險路線」當道，以爲「革命形勢大好」，下令「紅七軍」攻打桂林等城市，但鄧小平不願以卵擊石，他要軍隊保存實力，因此不惜違抗上級強攻硬衝的指示，而轉戰廣西、雲南、湖南、江西山區，最後到贛南與中央紅軍會合。他抗斥了左傾冒進路線的指揮，但也鑄下他後來在江西中央蘇區被整肅的厄運。

堅決與左傾冒進主義路線鬥爭

一九三一年起，鄧小平先後擔任瑞金等縣的縣委書記，面臨國民黨軍隊多次圍剿，他附和毛澤東的游擊戰路線，認爲共軍羽翼未豐，不足以打陣地戰，因此在軍事上不宜硬碰硬，在經濟上不宜損害中農的利益。一九三三年，鄧小平遭受黨內左派領導核心發動的反「羅明路線」衝擊，被批判「執行了純粹的防禦路線，這一路線在敵人大舉進攻面前，完全表現得悲觀失望，對於群眾的、黨員群眾的力量沒有絲毫信心，以致一聽到敵人進攻蘇區的消息，立刻表現張惶失措，退怯逃跑」。

他和毛澤東等幹部一起挨整，但他拒不認錯，還強力抗辯，反擊左傾路線，堅決不肯低頭屈服，豎立了他「在原則上絕不讓步」的一貫風格。結果，他不僅失去縣委書記職務，也失去第二任妻子金維映（第一任妻子爲莫斯科孫逸仙大學同學張錫瑗，因難產致死）。這是鄧小平第一次被整肅，第一次被左翼路線搏擊。

不過，塞翁失馬焉知非福，他因支持毛澤東路線而受過，毛爲此感念在心，後來對鄧一直器重，而且在文化大革命期間未對他重下毒手，這也使得鄧小平在黨內多了一個靠山，除了在法國追隨的周恩來之外，又多了一個後來稱霸中共四十年的毛澤東。在其後中共軍隊「兩萬五千里」轉移根據地途程的「遵義會議」中，他協助毛澤東、周恩來聯手奪權成功，更使他在黨內取得權力要津。儘管有了權力核心做靠山，鄧小平後來在中共建政後平步青雲，掌理大政，主要還是扎扎實實打了幾場大勝仗有以致之。

他在抗日戰爭和其後的國共內戰期間，多數時候是搭配劉伯承的大兵團作戰，擔任政委。他在這段期間推展的政治路線頗具指標意義，殊堪重視。在抗日戰爭期間，他奉派到山西、河北、河南交界處組建邊區政府，做為抗日根據地的臨時政府。

抗日時期堅持建立「民主政權」

中共在其抗日根據地中算是執政黨，為了統合各方力量共同抗日，同時爭取社會力量對共產黨的支持，中共當局設立了「民主政權」，其中的代表性組織是「臨時參議會」，還特別頒佈了「三三制」政策，也就是參議會的組成比例是共產黨員占三分之一或低於三分之一、進步勢力三分之一、中間勢力三分之一。這種「民主政權」的組成與運作方式，不符「以黨治國」或「黨權高於一切」的模式，因此遭受黨內一些幹部抵制。

鄧小平為了導正黨內的左傾思想，發表了《黨與抗日民主政權》的文章，文中批判「以黨治國」的觀念是國民黨惡劣傳統的遺毒，共產黨的領導責任釋放在政治原則上，而不是包辦，不是遇事干預，不是黨權高於一切。他揭示了「黨政分開」的原則，指黨所決定的政策要經過行政機關或民意機關中的黨團，使其成為政府的法令和施政方針。鄧小平還強調，這種政權形式也是「將來新民主主義共和國所應採取的政權形式」。

這篇文章對於黨如何處理與政權的關係，做了符合民主原則的闡釋，有力地抑制了左傾路線，算是鄧小平歷來少見的將搏擊左翼的矛頭對向其政治路線，跟他後來被認定的一貫「經濟反左、政治反右」的模式大異其趣，也跟他在一九八〇年代高舉「四個基本堅持」大旗，動輒抑制自由化、民主化走向的作爲判然有別。

在「反右鬥爭」中跟著政策走

中共建政至文革之前後，鄧小平長時期擔任中共中央秘書長或總書記，並在國務院任副總理，因此所有重大政治經濟決策，他都在此參與其事甚至扮演主導性角色。一九五六年中共舉行第八次代表大會之後，掀起左傾風暴，颳起左的旋風，鄧小平大抵都和黨內領導核心一樣，跟隨著風眼轉，並無反潮流表現，只有在釀成災害、鑄成大禍之後，他才出而糾正方向，設法減少損害。

首先掀起撲天蓋地風暴的是「反右運動」。毛澤東於一九五七年提出「百花齊放、百花齊放、百家爭鳴」的「雙百方針」，隨後發表〈關於正確對待人民內部矛盾的報告〉，故示開明地鼓吹「知無不言，言無不盡；言者無罪，聞者足戒；有則改之，無則嘉勉」，大吹煽風點火的法螺。先掀起浩浩蕩蕩的「大鳴大放」運動，繼而祭起「反右運動」的大刀，從

「大民主」變調爲「大鎭壓」，導致至少八十萬人挨整受害並株連數百萬人。中國大陸著名經濟學家千家駒劃分這場演變成「欲加之罪，何患無辭」的整人運動的受害者說：「百分之九十都不是因爲說錯話，而是說了眞話、老實話，或者發表了正確的意見，而被化爲右派的，其餘百分之九，可能是說了錯話或過頭話。其中也許有百分之一或千分之一是藉整風的機會而向黨進行攻擊，這是極少數。」

鄧小平當時是中共中央總書記，在「反右」的問題上，他未置異辭，後來於一九八〇年爲八十萬「右派份子」平反時，還承認自己當時是積極份子：「一九五七年反右派，我們是積極份子，反右派擴大化我有責任，我是總書記呀。」但他又說：「一九五七年的反右是有必要的，沒有錯，這個時候出來一個思潮，它的核心是反對社會主義，反對黨的領導。有些人是殺氣騰騰的啊！當時不反擊這種思潮是不行的。問題出在哪裡呢？問題是隨著運動的發展，擴大化了，打擊面寬了，打擊的份量也太重。」他並不承認當時反右不對，只承認下手太重，因此留下五名民主黨派中的「大右派」不予平反。

其實，「反右」運動造成的後遺症是非常巨大而深遠的，不僅在政治上暴露了中共集權專政的本質，挫損了知識份子的積極性，貶抑了人民關愛國家熱心獻智獻言的道德價值，造成了專業者靠邊站、投機者握權柄的反淘汰，助長了黨權凌駕一切、人民伏首受制的反民主現象，同時，在經濟上大大加重了「寧左勿右」的偏倚歪風，爲狂左路線添加柴火，爲領導人已被執政佳績沖昏頭的腦袋注射興奮劑，爲政治機器掃除一切辯難牽制、意見激盪、求眞務實的機制。在此之後，中共領導核心盲目地大幅提高發展指標，狂熱地加速推進農業、手工業和工商業的所謂「社會主義改造」，大搞「大躍進」、「公社化」、「人民公社」的左傾冒進路線，終把國民經濟推到破產的邊緣。

「大躍進」後以務實政策收拾局面

鄧小平當時對毛澤東主導的狂左路線並未發揮牽制力量和煞車作用，還跟著搖旗納喊，戮力推動。他在一九八〇年承認自己當時也跟著左旋風轉動：「一九五八年大躍進，我們頭腦也發熱，在座的老同志恐怕頭腦發熱的也不少。這些問題不是一個人的問題。」錯誤出在「完全違背客觀的規律，企圖一下子把經濟搞上去」。他不能洞察問題於機先，只能研擬善後對策於災難惡化之後。他於一九六一年十一月起的一年內完成《農業十二條》、《人民公社六十條》、《工業七十條》等調整方案。

其中影響最大、爭議也最大的是《六十條》，因爲其中牽涉到所有制方面的「退讓」，也就是允許農民耕作百分之五的自留地和飼養家禽家畜，這正是毛澤東和鄧小平等幹部之間的分歧。即使是對農民一丁點的退讓，毛澤東也很不滿，他指摘鄧小平「對我敬而遠之」，「開會就在我很遠的地方坐著」。文革期間，江青批鬥鄧小平說擅自決定《六十條》一些重要問題的安排，不向鄧小平請示，搞得毛澤東很火，質問：「哪個皇帝決定的？」是否眞有其事，不得而知，但鄧小平當時對於農民「包產到戶」問題的看法確實和毛澤東有分歧。

當時負責農村工作部的鄧子恢主張給農民一點「小自由、小私有」，強調「建立生產責任志士今後搞好集體生產、鞏固集體所有制的根本環節」，但是，毛澤東堅持搞「包產到戶」將瓦解集體生產，是修正主義。他不滿鄧小平等高幹沒有抵制甚至贊成。鄧小平雖爲未像鄧子恢那樣處於風浪的前沿，但他用「黑貓、白貓」論支持包產到戶制。

「貓論」反映鄧小平的實用主義思想

一九六二年，鄧小平先後兩次公開談到農村廣大地區出現「包產到戶」的新情況。他說：「生產關係究竟以什麼形式爲最好，恐怕要採取這樣一種態度，就是哪種形式在哪個地方能夠比較容易比較快地恢復和發展農業發展，就採取哪種形式；群眾願意採取哪種形式，就應該採取哪種形式，不合法的使它合法起來。」他用了很形象的比喻：「劉伯承同志經常講依據四川話：『黃貓、黑貓，只要捉住老鼠就是好貓。』這說的是打仗。現在要恢復農業生產，也要看情況。就是生產關係上不能完全採取一種固定不變的形式，看哪種形式能夠調動群眾的積極性，就採取哪種形式。」

這個觀點無疑是鄧小平的核心思想，他是一個徹頭徹尾的實用主義者，在經濟上則是一個生產力至上主義者。對他而言，按照事情的本然與實然去做是超越一切的至高原則，而發揮最大生產力則是取決生產關係最高的判斷標準。

直指左傾路線是造成災害的人禍

基於實事求是與生產力至上的思維，他甚至說：「只要能增產，就是單幹也好。」經過三年大搞「大躍進」、「公社化」帶來的大飢荒、大衰退之後，鄧小平率直地說：「三年來所有制壞了，積極性破壞了。天災不是主要的，人禍是主要的。」如何恢復生產的積極性？鄧小平和劉少奇等人大聲說、也大力做的，就是自留地、自由市場、自負盈虧、包產到戶的所謂「三自一包」，使得生產者樂了、拼命幹了、產值增加了，但也把毛澤東惹火了，他做出一個結論：「搞社會主義還是資本主義？這是一種階級鬥爭。」「文化大革命」的火種從中孕育，後來被漫天烽火般地點燃，燒遍中國大地，燒毀無數有形的事務，也燒毀無法計數的無形價值，中國大經歷一場亙古未有的浩劫。鄧小平被「狂左」勢力打倒，軟禁七年之後，再回來收拾那被文革颶風橫掃得滿目瘡痍的爛攤子。

鄧小平先被軟禁家中，後來下放江西，過著孤寂隱忍的生活。文革剛發生時，鄧小平先被「造反派」抄家，再被中共中央正式成立的「鄧小平專案小組」進行兩年半的調查，結果一無所獲，說明鄧小平歷來規規矩矩，警小慎微，沒留下任何把柄可被羅致罪名。

鄧小平被抄家時，造反派先到他的辦公室、會客室、房間翻箱倒篋搜查，找不到任何證物。原來鄧小平的習慣是開會不做紀錄，平時不寫筆記，發言講話不寫講稿，頂多在紙條上計幾個數字，但凡落筆都在文件上，所以不會留下隻字片語可被利用。至於處理文件，一般都是當日事當日畢，看完批完就讓秘書帶走，家中辦公室不留文件。「造反派」搜了大半天，毫無所得，要家人交出存摺，沒想到不但沒有存款，還欠公家二百元人民幣。鄧榕事後回憶，當時鄧家可能被搜去當批鬥證物的東西，一個是鄧小平的橋牌，十五歲的么兒鄧質方因曾看到大字報上批判鄧小平「愛打橋牌、愛玩」，所以趕緊把撲克牌藏在身上；另外一樣東西是鄧小平妻子卓琳訪俄羅斯時人家送的幾瓶香水，鄧家三個女兒偷偷拿到浴室倒出沖掉，還慶幸留下的瓶子沒被搜走。

文化大革命深切體認集權專政的弊害

至於「鄧小平專案小組」，更是大張旗鼓地調查鄧小平所經歷的一切事情，上窮碧落下黃泉，一堆幹員遍查全國各地，遍訪無數跟鄧小平互動過的人，甚至提審調查數百人，費了兩年半的調查功夫，同樣找不到可供揭發、批鬥甚或栽贓、羅致的事證、人證，在結束之時只得到「沒有結果的結果」。鄧小平雖然被鬥倒，但一切被攤到陽光底下，用顯微鏡徹底檢視之後，卻發現他純淨無瑕，由此更映照出他的於公於私一樣光明磊落。連兩度整肅他的毛澤東都在讓他復出時說鄧小平「歷史清白」。

鄧小平被下放江西期間，主動申請到當第一家拖拉機修建廠勞動，排遣生活，也體驗基層勞工的生活，日子倒也過得動靜平衡。最讓他掛念的是長子鄧樸方因他受過，不堪身心折磨墜樓傷殘，父子分離五年後獲准到江西同住。鄧小平看他整日臥床，無事可爲，想在工廠幫他找活幹。他問領班「陶排長」廠裡有沒有機電或無線電方面的工作，得知沒有之後，鄧小平再問他家裡有沒有收音機，如果壞了可讓樸方修理，好讓他解悶，沒想到陶排長回答他：「不瞞你說，我家只有四、五十元收入，小還有四個，最大的才讀小學，還有老人，生活蠻難的，哪裡有錢去買收音機呀！」鄧小平聽了痛心不已，想想自己出生入死投入革命五十年，建國也二十多年了，一心一意爲工農利益打拼，居然到現在一個幹部級工人連收音機都買不起起，眞是情何以堪！

十餘年後，他接受美國電視訪問時談到文革經驗，他說：「對那件事，看起來是壞事，但歸根到底也是好事，促使人們思考，促使人們認識我們的弊端在哪裡。」

一九七二年底，被召回北京復出前不久，鄧小平到贛南瑞金參訪，在一家製糖廠聽完簡報後要去車間，廠裡的人跟他說有兩條路，建議他走遠路。鄧小平意有所指地回稱：「不要緊，爲什麼有近路不走，偏要走遠路？」又說：「中國革命的道路是曲折的，不是筆直的。走！」路上有人要攙扶他，鄧說：「不要扶，我還可以幹二十年。」果不其然，他奮發努力推動改革開放二十年後，再到南方巡視，疾呼：「改革開放膽子要大一點，敢於試驗，不能像小腳女人一樣。看準了的就大膽地試，大膽地闖。」重新鼓動改革開放的勁道，自此將中國大陸從文革時代翻天覆地的大破壞，轉軌為大開大闔的建設與成長。

性格剛正難以見容「四人幫」

復出之後，毛澤東賦予他黨政軍大權，但對他還是放不下心，當著軍政大員對鄧小平說：「你呢，人家有點怕你。我送你兩句話：『柔中寓剛，棉裡藏針。』外面和氣一點，內部是鋼鐵公司。過去的缺點，慢慢地改一改吧。」毛澤東自一九二八年就與鄧小平共事，對他的個性應該是知之甚深的，他對鄧小平性格的基本認知是「外柔內剛」，也就是鄧小平與人互動，表面上是柔和的、好商量的，但骨子裡卻是十分執著的，甚至是倔強的、不妥協的、尖銳的。

鄧小平確是原則性很強的人，有其不妥協的堅持，語言風格也是率直俐落，簡明鋒利。處於逆境時，他頗能放低姿態，圓融迎合，但不放棄根本原則，不肯「風大隨風，雨大隨雨」。處於順境，特別是置身權力高峰時，他則獨斷乾坤，駿急而為，剛猛以進。

一九七三年復出後，鄧小平也許因為對於文革以來的惡政痛心疾首，對經濟建設、教育、科學、菁英蒙受重大損失急著挽救，同時在生命已如風中殘燭的周恩來支持下，他堅決抵制「文革新貴」的干擾，力圖殺出血路，把被極左派顛倒的路數再顛倒過來。特別是在跟極左派的交鋒上，鄧小平堅持不退縮、不手軟，充分表現他「鋼鐵公司」的性格。他清楚要整頓就要先抓幹部問題，因此他強力展開人事整頓，希望遏制文革以來盤據要津的頭頭。

他針對把政府組織搞得烏煙瘴氣「派性鬥爭」開刀，批判：「他們利用派性混水摸魚破壞社會主義秩序，破壞國家經濟建設，在混亂中搞投機倒把，升官發財。」他甚至用更強烈的話說：「對堅持鬧派系的人，該調的就調，該批的就批，該鬥的就鬥。」進而逮捕首惡。他展開的整頓工作越推進、越有績效，遭惹的極左派反彈越強烈，他和周恩來的「務實派」和江青等「極左派」之間的鬥爭就更激烈。

總是態度鮮明不退縮地幹

鄧榕如此描述當時鄧小平的心境：「面對惡人惡勢力，他沒有任何的猶豫和顧慮。他一直爭取出來工作。他不是要權，不是要地位，更不是爲求安寧而獨善其身。他一輩子爲人磊落，做事從來不會瞻前顧後。要幹，就要態度鮮明地幹。要幹，就要毫不妥協地幹。」毛澤東在他生命與政治生涯的最末期，一方面堅持要把文革進行到底，一方面又想舒緩文革造成的嚴重破壞；一方面要鄧小平幫忙收拾殘破的局面，一方面又希望他能基本肯定文革，能和江青等人合作。毛企盼在他去見馬克斯之後，文革不要被否定、被翻案。他下了很大功夫要鄧小平做檢討、換腦袋，但鄧態度堅決，拒不在文革這個涉及基本原則的大問題上妥協認錯，惹得毛既失望又惱火。

面對江青等極左派的干擾與挑釁，鄧小平經常無所忌憚，將他的執拗、硬氣與率直鮮活地表現出來。典型的一個事例是一九七四年中國自行設計製造的一艘萬噸貨輪「風慶輪」成功往返歐洲，江青等人藉此大肆宣揚，並且批判先前向外國購船是「崇洋媚外」。十月間的一次政治局例會上，江青突然拿出「風慶輪」資料要大家傳閱，她質問鄧小平：「你是支持？反對？還是站在中間立場？」鄧答：「我已圈閱了。對這個材料還要調查一下。」江青再質問他：「你對批判『洋奴哲學』是什麼態度？是贊成還是反對？」鄧小平忍無可忍，邊說邊站起來：「政治局討論問題要平等，不能用這種態度待人。這樣政治局還能合作？強加於人，一定要寫出贊成你的意見嗎？」江青理屈辭窮，乃對鄧做人身攻擊，同夥張春橋、姚文元跟進，鄧小平憤然連說：「我要調查。」隨而掉頭離席。

堅決不願肯定文化大革命

另一個對著幹的衝突是對文化大革命評價的事件，而且是衝著毛澤東來的。一九七五年間，毛澤東爲了統一內不對文化大革命的評價，同時套牢鄧對文革問題的立場，故意要鄧小平主持會議對文革做一個決議，總的評價是「三分錯誤，七分成績」，鄧小平拒不從命，他公開說：「我是桃花源中人，不知有漢，何論魏晉。」鄧小平對文革的強硬態度導致毛澤東發起「批鄧、反擊右傾翻案風」，爲拉下鄧小平做了輿論準備。

鄧小平有周恩來撐腰，顧不得文革新貴及毛澤東本人發射的槍林彈雨，執意按照自己的思維與節奏，進行全面大整頓。病重的周恩來看到批鄧的烈火越燒越旺，很擔心鄧能不能頂住這一波來自極左派的批判潮，乃問他：「態度會不會變？」鄧小平堅定地回答：「永遠不會！」他甚至豁出去，做好再被打倒的心理準備，他曾說：「老幹部要橫下一條心，拼老命，『敢』字當頭，不怕！無非是第二次被打。不要怕第二次被打倒，把工作做好了，打倒了也不要緊，也是個貢獻。」

鄧小平於一九七六年一月在周恩來追悼會上致悼辭後即在公開場所消失，三月間，毛澤東做出「指示」，批判鄧小平「不抓階級鬥爭」、「歷來不提這個綱」。四月五日，天安門爆發大規模群眾紀念周恩來被鎮壓的事件後，鄧小平再度被打倒。他從容面對他自己及中國再遭逢的一次厄運。對他而言，這個厄運是遲早要來的，因爲這次他復出工作，並非由於毛澤東和盤據在黨中央的文革新貴們，根本無意改變文革的極左路線，頂多只是要把「打倒一切」的過頭作法調一下，把全面停頓的生產恢復一點。但是，鄧小平這個「鋼鐵公司」不做如是想，他認爲自己和老幹部的務實路線和文革的極左路線之間根本是水火不容，沒有妥協的餘地，他無法違背自己最根本的信念，助紂爲虐，跟著毛澤東等人胡搞亂搞下去。鄧小平再度被打，蟄伏一年半後，第三次復出，以更堅定的意志、更全面的幅度、更深刻的思維、更急切的步調開放改革，開創了「鄧小平時代」，改變了中國，也改變了世界。

以雷霆萬鈞之勢撥亂反正

鄧小平於一九七七年復出之後，代表極左路線的「四人幫」等「文革新貴」多已垮台，取而代之的華國鋒、汪東興等人奉行「兩個凡是」教條，擁護並遵循毛澤東的一切政策與指示，抱殘守缺，思想僵化。鄧小平一步一步瓦解他們既不換湯也不換藥的左翼路線。他首先解放了過去二十年因厲行左翼路線而深受迫害的知識份子，明確肯定知識份子的腦力勞動者地位，確立科學技術是生產力的觀點，同時摘下「右派份子」的帽子，掌握了知識份子並且釋放他們的力量，也平反無以計數的假、冤、錯案。鄧小平以雷霆萬鈞之勢發動「實事求是」的思想解放運動，推展「實踐是檢驗眞理的唯一標準」的爭論，打破精神上的部份枷鎖，爲路線與政策的轉軌鋪墊了堅實的理論基礎，同時爲核心權力圈的重組與幹部隊伍的換血豎立了上上下下的階梯。

一切有了準備之後，鄧小平於一九七八年十二月主導了劃時代的第十一屆三中全會，從根本上扭轉了中共行之久遠危害甚深的極左路線，終結毛澤東「以階級鬥爭爲綱」的路線，爲改革開放鳴鑼開道。

在此之前的中國共產黨，是個徹徹底底的鬥爭型政黨，無所不鬥，無時不鬥。先搞了二十年的軍事鬥爭，把國民黨、資本家之後鬥倒、鬥跑之後，關起門來全方位搞內部鬥爭，鬥地主、鬥工商業主、鬥知識份子、鬥右翼人士、鬥政敵；從思想上、路線上、職業上、關係上、血緣上尋找一切可資鬥爭的矛頭；與人鬥也與天鬥，與活人鬥也與死人鬥，與本國人鬥也與外國鬥，與資本主義國家鬥也與社會主義國家鬥。

以毛澤東爲首的「左王」們，成日高喊「階級鬥爭一抓就靈」，殊不知年復一年日復一日沒完沒了搞鬥爭的結果，政治思維偏執僵化，經濟發展滯後枯竭，社會關係崩裂緊張，倫理道德沈淪頹喪，人格心性扭曲變形。在黨政體系中，盡是一些只會鬥爭、別無專業的人掌握權力要津，整人的本領凌駕眾人之上；在生產線上，鬥走有專業有技術的人，充斥著紅而不專的主控者，總以爲抓革命就可以促生產；在社會領域中，共產黨鬥垮一切異議者、有自由思想者，讓黨棍子包辦一切、干預一切，人民幾無任何自主的空間；在思想藝文領域中，大大小小的文化「沙皇」們不斷逞其鬥爭之能事，抓鞭子、扣帽子、打棍子，造成一片文化沙漠。

扮演政治平衡者的角色

鄧小平主導的改革開放首先是軟化中共的鬥爭性格，增強其生產性格與建設能力。至於從「階級鬥爭爲綱」調整到以「經濟建設和四個現代化爲中心」之後，如何改變既有的生產關係以促進生產力、如何調和計畫經濟和市場經濟的關係、如何理順經濟轉軌過程中的供需平衡與價格機制，鄧小平基本上是如他自己說的「摸著石頭過河」：在摸索中前進、在前進中調整、在調整中制訂政策、在政策整合中建構理論。

其間的過程可謂是在荒煙漫草中披荊斬棘，在左衝、右撞中折衷平衡，在前進、後退中掙扎前進。他像是一位走鋼索的平衡家，必須在保守與開放、計畫與市場、集權與放權、秩序與自由、穩步與快速的左右路線的爭鋒與矛盾，進行艱難的抉擇以及安排巧妙的搭配，並且要從事調和歧異的工作。

當時中共內部對改革開放的步調原本就存著見仁見智的歧異，加上因路線歧異而形成不同的派系，兩者相機相當的結果，就出現了英國籍近代中國史學家史景遷（Jonathan D. Spence）所說的：「時而逸出常軌，繼之退卻，然後又大逆轉的循環，而非直線式地邁向一個現代化中國。」

向農民退讓就提振了生產力

改革開放始於農業改革，當時並無完善的全套規劃，而且是首發於地方，甚至是被「一大二公」的共產制度逼得活不下去的安徽鳳陽縣農民冒著殺頭的危險，自行發動「包產到戶」產生佳績後才被中央認可，而後推廣到全國的。因此，開始之時，中共中央的內部意見是一致的，尚無分歧，共同譜下一齣「上下一體、左右一致」的大合唱曲，扭轉了行之有年的人民公社制的極左農業路線。

鄧小平於一九七八年被安徽省委書記萬里徵詢對「包產到戶」的意見時說：「不要爭論，你就這樣幹下去就行了，實事求是幹下去。」這是典型的鄧氏「貓論」。恰好主張「鳥籠經濟」的陳雲也對「包產到戶」表態說：「我舉雙手贊成。」兩大龍頭皆曰可，做爲改革開放推土機的農村「家庭聯產承包責任制」才沸沸揚揚推動起來，有力地調動起農民的生產積極性，把長期生活在飢餓邊緣的農民搶救回來。

過了這個共識點，當改革開放於一九八四年推向城市，進行國有企業改革，左右路線之間的分歧就擴大了，而且從經濟路線的分歧擴張至政治路線、思想路線的分歧，矛盾衝突隨而不斷激化、不斷升高，進而從內部紛爭蔓延至全社會的對峙。這的階段的分歧所造成的擾攘不安，整整持續十年，直到一九九二年發表「南方講話」，並於年底召開十四全大會，才大體統合了內部的思想與政策路線。

姓「資」、姓「社」問題紛擾十年

這十年間的爭論基本上圍繞著究竟是社會主義還是資本主義的核心問題上。中國大陸在一九五〇年代中期完成所謂「社會主義改造」之後，建立了高度集中的計畫經濟體制，同時在理論上和實踐上普遍地把計畫經濟等同於社會主義，把市場經濟等同於資本主義，甚至形成一種市場經濟和計畫經濟水火不容的標準觀念。

計畫經濟經過三十年的實踐，大大窒息了經濟的活力與生產者的積極性，與資本主義體制社會的競爭中更是瞠乎其後，必須想方設法解放並發展生產力，但要搞活經濟，就必須尊重市場機制。當時在「市場經濟等於資本主義」的偏差認識之下，許多人以爲發展市場經濟不可避免地就會消滅社會主義制度，因而存根本上就質疑能否依照價值規律發展經濟。

鄧小平深知共產黨人根深蒂固排拒市場經濟的弊害，早在一九七九年就開動有關市場經濟的解放思想與轉變腦筋的說服工作。他說：「市場經濟只存在於資本主義社會，只有資本主義的市場經濟，這肯定是不正確的。社會主義爲什麼不可以搞市場經濟。這個不能說是資本主義。我們是計畫經濟爲主，也結合市場經濟，但這是社會主義的市場經濟。」不過，鄧小平的市場經濟新論還是轉不了中共高層的死腦筋，一九八二年的十一屆六中全會和第十二次大會中，仍然高唱「在公有制的基礎上實行計畫經濟，同時發揮市場調節的輔助作用」、「計畫經濟爲主，市場調節爲輔」。

鄧小平認清幾十年排拒市場經濟的觀念積重難返，唯有通過實踐，讓「我們用自己的實踐回答了新情況下出現的一些新問題」。經過農村「包產到戶」實踐後，農業飛躍成長、副食市場活絡、鄉鎮企業欣欣向榮，以及深圳等經濟特區異軍突起，黨內高層嘗到市場經濟的甜美果實，計畫經濟的死忠派慢慢放鬆對市場經濟的敵視與戒心，才有一九八四年《中共中央有關經濟體制改革的決定》對市場經濟的肯定與接納：「商品經濟的充分發展與社會經濟發展是不可逾越的階段，是實現我國經濟現代化的必要條件。只有充分發展商品經濟，才能把經濟眞正搞活。」商品經濟和計畫經濟之間的對立自此才被打破。

保守派伺機攻擊市場經濟

然而，死抱計畫經濟框架、死守社會主義教條的黨內高層仍然盤據要津、伺機而動，一遇改革開放出現「一放就亂」的過渡性亂象，他們就放冷箭、開火炮，意圖熄滅改革開放的引擎，把經濟體系的運轉拉回到嚴密管控的緊箍咒中。一九八八年物價改革不順，出現市場失控局面，亂象叢生，信奉「計畫經濟」的保守派藉機大舉反撲，迫使改革開放緊急煞車，回到指令經濟、行政干預大行其道的老路上，接踵祭出大整頓、大清查、大收縮等等的嚴厲措施。

一九八九年「六四事件」發生後，保守派的左翼高層逮到機會，力圖進一步壓縮改革開放，大肆加大「治理整頓」的力度，致使經濟體系更加籠罩在條條框框的緊密約制中。他們把「六四」歸咎於改革開放以來黨的基本路線本身，斷言社會主義只能是計畫經濟，改革開放恰恰引進和發展資本主義，過多地發展私營經濟會改變社會主義的性質，而且多一分外資，就多一分資本主義，就爲「和平演變」多提供一些薪火。一時之間，砲火隆隆，相應的緊縮政策紛紛出台。

鄧小平到上海發動文宣攻勢

鄧小平的處境宛如文化大革命之前的毛澤東，在北京說話得不到回應，只好到上海去發動言論攻勢。他先在一九九一年爲遭人誣陷的市場經濟辯解，爲被人抹黑的私營經濟漂白：「不要以爲一說計畫經濟就是社會主義，一說市場經濟就是資本主義，不是那麼回事。兩者都是手段，市場也可以爲社會主義服務。」又說：「希望上海人思想更解放一點，膽子更大一點，步子更快一點。」奈何，言者諄諄，聽者藐藐。鄧小平不得不讓《解放日報》的寫作班子連發四文，盼能衝破當時在左翼當道之下全國對改革開放欲言又止的壓抑，重新激發、鼓動改革風潮。

鄧小平用心良苦，用力很大，雖然震撼各方，但頑固的「左王」們不僅不從，還重反擊。他們以排山倒海之勢，發起「問問究竟姓『資』還是姓『社』？」的文宣攻勢。中心要旨是反對社會主義可以搞市場經濟。

鄧小平眼看自己已被逼到牆角，退此一步，改革開放大業就有滅頂之虞，不得不於一九九二年拖著老邁身軀，到南方特區巡視，發動一場「北伐」。他的言辭激烈，充滿激情，而且帶針帶刺，針對性極強。

南巡激起波瀾壯闊的改革風潮

他首先意旨鮮明地說：「現在，有右的東西影響我們，也有左的東西影響我們。根深蒂固的還是左的東西。有些理論家、政治家，拿大帽子嚇人的，不是右，而是左。左帶有革命的色彩，好像越左越革命。」他痛心地說：「左的東西在我們黨的歷史上可怕呀！一個好好的東西，一下子被他搞壞了。」又斬釘截鐵地說：「中國要警惕右，但主要是防左。」從廣東到上海，他說來說去，主旨就是一條：思想要解放一點，膽子要大一點，步子要快一點。要敢闖、敢幹！

喊回北京後，他運作中共中央依據南方講話制訂《中共中央關於加快改革、擴大開放、力爭經濟更好更快地上一個新台階的意見》，以四號文件下發。他的奮力一擊大獲全勝，從此壓制了黨內反對改革開放的喧囂聲浪與左翼勢力，終結了資本主義或社會主義、市場經濟或計畫經濟的無謂論爭，讓改革開放得以順遂推進。

引導中國進入全球化進程

「對內搞活」是經濟改革的一翼，另一翼是「對外開放」。兩者相輔相成。在鄧小平發動改革開放之前，中共一方面是對內「以階級鬥爭」爲綱，另一方面是對外大搞國際主義、世界革命，一面倒向社會主義陣營，即使基於對蘇聯對抗之需，與美、日等國和解、交往，也是侷限於國際戰略目的，對自由世界或是資本主義國家仍然採取閉鎖政策，經濟與文化上的交流絕無僅有。

直到改革開放之後，基於發展經濟的需要，必須從美國、歐洲、日本等先進國家及其他華人爲主的社會輸入技術、資金、人才，並且輸出產品、原物料及發展來料加工等產業，才開放交流合作。中共對外政策從此大翻轉，將以「利他主義」爲主軸的政治掛帥路線，轉型爲以「利己主義」爲主軸的經濟掛帥路線。

他深切瞭解：「中國能不能頂住霸權主義、強權政治的壓力，堅持我們的社會主義制度關鍵，就看能不能爭得較快的增長速度，實現我們的發展戰略。」這也是實事求是的思維在國際社會落實的具體表現。

自第二次世界大戰至中國改革開放之前的三十餘年間，以美國、歐洲、日本等資本主義國家及少數開發中國家的全球化浪潮快速推進，發達國家固然獲益無窮，後進國家也加速了工業化和現代化進程，大大提高國民經濟的整體發展水準和民眾的生活水準。

發展中國家無論幅員多大、資源多豐富、內需市場多大，都必須依照「比較利益」的基本原則，開放國內市場，吸引外國資金和技術，提高本國產業的競爭力，同時參與全球市場，充分利用外國資源，從而在全世界實現資源的有效配置。

因此，後進經濟體只有將自己盡可能地融入全球化浪潮中，汲取國際資金與發展經驗，利用國際技術與人才，擴大國際市場，參與國際分工，實現資源的最佳配置。中國融入世界，正是補救遠遠落後的全球化進程，為重新崛起於世界和追趕先進國家的必由之路。

經濟特區成為引進技術與資金的窗口

對外開放的過程中，鄧小平可說是親身實踐他自己常勉勵人們的話：「看準了的，就大膽地試，大膽地闖。」他的對外開放措施最先行也最受爭議的是建立經濟特區。他不是特區的發想者，而是呼應廣東領導的構想再進一步完善化的。他的設想是：「特區是個窗口，是技術的窗口，管理的窗口，知識的窗口，也是對外政策的窗口。」

他把特區視為開放的基地，但保守派龍頭陳雲卻提醒他，「也要充分估計到特區帶來的副作用，看到特區的有利方面」，他反對深圳珠海、汕頭、廈門之外再增加，特別江浙地區，因為「江浙一帶是投機活動有名的地區，壞份子的活動都熟門熟路」。迫不得已，鄧小平引以為豪的特區政策只好變相地擴大，而不再明目張膽地增設。

外資和外國技術的引進，同樣是在左翼路線不斷的反對與干擾之下，是他力排眾議，勉力推動的。鄧小平於一九七八年接連訪問新加坡、美國、日本，對先進國家的科學技術發展與建設水準大開眼界，從而對中國的落後大感慚愧。他指出：「世界在發展，我們不在技術上前進，不要說超過，連趕都趕不上，那才眞正是爬行主義。」但是，來自保守路線及教條主義人士的反對聲浪不絕如縷，什麼「中國出現新的租借」、「經濟殖民主義」、「崇洋媚外」、「投降賣國」的指摘不一而足。鄧小平還是耐者性子辯解：「吸收外國資金、外國技術，甚至包括外國在中國建廠，可以做爲我們發展社會主義社會生產力的補充。」又說：「得益處的大頭是國家，是人民，不會是資本主義。」

政治上堅持抱住「老祖宗」不放

一九八九年下半年發生「蘇東波」，社會主義國家的政府紛紛垮台，中國大陸許多人認爲這是改革開放所致，根本是西方國家利用社會主義國家急於引進資金與技術，在這過程中大搞「和平演變」的結果，甚至認爲和平演變的主要危險就在經濟領域。鄧小平不爲所懼，反而強調「閉關自守不行」，「要打破封閉意識，開拓新路，不要被嚇倒」。

鄧小平對經濟領域的改革開放始終是堅定不移的，但是對於政治領域中的「堅持」社會主義道路、無產階級專政、共產黨領導、馬列主義和毛澤東思想等「四項原則」，同樣是堅定不移的，甚至是鐵板一塊，毫無妥協餘地。在大開大闔地推動改革開放的同時，他壓制「資產階級自由化」毫不心軟，鎮壓「動亂」毫不手軟。

鄧小平抨擊「右派」、打擊「右派」的力度，相較於「左派」所承受的打擊力道，顯然有過之而無不及。有人形容他對付黨內「左派」像是打自己的孩子，是用雞毛撢子的毛來打，輕輕拂拭；對付黨內外的「右派」則像是對付仇敵，是用雞毛撢子的藤來打，狠鞭狠抽。

第三次復出之際，或許尚未大權在握，需藉助黨內民主機制與自由空氣拉下當權核心，鄧小平用力鼓吹民主：「集中講了很多年，主要是民主不夠。現在大家還是不那麼感講話，還是心有餘悸，好的主意出不來。」根據當時在中共黨中央當筆桿子的阮銘記載，鄧小平曾在理論工作會上說：「我們要人民當家作主。怎麼使人民感覺到自己是主人，資產階級有一套使自己成為主人的東西，選舉、立法，可以支配政府。我們需要想辦法使人民感覺到自己是國家的主人。」

告誡不能有一點「三權分立」的痕跡

然而，一九七九年初接連發生的上訪人士、知識青年遊行示威，特別是西單「民主牆」貼出魏京生大字報要求「第五個現代化（政治民主化）」並抨擊鄧小平為新的獨裁者之後，鄧小平轉而關掉政治自由與民主乍現的窄門，祭出「四個堅持的」。他強硬地指出：「如果離開四項基本原則，抽象地空談民主，那就必然會造成極端民主化和無政府主義的嚴重氾濫，造成安定團結政治局面的徹底破壞，造成四個現代化的徹底失敗。」

此後十五年間，鄧小平一而再、再而三地重複反對「資產階級」自由化、民主化的論調，像錄音機一樣不斷重播。他不僅是老調一再重彈，而且構築高牆深溝，不容越雷池一步。從一九七九年壓制「民主牆」、一九八三年「反精神污染」、到一九八六年「反資產階級自由化」、一九八九年武力鎮壓學生運動，鄧小平一貫以捍衛共產黨領導、確保無產階級專政、鞏固經濟發展的穩定環境爲由，一馬當先，斷然強力處置。

他把人民要民主、要自由、要人權的呼聲，一概歸之爲「資產階級自由化」。一九八六年反「資產階級自由化」高峰時，他說了一段頗具代表性的話：「自由化本身就是資產階級的，沒有什麼無產階級的、社會主義的自由化，自由化本身就是對我們現行政策、現行制度的對抗，或者叫反對，或者叫修改。實際情況是，搞自由化就是把我們引導到資本主義道路上去。」對於政治體制，鄧小平也把議會政治歸爲資產階級民主，堅決反對。

依據曾任中共總書記的趙紫陽在「秘密錄音」中回憶，在起草第十三大政治報告時，鄧小平一再提醒、再三告誡，無論如何不能有「三權分立」的意思，甚至說「連一點痕跡也不能有」。

「政治體制」改革只是行政改革而已

令人難以接受的是，鄧小平對於發展生產力的概念，一直極力泯除資本主義和社會主義的區隔，譬如他在一九九二年「南巡」時指出，資本主義和社會主義「判斷的標準，主要是看是否有利於發展社會生產力，是否有利於增加綜合國力，是否有利於提高人民的生活水準」。這個判斷標準簡直毫無概念上的區辨可言，而只有結果上的取捨，也就是典型的「貓論」。講到社會主義的內涵，他甚至主張不要爭論，並且以此「發明」爲傲。這跟政治上嚴格辨明「姓資」還是「姓社」之別大異其趣。這種反差顯示鄧小平在經濟上是生產力至上論者，只要能達到提高生產力的目的，所使用的手段究竟何種屬性不必深究，堪稱典型的實用主義者，充滿工具主義色彩。至於政治制度，則要嚴格追究其屬性，與其說他是基於根深蒂固的社會主義或馬列主義信仰，不如說是爲了確保共產黨的執政權。基於這個目的，所謂「無產階級專政」的政治體制正是最好用的工具，因此也是實用主義的發揮。兩個方面並無基本矛盾。

他曾說過，無產階級專政和馬列主義是我們的「老祖宗」，不要把老祖宗都丟掉。那是因爲「老祖宗」可以保佑共產黨政權長命百歲！鄧小平在經濟和政治領域之間看似呈現開放與保守、前進與倒退、涇渭不分與分明的矛盾，對他而言，卻是辯證地統一了。

由於緊緊死抱馬列主義及毛澤東思想設定的政治體制，排拒任何染有「資產階級」民主色彩的制度，因此鄧小平所謂「政治體制改革」，實際上侷限於工作制度、組織制度、工作方法、工作作風方面的改革，用趙紫陽的話來講，是在「堅持共產黨一黨專政前提下的改革，改革正是爲了進一步地鞏固共產黨的一黨專政」，因此「任何影響和削弱一黨專政的改革，都是鄧堅決拒絕的」。趙紫陽是中共核心局中人，瞭解甚深，他的總結性看法是：鄧的政治體制改革主要是解決共產黨和國家機關的活力和效率問題，基本上是行政改革。

胡耀邦反映客家人的理想原型

鄧小平堅守馬、列、毛的無產階級專政思想，把一切超越共產黨獨斷執政權的想法都視爲「資產階級自由化」思想，因此不但趙紫陽的政治生命要葬送在「八九民運」事件上，就連鄧小平親自提拔的胡耀邦，也因爲對於自由民主呼聲壓制不力，而被鄧小平親手鬥倒。在鄧小平領導的撥亂反正大業中，胡耀邦做爲鄧小平的核心幹部，發揮了極其重要的積極作用。胡耀邦在一九八一年出任中共中央主席，八二年九月起擔任中共中央總書記，作爲中國鄧小平的黨務執行長和國務院總理趙紫陽的政治夥伴，被視爲鄧選定的第一位接班人。由於他的思想開通，性格正直熱情，行事積極有爲，因此在「實踐是檢驗眞理的唯一標準」的思想論戰以及推動主持平反冤錯假案中，胡耀邦立下汗馬功勞，被認爲是中共割除文革毒瘤、邁向嶄新時代的重要舵手。然而，由於他的思想相對開明、自由，因此無法見容於中共元老執政集團，也和鄧小平的「反資產階級自由化」理念格格步入。中共文件顯示，中共高層認爲胡耀邦對知識分子的自由化傾向的縱容極其不當，要求他辭職，鄧小平並指責胡耀邦應該對一九八六年學生運動的失控負責。

鄧小平和胡耀邦都是客家移民之後，不同的是鄧家非住客家群居聚落，且屬官宦與「小資產階級」家庭，而胡家久居客家聚落，世代務農，因此胡耀邦相對而言保留較多純正的客家性格，行事作爲也比較接近客家人的理想典型。胡耀邦出身於隴畝山林，經歷半個世紀的艱險曲折，不管是負重纏身之時，抑或是身陷囹圄、橫遭批判之際，他和鄧小平同樣沒有奴顏媚骨，始終不改初衷，堅信自己的理念，正是客家人剛毅性格與堅強意志渾然融合的活生生表現。文革期間，胡耀邦在河南潢川縣黃湖幹校勞動，被勒令寫檢查。胡耀邦拒不檢查，他堅決地說：「那好辦嘛！你們把對我的結論寫上，我寫上我的意見，一起送中央，請中央定嘛！」材料上報到中央，周恩來總理看到了，立刻把胡耀邦調回北京，不再受他人控制。胡耀邦充分展現不屈不撓的頑強鬥志，處處閃現著客家人的「硬頸」精神。

客家人背井離鄉，赤手空拳，要在新的環境中立足生根，就必須靈活變通，學會適應新的環境。胡耀邦先祖從江西遷徙湖南瀏陽，紮根繁衍，保存刻苦耐勞、崇尚實際的客家精神。胡耀邦務實勤奮，是出了名的。全中國兩千多個縣，他跑了一千六百多個。他有豐富的實踐經驗，善於把黨的政策以及領導意圖按照實際情況，靈活貫徹到實踐過程中。在「實踐是檢驗眞理的唯一標準」的論戰中，在平反冤假錯案的苦鬥中，胡耀邦一切從實際出發、堅持實事求是原則，發揮除舊佈新的能量。此外，客家世代儉樸持家，胡耀邦身上顯然也烙有這種客家精神的印記。他常講一句格言：「公則明，廉則威，正人先正己。」由於嚴於律己，廉潔奉公，公私分明，因此他被人稱許「一身正氣、兩袖清風」，時時展現農民質直而純樸的性格，爲官清廉的更不在話下。胡耀邦的正氣與廉明，以及不願撲殺自由、民主幼苗的氣度，爲他鑄造高直的形象，創下崇隆的聲望，同時對照出他和鄧小平在面對「資產階級自由化」問題上判然有別的意向。

中國在民主席位上上缺席了

鄧小平的思想侷限性是顯而易見的。當然，我們不能否定在共產黨政治體制內的「行政改革」上，鄧小平確是用心用力，卓有成效，譬如廢除幹部終生制、增強領導集體機制、增進法制規範。但是，在政治體制的改革上，卻幾乎繳了白卷。他在一九八〇年曾誓言：「充分發揚人民民主，保證全體人民眞正享有通過有效形式管理國家的權利。」把他說過的話跟他實踐情況的兩相對照，其間的反差何其大！眞令人不得不爲之扼腕。

正因爲如此，二〇一〇年諾貝爾和平獎的頒獎典禮上，大陸民主人士劉曉波獲獎卻因坐黑牢不克與會，連親人都被軟禁，不能代他領獎。諾貝爾講當局擺了一個空位子，讓全世界看清：中國在自由、人權、民主的普世價值中缺席了。這是鄧小平改革開放遺漏的一大區塊。

4

李光耀

擇善固執　打造全球最具競爭力的國家

如果諾貝爾有「治國獎」，他是全球最該得的人。只做他認為正確、該做的事，而不屑做他人或國際輿論會鼓掌叫好而他卻不以為然的事，他說：「我總會做到凡事正確，但卻不是政治上正確。」只把事情做對，不迎合人民一時的喜好，也不刻意媚俗謀求短暫的政治利益。他的睿智而堅毅的領導，使新加坡以小國之身享經濟強國盛名。

「國家是我們畢生心血的結晶。」新加坡總理李光耀一九八六年談到領導核心的志業時有感而發。他一生的心力全部奉獻給國家，他幾乎等於新加坡的代名詞，早已和新加坡融爲一體。直到二〇一一年，人民行動黨在國會選舉中得票創歷史新低，他才宣布退出內閣。在內閣的時間超過五十五年。

他於一九九〇年卸下總理職務後曾說，自己是新加坡獨立以來的建國者，如果發現情勢不對，即使躺在病床上或者已進入墳墓，他都會跳起來干預。的確，新加坡和他早已血肉相連，難分難捨。

新加坡是他畢生心血的結晶

新加坡於一九六五年被迫從馬來西亞獨立之時，一窮二白，百廢待舉，簡直不知明天在哪裡。當時的馬來西亞領導人東姑拉曼感到李光耀野心勃勃，極難對付，以爲把新加坡踢出去，即可置其於死地，讓李光耀乖乖地屈膝臣服。

不料，李光耀和他的政治伙伴揮著淚水咬緊牙根，憑著置之死地而後生的決心與過人的本事，竟做到當時立下的心願：「我們是絕對不會爬著乞求回到馬來西亞的。」不但如此，倘限於七百二十四平方公里蕞爾國土的新加坡，經過四十五年的努力，其國民生產總值（GDP）於二〇一〇年超過人口數多了近八倍的馬來西亞。李光耀和新加坡大可揚眉吐氣了。

新加坡在經濟上的成就足以傲視全球。二〇一〇年的經濟成長率超過百分之十四，在全球主要經濟體中稱冠。瑞士洛商管理學院（IMD）二〇〇九年的國家競爭力排比中，新加坡勇得冠軍。美國蓋洛普民調「二〇一〇年最想移民的國家調查」，新加坡也排名第一。

再看世界銀行的二〇〇九年「全球治理指標」，「亞洲四小龍」中，新加坡的整體表現最佳，在「政治穩定／反暴力」（第九十六百分位）、「政府效能」（第一百百分位）、「法規執行品質」（第一百百分位）、「法治」（第九十四百分位）、「肅貪」（第一百百分位），皆屬全球第一級（百分位數一百至九十，意即領先百分之百至百分之九十的國家）。只有在「言論自由」項目上，新加坡排名很難看，列第三十五百分位，落後台灣的第六十九百分位、南韓的第六十五百分位、香港的第六十一百分位。一個原本充滿危機的脆弱社會，憑著優勢的領導力，創造了技術密集的優勢製造業和知識密集的頂級服務業，爬升到已開發國家的前排，確是舉世豎拇指稱道的奇蹟。

時時心懷憂患，事事未雨綢繆

儘管新加坡經濟發展與治理品質取得傲人成績，但李光耀和承接的領導班子，卻是鎮日戰戰兢兢，焦心苦思，綢繆對策應付不斷出現的新挑戰。

懷著憂患意識，事事未雨綢繆，所謂「臨事而懼，好謀以成」，無疑是李光耀取得耀眼執政成績非常關鍵的憑據。他曾以一貫憂形於色的表情說：「新加坡能有今天，絕非湊巧。每件事都有可能出錯，我們必須搶奪先機，就靠這樣，我們才有今天。」

確實如此。他常言：「我的政治思想是從危機和挑戰中提煉出來的。」他先天下之憂而憂，也要天下以他之所憂為憂。他強調：「必須永遠保持警惕，並時刻提醒國人認識我國社會脆弱本質。」

新加坡獨立建國之時內憂外患變幻莫測，陰霾密佈，整體處境確實脆弱。新加坡土地狹小，是典型的小國寡民；屬於港口城市，缺乏腹地，更無資源；鄰近的印尼虎視眈眈，馬來西亞樂觀其敗，遠處的中國有民族主義及共產主義的召喚；內部的華人沙文主義蠢蠢欲動，少數族群馬來人與印度人蘊藏不穩因素，種族暴動的陰影揮之不去。當時的新加坡，外部安全威脅與內部族群、勞工、共黨等險惡問題交錯牽引，可說是危在旦夕。

赤手空拳殺出一條血路

經濟上同樣面臨不知如何存活的困境。當年據以起家的轉口貿易早已不足恃，工業基礎薄弱，失業人口眾多，經濟發展毫無屏障可依，亦無成例可循。李光耀和領導核心別無選擇，必須在無中生有，赤手空拳殺出一條血路。

憑什麼？首先是憑藉過去十年政治鬥經驗所淬練出來的強勇智能。從一九五四年成立人民行動黨開始，李光耀就投入政治鬥場上紛擾不安、爾虞我詐、分分合合、你爭我奪、兵戎相見、你死我活的殘酷遊戲中。通過街頭激烈的對壘鬥智甚至兵戎相見的廝殺，他活過來了，而且勝利了。

他自認爲是「特殊的一代」，因爲他和政治伙伴是從劇烈的戰鬥中磨練出來的，經過達爾文物物競天擇式的過程而生存下來，因而生命力很強。在此之前，他已是飽經變動與歷練。早年見識過英國的殖民統治和日本的軍事占領，他跟共產黨先合作再火拚，又跟馬來西亞及印尼纏鬥。經過一連串激烈交鋒的鬥爭，他練出一身功夫，更鍛鍊出鋼鐵一般的意志。

他自己說：「在這種境遇中生存下來後，你便練就成身經百戰的老將，對政治不再懵懂無知，世上再沒有新鮮事。你經驗過無數恐懼、千鈞一髮的挫敗、一切可怕的事；你中過圈套，遭遇過埋伏。最後，你變得滿身疤痕、剛毅果斷，因爲唯有如此才能生存。」確實如此，李光耀是在尖銳而凶險戰鬥中淬練出來的戰士，在他的腦海中，已容不下飄渺的夢幻玄想、抽象的意識型態。他僅有的只是實實在在的求生存發展之道，他的唯一懸念是如何讓人民安居樂業，讓新加坡興國安邦。

騎在老虎背上打敗老虎

獨立建國之前的十年歷練，可說是李光耀的政治養成教育，其中最爲驚心動魄、也讓他學到最多的，是和共產黨人先聯合再鬥爭的歷程。由於自知他和那一群「中層階級反殖民主義者們」伙伴都是受英文教育出身，許多人連華語都不會講（當時的李光耀只會講客家話而不會講中文和其他中國方言），無法和占新加坡百分之七十幾的華人溝通，而共產黨人在新加坡有廣泛的華人群眾基礎，還有豐富的鬥爭經驗。因此，人民行動黨要在華人群眾中生根壯大，只能採取「聯共」作法，類似當年孫中山領導的國民黨的「容共」政策，容許共產黨員加入，共赴向英國爭取獨立的運動。李光耀深知這是「騎在老虎背上」。

李光耀在聯合陣線中「跟魔術師做學徒」，更在其中擷取政治利益，也就是「唱左派的調子，走右派的路」。他深自惕勵自己「騎上一隻狂野的老虎，可是不能因爲恐懼而變成癱瘓無能」，他們咬緊牙關騎著老虎走，當自信已經足夠壯大，就翻臉打起老虎來了，「直到它精疲力盡而被制伏爲止」。他的作法類似蔣介石一九二七年發動的「清黨」，於一九六三年罔顧政治道義和法治原則，悍然逮捕一百多位共產黨人，用當年中國共產黨指摘蔣介石的話說，他是「背叛了革命」。

他相信生活是最終的考驗

他以鐵血捍衛政權。通過跟共產黨人進行的鬥爭，抗拒馬來亞過激派的干擾，他在中央政府掌牢牢握著警察和軍隊。共產黨人嘲笑他和同僚是殖民帝國主義者的走狗，咒罵他是馬來封建主義者的僕從和幫兇。然而，在關鍵時刻到來時，包括抱著懷疑態度的說華語或方言的左傾人士在內，目睹了一群受英文教育的「資產階級」領袖挺身而出，維護大眾的利益，由此取得人民的信任。

人民行動黨趕走共產黨人兩年之後，新加坡被馬來西亞人趕出去了。猝然遭此變故，陷於死地邊緣的新加坡必須獨立求生。他認清擺在眼前的嚴峻問題都是硬碰硬的具體問題：一群人要找工作、領薪水、買食物、買衣服、買房子、撫養孩子這麼現實的問題。他們因爲夠實際，所以不會執著於理論。李光耀相信「生活是最終的考驗」，因而一開始就樹立了他的施政風格：不提倡觀念，也不相信什麼理論，只要行得通就去做。

他堅信一般人最迫切需要的就是經濟發展，因爲貧苦的人民「有像樣的生活去享受民主嗎？」他認爲：「這是絕對、絕對、絕對無庸置疑的。」就這樣，他和鄧小平主導的改革開放一樣，確立了以經濟發展爲中心的主軸，其他一切都要爲這個中心主旨服務。他沒有說但實際在做的另一條，跟中共朗朗大喊的一個樣：穩定壓倒一切。

無論是發展經濟，或者是建立一個穩固的社會，都必須先建立一個強而有力的政府，而這非聚集傑出的人才並肩作戰不可。他認爲領導層的素質決定一切，他很早就擔憂「如果領導新加坡的人缺少魄力，沒有眼光，又不能把國家的利益放在最前方」，或者「如果能幹、廉潔和有原則的人不當政，辭卻不前，任由庸才和投機份子執掌大權」，那麼，新加波的政治、經濟必然沒法搞好。

確信人才是提升競爭力的關鍵

他認爲提昇政府效能從而增強競爭力的關鍵不在制度，而在人才；要有好的政府，首先必須起用好的人才來管理政府。基於此，他費盡心思爲政府尋覓人才、晉用人才、培育人才、保住人才。他幾經研究和甄選、運用的經驗，認爲跨國公司殼牌石油的人事制度最有參考價值：它很簡單，簡化到最基本的條件，就是遴選具有「居高臨下眼界特質」（helicopter quality）的人，有分析能力，有想像力而腳踏實地，還必須有領導能力以及激發他人熱忱的天賦。他強調：「因爲到頭來，你必須懷有成功不可或缺的理想主義，使人聚集在你周遭；你必須高瞻遠矚，能預見到大家協力追尋的彩虹彼端埋藏了什麼寶物；但你還是得腳踏實地……知道哪些預測乖離現實，對我們有害。」他認爲：「沒有前瞻力、也沒有能力改善現況的領袖，是壞領袖。這種領袖只能原地踏步，不會有進步。」

他不僅想方設法多方延攬人才共同打拚，而且非常重視人才是否能綿延不絕。早在一九六七年，他和第一代領導班子正值年富力強之際，他已開始關注接班問題，致力於如何提供足夠的誘因去吸引人才投入公部門。他當時就指出：「目前新加坡最實際的政治問題——相對於經濟問題而言——就是未來十年內，我們如何爭取年輕人願意接我們的班？這非常重要。我們不可能永遠統治下去。我們必須提供新一代人自由發揮的機會，爲接班做準備。」這個時間點和他交卸總理職位足足有二十四年。

靠品行通過無數艱難的考驗與試煉

關於領袖必須具備的條件，他認爲最重要的是「品性」。他引述一部一個被囚禁在布興沃德（Buchenwald）納粹集中營多年的人回憶錄。他是法國天主教徒，死裡逃生後留下紀錄。其中一個段落說：「一般而言，那些最聰明、社會地位最顯赫的人，若處於非常人所能忍受的壓力下，不久就會崩潰。這跟心靈是否高貴、是否聰明機警，或受過知識訓練，都沒有關係。這牽涉到一種叫作『意志力』的東西，它跟一個人的信念、理想或價值觀，都不見得有關。」

在他看來，「意志力」是領袖必須具備的最重要條件。這本書中也談到一位知名的外科醫生。他被公認他才智過人，開刀技術精良，而且顯然有絕佳的自律，熬過無數次耗時甚久的大型手術。漫長的冬夜裡，集中營宿舍小木屋中央都生著火，供犯人取暖。在火堆旁睡覺固然舒服，但是清早五點鐘被粗暴地叫醒到戶外點名時，卻容易罹患肺炎而死。這位外科醫生很清楚這種下場，但其他不是外科醫生的人也都知道。所以大家設了一個界線，不越過界線去接近火堆，否則會自嚐苦果。但是，這位外科醫生無法克制自己生理上的弱點，約束不了自己，他喪失了求生意志。一週又一週過去，他愈來愈接近火堆。有一天清晨五點，天氣太冷，他得了肺炎死掉了。

執行權威的人必須態度堅定

李光耀從這段敘述悟出一個道理：這就是領袖必備的「品性」——不論你的忍耐力或高或低，不論你對自己該做的事有多大熱忱，都必須靠意志力，才能通過不計其數的考驗與試煉。

李光耀正是一個意志力超強的領導人，永遠都是不屈不撓，只要立定目標就全心全力掃除路上一切障礙，不達目標絕不中止。他決心做一件事，態度一定非常堅決，不計一切，非完成不可。方針和過程也許會變，但絕對努力克服萬難，設法達成目標。

李光耀深信，新興國家要發展經濟，其先決條件是一個堅毅果敢的政府，能長期掌權，貫徹政策。他初掌政權時就強調堅毅貫徹權威是至關重要的：「權威必須貫徹。……執行權威的人必須態度堅定，明察秋毫，立場公正。還有最重要的，他必須前後一致，持之以恆。」他強調任何社會成功轉型的首要條件是「堅定的領導，有效率而前後一致的領導」。

絕不讓政治對手掌握任何把柄

深明於此，李光耀對於確保人民行動黨的執政地位煞費苦心，他時時懷著憂患意識，絕不讓對手掌握任何把柄，因爲「不然就會被他們毀滅」。早年，即使統一戰線的共產勢力已經削弱，他仍不掉以輕心，對他們潛藏在地下的勢力，都會在政治算計中列入考慮，以防他們突然發動暴力事件，或決定重建公開戰線，或兩種情況同時發生。

對於反對黨，他一向毫不留情。李光耀相信政績是抑制反對黨成長的利器，他也從當年跟共產政敵之間有過許多次不愉快的交手，從中認識到了選民的總體情緒固然重要，關鍵其實在於爭取民眾支持的機制和組織網路。

他和人民行動黨在組織上下足了功夫，同時確信要砥柱中流和贏得選舉，政治議程必須掌握在手上。除了公開辯論，他也常向法院提出誹謗告訴，因爲人民行動黨的部長「隨時準備出庭，爲任何行爲不當的指控接受檢查和盤問」。許多人批評他採取訴訟行動是要堵住反對黨的嘴巴，使他們吭聲不得，但他認爲是這些人不明白：「在一個貪污、朋黨與裙帶風氣仍然猖獗爲患的區域，人們會多麼輕易相信任何關於不誠實或貪污的指控。觀點有錯就必須受到挑戰，否則會影響民意製造麻煩。那些爲了一逞聰明而爲難政府的人，一旦被我以同樣尖銳的言論還擊，可怨不得人。」

他堅決和反對黨周旋到底，毫不在意世人批判他處心積慮意志反對黨的生存空間，有違民主政治常態。但是，李光耀是經濟發展至上論者，他不崇信民主的價值，因爲「民主無法帶來發展」，而且除了少數例外，民主不曾爲新興國家製造出好政府，特別是發展必需的穩定與紀律。他對民主政治價值的貶抑以及抨擊西方國家推銷民主政治，讓他飽受非難，被貼上「軟性威權主義」或「較仁慈、溫和的政治獨裁」等標籤，甚至指他批評民主制度只不過是鞏固人民行動黨威權統治的手段。他完全不爲所動，而且不改其表地持續反擊。他深信自己站在眞理這一邊，而歷史終將站在他那邊。他堅定地以爲：「他們可以笑我們，可是我深信最後開懷大笑的人會是我們。」

反對黨居於不利的競爭地位

不講民主、不畏人言、絕不手軟，他把新加坡政府打造爲父權式、家長式的專權性威權政體。除了締造良好的政績號召民意支持之外，他更採取諸多強力手段對付反對黨和在野派，從選舉制度的設計、政府政策的設計與資源分配的誘導、媒體傳播效果的控制、誹謗官司的運作，以至國家安全機構的配合運用，李光耀讓新加坡的非執政黨力量宛如置身在乾旱的沙漠中，也讓民主缺乏成長的沃土。新加坡的民主選舉制度只不過是使人民行動黨取得權力正當性的合法程序而已。

從選舉制度開始，李光耀就打主意不讓在野黨有公平的競爭機會。最厲害的是國會選舉所謂「集體選舉區制度」（group representation constituencies），規定各集體選區選出四到六名國會議員，各政黨提名時必須至少提一位馬來人、印度人或其他族群的人，選民從各政黨所提出的一組候選名單中做政黨選擇。這種選法對執政半世紀而獨攬國家政治菁英的人民行動黨極其有利，因爲可以母雞帶小雞的方式，讓高知名度的政治元老帶一組人帶上去。直到二〇一一年五月的國會選舉，反對黨才有一組候選人首度在集選區中當選。

政府還是人民行動黨的最有力的輔選後盾。例如，人民行動黨在一九九七年的國會選舉中承諾，由政府建造並補貼的國宅公寓，將以把多數票投給執政黨的選區爲優先分配區。政府明目張膽幫執政黨助選，而司法力量的運用，亦使反對黨人士慘遭打擊，並產生阻卻作用，使得政治人物因畏懼執政勢力的壓迫性打擊，而對扮演反對黨角色卻步。

要凡事正確，卻不是政治上正確

李光耀只做他認爲正確、該做的事，而不屑做他人或國際輿論會鼓掌叫好、他卻不以爲然的事，他說了一句引人深思的話：「我總會做到凡事正確，但卻不是政治上正確。」意思是要把事情做對，而不要一味迎合人民的喜好，或是刻意媚俗，以謀求個人一時的政治利益。他的基本理念是好的政府要追求長久被人民普遍支持，而不要爲博取一些掌聲而去做受人歡迎的事。

基於此，他認爲：「如果你想受人歡迎，就不要希望永遠受人歡迎。一個受歡迎的政府，並不等於時時刻刻都要做人歡迎的事。」由於這種理念，他永遠懷抱著爲國家總體利益和人民長遠幸福負責的志業，而不計一時一刻的民意反應和公眾議論。

由於他極度重視國家治理的實際效益，特別是其對於人民福利的增減損益，因此他對於蘇聯前領導人戈巴契夫讓聯邦解體以及中國領導人鄧小平武力鎮壓天安門學生運動，有著截然不同且獨樹一幟的評價。

對中國大陸一九八九年發生的天安門事件，他一方面表示無法理解中國政府的行爲，也對如此不仁道的行動深感慚愧，但他並未譴責中國政府，反而稱許鄧小平：「作爲一名戰鬥與革命的宿將，他把天安門廣場上示威學生看成可能使中國再陷入百年動亂衰朽的危機。他經歷過革命，在天安門廣場上提早看到了革命的潛在信號。戈巴契夫就與鄧小平不同，他只在書本上讀過革命，沒法看出蘇聯即將瓦解的危機信號。」因此，他認爲鄧小平是一位偉大的領袖，扭轉了中國的命運，給中國人民留下一筆巨大和充滿希望的遺產，而且也改變了世界的命運。

李光耀就是這樣一位隨時注意「危機信號」的領導人，充滿危機意識，永遠居安思危，既懷近憂更有遠慮，因此時時防範於未然，事事早謀對策於機先。他的政治思維是從危機和挑戰中提煉出來的，永遠保持警惕。他經常提醒新加坡人「認識我國社會的危弱本質」，而

「只有那些有遠見的人，才會長期獲得勝利」。

要非比尋常才能活下去

獨立建國之初，他憂心苦思新加坡的生存法門。他衡量國內外情勢和眼前的有限選擇之後，得出結論：這個位於東南亞的城市島國要生存下去，就必須非比尋常。爲了取得成功，必須做出非比尋常的努力，使人民更加團結，更加剛強勇猛，更加有適應力，工作效率必須比鄰國高，成本卻比他們低。

他相信新加坡必須持續扮演的區域轉口和中介中心的角色，充分利用這個世界最繁忙航道且具有戰略意義的世界級天然港口。然而，他又理解到，新加坡的轉口貿易已經到達頂限，往後會進一步式微。政府必須另外想方設法，嘗試任何切實可行的點子，製造就業機會，讓人民不必負債過日子。而要減少失業獲得生存的唯一的辦法是推行工業化。

發展工業是生存不二法們，然而，經過幾年的反覆摸索，李光耀斷定新加坡搞勞力密集、進口替代工業是沒有競爭力、沒有前途的，應該把最大的希望寄託在美國、歐洲、日本的跨國企業身上。因爲在國際分工體系中，只有生產附加價值高的產品才有較高的利潤與競爭力。早在一九六〇年代初期，就有台灣人和香港人到新加坡設廠，帶來了低科技工業，如紡織廠和玩具廠等等，屬於勞工密集的工廠，但是規模不大。他們看出，美國跨國公司到新加坡設立高科技工廠，規模大，能製造許多就業機會。想法逐漸趨於具體之後，便訂下雙管齊下的策略，以打開不利的局面。首先是像以色列一樣，逾越整個地區，同歐美等經濟已開發國家進行貿易。

新加坡政府確信，既然鄰近國家一心要削弱跟新加坡的聯繫，就必須跟發達地區的美國、歐洲和日本掛勾，吸引它們的製造商到新加坡來進行生產，然後把產品輸往發達國家。不過，這樣做會不會如同「依賴學派」經濟學家的論點，讓跨國公司延續殖民主義的剝削方式：發展中國家把原料賣給先進國家，反過來向它們購買消費品；跨國公司支配科技和消費者的選擇，勾結所在國政府一起剝削和壓制人民。當時第三世界國家的普遍領袖相信新殖民主義剝削人民的理論。

政府的最大責任是爲人民提供生計

然而，務實的李光耀根本不信這一套理論，因爲橫在眼前的實實在在問題迫切需要解決，不能受任何理論或教條的約束。他認爲，反正新加坡也沒有天然資源可供跨國公司剝削，有的只是勤勞的人民、良好的基礎設施和稱職的政府，政府的責任是爲新加坡二百萬人提供生計。如果跨國公司能讓工人獲得有報酬的工作，並教授技能、工程技術和管理的技巧，何不把它們爭取過來？

爲了爭取美、日、歐大公司到新加坡投資，李光耀下決心要在處於第三世界地區的新加坡創造「第一世界的綠洲」，也就是在公共安全、個人安全、保健、教育、電信、交通和服務上全面達到第一世界的水準，好讓新加坡成爲在本區域有商業關係的企業家、工程師、經理人員和其他專業人士的基地。

欲達於此，首先必須提昇人民的素質，因此他下決心培訓人民，使他們有能力提供具有第一世界水準的服務。他利用學校、工會、民眾聯絡所和社區組織，重新教育新加坡人民，使他們改變想法和習慣。他認爲：「中國共產黨人如果能夠利用這個辦法，消滅所有的蒼蠅和麻雀，我們沒有理由不能協助人民改掉第三世界國家的習性。」

他堅信，新加坡的生存原則只有一個：必須比本區域其他國家更加剛強勇猛，更加有組織和富有效率。他深知，新加坡的條件再好，如果沒有辦法超越鄰國，外國商家還是沒有理由以這裡爲基地的。換句話說，儘管缺乏國內市場和天然資源，但一定要提供條件讓投資者能在新加坡成功營業，有利可圖。

在全球奔走拉進跨國公司

爲此，新加坡立法立成了經濟發展局，成立一個暫時服務機構，使投資者不必跟許許多多的政府部門打交道，一切需要一概由這個機構處理——無論是土地、電力、水供還是環境和工作的安全措施。新加坡政府延攬一批鬥志昂揚的人加入工作，他們個個興致勃勃，在全球各地四處奔赴，大幹「跑腿活」，設法取外國投資者。由於招商績效卓著，而且規模愈來愈龐大，以致幾個不同的部門不得不出來自立門戶。工業區的部分成爲裕廊鎮管理局，金融發展的部分則出了一家新加坡發展銀行，兩者日後都成爲各自領域中的翹楚。發展銀行協助提供創業資本給新加坡的企業，因爲其他稍有歷史的銀行都只有提供貿易融資的經驗，而且作風太保守，不願意貸款給準備從事製造業的商家。

在吸引外來投資方面，新加坡政府扮演了關鍵的角色，修建基礎設施，提供精心策畫的工業園，參與工業投資，採納財務獎勵措施並推動出口。最重要的是建立良好的勞資關係，制定了健全的宏觀經濟政策。這些基本措施使私人企業能夠順利經營。規模最大的基礎建設是發展裕廊工業區，它的面積最終達到九千英畝，無論是公路、污水處理和排水設施、電力或水供，區內設備一應俱全。美、日、歐跨國大企業紛紛投資，李光耀得意地說：「我們在歐、美和日本找到新腹地。」新加坡招攬的投資項目源源不絕，所生產產品的附加價值愈來愈高，促使新加坡的國際競爭力愈來愈強。

經濟發展策略靈活調整

他的經濟政策與時俱進，靈活調整。例如，一九七〇年代後期，新加坡的勞動力成本提高，外國大企業進注意願減低，新加坡進而致力於生產高科技產品，權力進行「第二次工業革命」，大力發展精密機械技術產品、特殊化學製品、汽車零件、醫療設備及外科器械、電腦周邊設備以及電腦軟體等製品。除了在基礎建設、租稅優惠、金融支援等各方面齊頭並進，以創造良好的投資環境之外，還設立一個工資委員會，強制企業大幅調薪，使得勞力密集製造業成本大增，而不得不轉型或轉出，從而加速產業結構的轉型。

一九八〇年代中期之後，新加坡出現經濟蕭條，新加坡政府決心改變以出口爲導向的工業化方式，致力於促使經濟更多元化。一方面推動現代性服務業的發展，鼓勵綜合性國際商業服務的成長，另一方面大力發展旅遊業。度過蕭條期後，新加坡展開另一項新猶：建立新加坡的第二翼。以往新加坡由於位居國際運輸樞紐、公共設施完善、優質英文人力豐沛，因此吸引大量跨國企業投資。到了一九九〇年代，新家公營投資機構和民間企業開始大步走出去，到亞洲與中東地區投資，建立新加坡經濟的第二翼，大大擴充新加坡的經濟版圖和國際連結，競爭優勢隨而極大化。

建立亞洲第三大金融中心

除了發展工業之外，新加坡也積極發展金融業。一開始，新加坡小規模地發展岸外亞元市場，相當於歐元市場，稱之爲「亞元市場」。當初是銀行之間在新加坡進行交易的場市，向海外銀行籌集外幣基金，以供本區域銀行借貸，反之亦然。後來進一步進行外匯和外幣標價證券的金融衍生產品交易，也從事財團貸款、債券發行和基金管理等活動。亞元市場規模是新加坡國內銀行市場的數倍。取得那麼驚人的增長，主要是因爲滿足市場的需求。

隨著貿易和投資活動推向全球，涵蓋亞洲，新加坡在國際間的金融交易量節節上升，成爲全世界舉足輕重的金融中心，規模在亞洲僅次於東京和香港。由於高科技、創新和尖端產業的高度發展，金融服務業日新月異，加上高效率且最廉潔的政府提供強而有力的支撐，新加坡屢屢被評爲全世界競爭力最強的國家。

除此而外，新加坡享有「花園城市」的美名。一手打造這個全球最有競爭力經濟體的李光耀，早在一九六五年被迫獨立，國家百廢待舉之際，李光耀就起心動念要把新加坡打造爲花園城市。他的雄心壯志目的不是爲了要賞聞玫瑰的芬芳，而是要向世人顯示新加坡跟其他第三世界國家不一樣，具有第一世界的水平。他要讓世人看到「這個地方會把每一個細節都關照到最好」，最終目的是爲了強化新加坡的競爭優勢。

在第三世界打造第一世界的綠洲

這就是李光耀一心一意要的新加坡。新加坡只是一個海港城市，從馬來西亞獨立出來是被迫的，其地理條件原本不足以自然形成一個國家，原來只是英國的全球性海上帝國的一個樞紐，一個貿易站，既無腹地，亦無資源，連安全保障都付諸闕如。怎麼辦？李光耀憑他頑強的意志、精明的頭腦和全球運籌的能力，改變了新加坡的命運，成為第一個從第三世界地位躍升為第一世界的國家。

遙想當年被迫退出馬來西亞時，李光耀頓失廣土眾民的寄託而黯然神傷，但他的氣餒與擔憂只是短暫的。他當時就講了一段豪氣萬千的話：「坐在凳子上比坐在手杖凳（一種頂端可以打開來做凳子的手杖）舒服。現在我們坐在手杖凳上了，我們沒有別的凳子。但是請別忘記新加坡人民有的是鋼做的手杖凳。」他和新加坡人民以鋼鐵般的意志促進國家的經濟從困乏邁入富足，從粗劣提升至精緻。

發展經濟需要正確的產業政策引導，還要有積極性很強的人民和穩定性很高的社會來支撐。李光耀原本信奉民主社會主義，相信人人平等，後來意識到要使一個經濟體有效率，個人的積極性和回報不可少。然而，人的能力本來就有大小，如果完全讓市場來評估一個人的表現並決定報酬，大贏家將會非常少，中等贏家占多數，失敗者相信也多。人們覺得社會不公，局勢難免緊張。新加坡政府每隔五年須面對一次國會選舉，因此必須確保國民收入適當地重新分配，以抵消自由市場競爭下出現的極端後果，在諸如教育、住房和公共衛生等方面提供津貼，從而提高人民謀生能力的政策顯然是必要的。可是，如果通過提高稅率，重新分配做過了頭，表現卓越者發憤圖強的企圖心將挫損，因此困難在於如何求取準確的平衡。

建立住者有其屋的社會

李光耀早就在想，如果建立每個公民跟國家以及國家前途之間的利害關係，就先要建設一個居者有其屋的社會。因爲人們購買住房和租賃組屋的態度形成強烈的對比，屋主爲能購買住房而感到自豪，而政府津貼的廉價租賃組屋則被嚴重濫用，維修也差。他因而在還沒脫離馬來西亞之前，就通過建屋發展局公布了「居者有其屋」計畫，爲工人們建造廉價住房，並向買主提供低息貸款。後來，他對新加坡的選民幾乎都住在市區心感不安，因爲各國首都的選民總是傾向於投票反對政府，因此決心讓新加坡的家庭擁有自己的住房，否則政局就不會穩定。

他公開承諾：每個工人都擁有自己的住房。但如何才能辦到？他動用中央公積金的主意，讓工人可以利用累積的公積金儲蓄繳付百分之二十的首期購屋款項，也可以利用正在繳納的公積金，在二十年內按月分期，繳付購屋貸款。事實證明，公積金和居者有其屋計畫確保了政治穩定，使新加坡持續不斷地發展。

李光耀相信沒有這些計畫，新加坡人將像香港、台北、漢城或東京的人民一樣。在這些城市，工人工資高，卻須花大錢租小房，而且這些房子永遠不會歸他們所有。新加坡的選民如果也是這樣。就不可能在每次選擇中以大多數票一再投票選擇人民行動黨。

新加坡政府一方面力求幣值穩定、預算平衡和稅率低，促使投資增加，生產力提高，另一方面則強制把工資的百分之四十存入公積金戶頭，許多人也把錢存進儲蓄銀行，政府利用這些國內儲蓄來建立基礎設施，如公路、橋樑、機場、集裝箱碼頭、發電廠、蓄水池和一個地鐵系統。政府的目標是每年儘可能籌集足夠的歲入作爲運作和發展開支，同時使稅收制度在國際上具備競爭力。

堅決反對不勞而獲的社會福利

在社會福利方面，李光耀深切擔憂豐厚的福利可能「未見其利先受其害」，因此堅持不能不勞而獲，否則將助長懶散，並挫損有能者的積極性。反對黨和外國媒體總是不斷地批評新加坡政府推行冷酷無情的政策，不願意津貼消費，但李光耀不爲所動，他認爲：「在選舉期間，要應付反對黨提出的福利誘惑是非常困難的。六、七〇年代，歐洲福利國家的失敗還不是不言自明的，它的害處需要兩代人的時間才會顯現。幸而我在歷屆選舉中頂得住這些批評。直到八〇年代，西方媒體才承認福利社會的失敗。」

令他慶幸的是，持續的經濟增長使局面益發穩定，穩定吸引了更多的投資，製造更多的財富。由於在建國初期實行了艱難的決策，後來形成現有的良性循環：開支少，儲蓄多，福利少，投資多。因爲經濟增長強勁，累積了許多資產，人口相對年輕。最近幾年來，由於人口明顯老化，且隨著納稅人的百分比下降，以致個人儲蓄減少。由於老人越來越多，國家的醫療照顧開支將會大幅度上升。爲了因應這個趨勢，新加坡努力吸引受高深教育和技術熟練的移民，擴大的人才來源，而提高國內生產總值和歲入，則是更完善的應對策略。此外，政府也爲更多社區福利團體提供財政和行政支援，投入更多的義工來推動和監督這些社區的福利事業。

維護族群和諧煞費苦心

跟社會福祉同樣令他憂心的，是種族融合問題。新加坡華人超過人口數百分之七十，極易演變成「華人沙文主義」，不只會受到國內非華人的反抗，也會引起鄰邦馬來西亞、印尼等以穆斯林人口爲主的國家的猜忌與不滿。

因此，他苦口婆心地勸告華人不能突顯民族優越感，不要把自己當中國人，不要以中國爲祖國，一定要認同新加坡爲祖國。他採取多方面政策促進民族融合，避免以大壓小，並將其他民族同化爲「中華民族」。他深知種族的裂痕一旦撕開，將永難癒合。他不只消極地避免種族衝突，更積極地在接受族群差異的前提下，採取措施扶助弱勢，把族群融合問題視爲國家生死攸關的重大事務，費盡心思尋求解方，採取政治、經濟、社會、文化、教育等一切可行手段，亟思有所助益。其胸襟與用心顯現他是一位有大格局、大作爲的政治領袖。

如果他沒有遠大的視野、寬闊的胸襟、細膩的思維，他大可放任華人挾其人口的絕對優勢，逞其華人沙文主義，壓抑其他族群，施展多數統治。但是，李光耀的思維與作法恰恰相反。他極力壓制華人的族群霸意志與凌優勢地位，包容其他若小族群，而且想盡辦法拉拔他們，並悉心融和不同族群，創造一個族群平等而和諧的社會。

即使連住房分配這種民生事務，他也要設法使其發揮族群融合的功效。新加坡政府的公共住宅計畫除了落實住宅私有化之外，還附帶去除種族隔離的功能，明文規定公寓的單一族群住戶不可超過一定比例，以防某棟公寓被同一族群全數購買。這樣的種族「去隔離化」的住房政策，有效促進族群的和諧，也使訴諸少數族群的政黨和候選人難以在國會獲得席次，避免種族極端主義者得逞。

維護社會治安絕不手軟

李光耀念茲在茲的是社會秩序的維護，因爲「街頭一出現脫序現象，外國公司會第一個撤資，新加坡人也可能把動產和家人撤往國外的避風港」。他相信社會秩序最重要的維護之道在於強硬手段。他完全不同意現代刑罰學流行的自由主義觀點，因爲「只著重感化罪犯，不強調懲罰，把大部分罪行都歸咎於社會或制度的失誤」。李光耀相信犯罪者須負刑責的舊式觀念。他爲新加坡打造的法律制度首重嚇阻，否決西方自由主義一廂情願地以爲人性本善，天生溫馴慈悲，都是因制度之惡才使人犯罪的觀念。他堅決認為：「人性本惡，這很遺憾，但我們必須設法抑制人性中的邪惡。如果這些人敢來告訴我們：廢止鞭刑能改善你們的社會，我們以人類自由之名提供保證，那我們就願意廢除有效的懲罰，以美國人的方式對待罪犯。」

他相信政府保障個人基本自由的職責，遠比倡導個人權利和自由的宣言都更重要。換言之，人民必須有安全感、有機會取得食物、庇身之所、教育、工作，以便發揮最大的潛能。他確信這為投資者保障了國家的穩定與安全。李光耀認為，種族複雜，族群、地方自治、意識型態各方面都異見叢生的新加坡，何況他的同胞大多是來自亞洲下層社會的移民子女，尚未養成可以免於政府干預的社會修養。「我以實事求是的態度處理這問題。如果面對一群受過良好教育和教養的人，就不需要嚴刑峻法，因為他們已經訓練好了。就像養狗一樣，你用正確的方法從小訓練牠，牠就會知道，時候一到就該到屋外去大小便。」

李光耀為了維護社會秩序，不惜動用重典，而且以嚴厲的懲治手段追求威嚇效果。他發現處以笞刑比處以長期徒刑，更能發揮威懾的作用，於是規定凡與毒品有關，或走私軍火、強姦、非法入境或破壞公物等罪行，一律處以鞭笞。

一九九三年，一個十五歲的美國學生邁克菲和他的一班朋友，破壞公路交通指示牌，在二十多輛轎車上噴漆塗鴉。被提控後，他在庭上認罪，辯護律師代他請求法官從輕發落。法官宣判鞭打六下、監禁四個月。這起案子在美國掀起軒然大波，媒體對自家男孩即將在新加坡被剝下褲子鞭打勃然大怒，鬧得滿城風雨，還勞動了美國總統柯林頓親自出面，懇請王鼎昌總統赦免這個少年。新加坡陷入兩難的境地，但只做技術性退讓，在內閣討論之後，總理最終請求總統把鞭刑減至四下。

李光耀堅持政府應明訂法律，公平而嚴格地執行，這麼做更有助於安定社會，培養負責任的公民。對於懲治貪污以確保廉政，李光耀同樣以鐵腕護衛。他認爲，非如此不足以行之久遠。因開始時秉著高尚的情操，抱著強烈的信念和取締貪污的決心不難。但是，「除非身爲領袖者夠堅強，能鐵面無私，堅決對付一切違法亂紀的人，否則要做到事如所願，可沒那麼容易。我們必須全力支持貪污調查局的官員執行任務，無私無畏。」

倡導東方價值以維繫社會秩序

嚴刑峻法可以約束人民的外在行爲，但導民以正的根本之道在於提昇人民的精神境界，能夠從內在的修爲端正外在的行爲舉止。基於社會控制的需求，李光耀大力倡導儒家思想，期盼建立「東方道德價值」，以抵制西方放任自我的價值觀念和生活方式。

李光耀痛感：「西方書本和電視所灌輸的個人主義，唯我獨尊思想已使部分新加坡人變得貪圖逸樂，凡事只顧自己。」匡正之道在於將「儒家價值觀昇華爲國家意識」，因爲「儒家是一套實際和有理性的原則，目的在維護世俗人生的秩序和進展」。他大力倡導儒家價值，固然是爲了維護人民純正的品格和良好的社會秩序，但另一方面也有助於新加坡家長式政治文化的鞏固。他要求人民建立「忠於國家」的意識，包括：歸屬感，意識到自己是新加坡人，而非中國人、印度人或馬來人；國家利益第一，忠於國家，把國家利益擺第一；群體意識，克服自我中心的傾向，以群體協作爲優先。

李光耀的祖先來自儒家大本營的中國，他的曾祖父李沐文是廣東大埔縣客家人，家境貧寒，不得不到新加坡打工謀求生存發展，後來做了生意、賺了錢，並娶同爲客家人的中國移民的雜貨店老闆女兒爲妻。他移民新加坡二十年後，因爲思念家鄉，而且懷有落葉歸根觀念，又隻身回去中國家鄉，留下妻小在新加坡發展。李光耀的祖父李雲龍在新加坡落地生根，父親李進坤受過中等英語教育，仍能講流利的客家話。他曾在殼牌石油公司任職，後來開了一家鐘錶店，建立了小康家庭。他一心一意栽培李光耀兄弟和妹妹，把他送進當時新加坡最有名的萊佛士學院學習，打下李光耀良好的英語基礎，也接觸了西方科學和文化知識，視野比當時唸華文學校的學生開闊。但是他對父祖輩母國的儒家文化一直十分嚮往，也一直對自己的華語不能像英語那般流利耿耿於懷。

貫徹以英語爲共同的工作語言

李光耀認爲語言是文化傳承的媒介，也是不同民族人民之間融合的媒介，因此他提倡以英語爲共同的工作語言，而以母語爲第二語言，如同推動任何政策都是意志堅決，貫徹到底，絕不打任何折扣。他的語言政策是貫徹意志代表性傑作。

新加坡從未有一種共同語言，殖民統治時期是個多語種社會，英國政府任由人民選擇如何教育他們的下一代，創辦了屈指可數的幾所英校，馬來人有馬來小學，印度人有自己辦的坦米爾和其他印度語種學校或課程，華人有本族成功人士出錢興辦華校。各族學生在校學的是本族的語文，因此對母語有深厚的感情。

鑑於各族之間務必要有一種共同的語言，而英語是別無選擇的通用語。他先爲英文源流學校引進華文、馬來文和淡米爾文三大母語教學。這一步受到所有家長的歡迎。他也爲華文、馬來文和淡米爾文學校引進英文教學，以平衡整個局面。馬來和印度家長歡迎這個措施，但是選擇把孩子送入英校的家長依然日益增加。

循序漸進推動以英語爲共同語言的政策頗有進展之後，李光耀決定把政策落實在最具指標作用的南洋大學。南大當時是華族語言、文化和教育的華社象徵性大學。隨著學生逐漸轉進英語學校，越來越多人報讀以英文教學的新加坡大學，成績較好的華校生以私人考生的身分參加劍橋英文會考，以便考上新大或考取政府獎學金留學海外。爲了挽救頹勢，南大降低入學和及格標準，也進一步降低了它的學術聲譽和學生的市場價值。

李光耀決定把南大的教學語言改換成英語。一九七五年，他促使在南大理事會同意，委派當時的教育部長李昭銘出任南大校長。他堅決用非常手段把南大辦成一所英文大學。

但是，原有講師無法適應，難以用英語教學。他們雖然是華校出身，到美國大學考取博士學位，卻因爲多年來恢復以華語教學，以致英語變得生硬不流利。既然南大無法把教學語言改爲英語，於是他說服南大理事和評議會成員，把整所大學連同師生一起遷入新加坡大學校園。新大校園說英語的教師和學生人數眾多，南大師生全面融入這樣的環境，自然會被迫使用英語。一九七八年的新學年一開始，南大師生還是全面融入了一個講英語的環境。大部分說華語的家長和學生接受了南大從華文轉爲英文大學勢所難免的事實。他在南大教師流利地使用英語的能力恢復之前，要新大教師接過大部分的教學工作，畢業生可選要獲頒新大學位、南大學位還是兩所大學聯合頒發的學位，大部分的人選擇了新大學位，於是決定把兩所大學合併爲新加坡國立大學（簡稱國大），這批畢業生都獲頒國大學位，南大校園成了附屬國大的南洋理工學院的院地，一九九一年再升格爲南洋理工大學，完成了改造工程，也爲英語教學的推廣建立一個堅實的堡壘。

新加坡推行雙語政策而以英語爲工作語言，對其整體發展產生了宏大而深遠的效益。對內而言，英語的通用使不同種族避免了因語言問題引起的衝突，而多數人民皆能掌握英語，也大大提昇了新加坡對外競爭的優勢。只是母語遭受壓抑，其所承載的文化隨而難以傳承，以致各族群的傳統文化很難再興旺發展，連帶使新一代人民越來越深受西方文化的影響。這卻是李光耀不樂見的，因此又回頭提出補救之道，希望傳承固有文化的美德。

防堵西方媒體對民心產生影響

英語成爲新加坡人的共通語言，外來的英語媒體自然排山倒海而來，李光耀擔憂西方價值觀念和行爲模式不僅要污染新加坡，還會傷害新加坡政府的威信，所以他處心積慮地運用諸多辦法去防堵。他認爲，資訊科技、衛星轉播和互聯網的日新月異使西方媒體網絡有機可乘，能夠把他們的報導和觀點向本地觀眾大量灌輸。那些嘗試阻止人民使用資訊科技的國家必定會吃虧，但必須學習處理這些排山倒海無休無止地湧來的資訊，確保新加坡政府的觀點不被西方媒體所掩蓋，確保新加坡政府的聲音不會在眾說紛紜中被淹沒。

李光耀深信：「如果我們不站起來回應外國媒體的抨擊，新加坡人民，尤其是記者和學者們，便會相信自己的領袖不敢辯駁或辯不過人家，而不再尊敬我們。」

對於已屬普世價值的新聞自由理念，他十分不屑地反擊批評者說，他不接受報章東主具有可以爲所欲爲，想登什麼就登什麼的權利，因爲他深信：「新聞自由其實是報業主爲謀求個人和階級利益而鼓吹的自由。」李光耀爲了保有管理媒體的威權，他對國內外媒體分別採取斧底抽薪的辦法。對於國內傳媒，新加坡政府於一九七七年，通過立法禁止任何人或受其任命者持有報章超過百分之三的普通股權，並設立了一種稱爲管理股的特別股票，部長有權決定哪些股東能夠獲得管理股，並把報章的管理股份給本地四大銀行。

因爲銀行業的商業利益區動力使然，這些銀行會在政治上保持中立，以保護國家的穩定和增長。他強硬地說：「西方制度容許富裕的報業鉅子決定選民每天該閱讀些什麼，我卻不吃那一套。」李光耀堅持不隨西方價值起舞。報章的東主和屬下的記者不像新加坡的部長，他們不是人民投選出來的。他強調：「報章自由和新聞媒體的自由必須服從新加坡的首要需求，也須服從民選政府的首要職責。」

對於外國媒體，他於一九八六年決定對那些涉及新加坡內政的外國報刊，執行限制銷量或發行量的法令，檢查這些刊物是否「涉及新加坡政治」的方法之一，是看他們在有關新加坡的課題上做了不符事實或一面倒的報導後，願不願意刊登答覆信，他沒有封禁這些報刊，只是限制他們的銷量。這導致刊物的廣告收入減少，因此可以發揮「殺手鐧」的功能。

李光耀經常運用這個法令，對付不合他意或不願完整刊登更正信的外國媒體，而且寸土必爭，絕不退讓。他從這些經驗中得到的心得是：「當他們發現向我們施加壓力，我們也有能力反擊時，立論偏頗的報導就減少了。」

和新加坡同樣由一黨專政，嚴厲防堵外國傳媒影響力的中國大陸，對於李光耀勇於對抗「外國勢力」的本事非常佩服。中共前中央宣傳部副部長徐惟誠曾帶團到新加坡考察，請教李光耀：「一國政府該如何應付存心要干預國家內政的外國勢力？」這個問題可眞問對人了。李光耀回答他：「問題還不在於外國人直接干預我們的內政，而是這些外來勢力怎麼通過媒體的渲染和個人的接觸，潛移默化地影響人們的思想和行爲。」由此可見，李光耀對於外國媒體的影響力是非常在意，他深恐人民「純潔的價值觀」和「純正的行爲模式」受到污染而扭曲墮落。

隨時帶上拳擊套上陣搏擊

李光耀對任何以言辭攻擊他的人都不假辭色地迎頭痛擊。例如，新加坡學者林寶音在一九九四年寫了一連串評論，批評接續李光耀擔任總理的吳作棟。很多人以爲，如果李光耀仍掌權，她就不可能寫這些文章，甚至根本就不敢以公開方式表達意見。連李光耀也持這種看法。他說：「如果林寶音寫的是我而不是吳作棟……她根本沒這個膽，對吧？因爲我向來的姿勢就讓大家都深信不疑，只要招惹我，我就會戴上指節環（knuckle-duster，也就是一種戴在手指上的金屬環，表面突出，用拳頭攻擊人時可導致青腫流血，造成重傷害）迎頭痛擊，把對方逼得無路可退……凡是想招惹我的人都應該先戴好指節環。但如果你以爲能對我造成比我對你更大的傷害，儘管放馬過來。」

他和人民行動黨利用誹謗訴訟使政敵破產的指控，在一九九四年達到了沸點。《國際先驅論壇報》當天由新加坡國立大學美籍講師的一篇文章，對李光耀進行抨擊：「本區域一些容不下異己的政權在壓抑歧見方面，展示了相當精妙的手段……其他比較含蓄：依靠唯命是從的法官替他們把反對黨政治人物整到破產。」刊登後，該報的主編、出版人、作者全被李光耀提出起訴，他們後來通過律師承認文章所言不實並道歉，法庭還判《國際先驅論壇報》支付損失賠償和訴訟費。作者則在出庭前離開新加坡。

對於一些評論員聲稱新加坡的法官對他唯命是從，他辯稱：「主審我的案子的都是資深法官，他們有自己的地位和名譽要維護。他們的判決發表在法律報告中，日後將成爲其他案件的判例，任由律師界二千多名律師以及國立大學法律系師生如何鑽研，都經得起考驗。」然而，誰能信之？

他跟反對黨及外國媒體對搏公堂的事經常發生。他自己承認「我是好鬥的」，「我隨時隨地準備跟別人過招」，因此他經常得理不饒人，動輒興訟。一個長時期追隨他的部屬退下來後說：「李光耀對自己充滿信心，他不能想像他的對手能具備跟自己相提並論的學識和技巧。有時候這種自信近乎自大。」

對世界上廣泛問題有全面性看法

李光耀確實有自信甚至自大的條件。美國二次大戰之後最有外交才智的總統尼克森見到他時，覺得他「目光炯炯，銳利逼人」，「老謀深算，城府很深，善於隨機應變」；而且「對於世界的看法不是從狹隘或純地區的觀念出發」，「對世界上廣泛的問題有全面性的看法」，因此讓尼克森感到：「李光耀的舉止似乎表明他在精神上和肉體上都感到這個小國總理的職位對他的束縛。他想衝破這一切，尋求更廣泛的領域去施展自己的才幹。」

李光耀在半個多世紀在台前幕後領導新加坡，以他深沈的城府，用盡計策，發展經濟，穩定政治與社會，並以他機敏的心思縱橫國際，尋求奧援力量。他成功創造一個競爭力最強的經濟體，讓原本貧困的人民晉身個人平均所得排名全球前十位的富麗位置，讓新加坡繁榮昌盛，傲視全球。然而，他的豐功偉績是否包括已使新加坡成爲新加坡人的「最佳避風港」？答案恐怕未必，至少有不少新加坡人用腳投票，離開這個繁榮的經濟體。李光耀和他的後繼者似應謙卑一點，讓人民的智慧對國家大政發揮更大的影響力，讓人民對自己的社會和私人領域的事務有更大的自主權。畢竟，人民長大了、成熟了、精明了，不再需要一個「保姆之邦」。

5

李登輝

堅忍不拔　落實民主卻激化了兩岸關係

他在威權統治下隱忍內斂，奮起後迎戰挑戰者，一路過關斬將，往權力顛峰挺近。他戮力實現自我，為國民黨奠立本土化基石、為台灣鋪平民主大道，同時為台灣的「主體意識」砌牆築堡。然而，兩岸政策在實踐中證明不見容於國際現實，且遭來對岸強烈壓制。面對中共，他確實勇氣過人，但有何智謀藏諸其內，卻未能在實踐成果中彰顯。

李登輝是台灣政壇最大的驚嘆號。他被拔擢為行政院政務委員、台北市長、台灣省政府主席，激起一連串的驚嘆號。在被拔擢為副總統，是一個更大的驚嘆號。更不可思議的是，這只是以後更多、更人驚探號的新起點。

台灣政壇最大的驚嘆號

蔣經國遽然過世後，他成為職務上的接班人，居然成功拒絕黨內核心為他特製的小鞋，成為擁有實權的接班人；黨內出現「主流」與「非主流」鬥爭後，居然以一連串老謀深算的計策痛擊對方，而能過關斬將，大獲全勝。

在民主制度的落實上，居然毫無保留地實踐「主權在民」理念，並與民進黨合作增修憲法，相互交換政治主張，實現了包括總統直選、凍結台灣省政府職權、任命行政院長不須經由立法院同意等在內的憲政改革。

在與中共的對壘中，居然透過密使促成海基會與海協會的破冰性協商，居然又撕破臉引發飛彈危機。他的黨內接班人落選後，居然迫使他辭職，然後被開除黨籍，接者居然與其他政黨聯手對付國民黨。他推動「務實外交」，居然一再突破中共的封鎖，到新加坡、印尼、中東及美國等無邦交國家訪問。

這些「居然」的發生，令人驚異，也因為太過離奇，更讓人感到不可思議。然而，他又是如何能讓這些出人意表的是一再發生呢？這不能不歸因於他的特殊性格，特別是他敢於超脫凡俗見解，敢於堅決貫徹己意，敢於突破既存框架，敢於對抗敵對力量，敢於剛強勇猛以進。他是硬氣過人、剛直、倔強而又好勇爭強的政治領導人。

對日本的親善態度獨樹一幟

李登輝敢於異乎凡俗見解的一個事例，是關於日本的態度與看法。二〇一〇年十月三十一日，台北松山機場與東京羽田機場恢復對飛，日本前首相安倍晉三搭機訪問台灣，拜會前總統李登輝，李登輝對於安倍到忠烈祠致意表示肯定。他認爲台灣人到日本靖國神社，也應該鞠躬一下，「這是尊重彼此國家。」

他這一席話引起爭論，因爲靖國神社中安放著日本第二次世界大戰甲級戰犯的牌位，中華民國是日本發動戰爭的最大受害國，即使當時台灣是日本殖民地，未遭受日軍新的蹂躪，但眾多台籍青年被日本徵調到戰場，爲日本的侵略戰爭犧牲性命。台灣人如何能去向日本戰犯鞠躬？

李登輝先前已到靖國神社鞠躬，理由是他的胞兄李登欽二次大戰期間爲日本戰死，牌位供奉在那裡。此舉還算言之成理，而且和他一貫的對日親善態度吻合，大家就不深究了，但他呼籲台灣人也去靖國神社鞠躬，就引發人們對他如此不顧民族情操的指摘。

敢於獨樹一幟，異乎凡俗見解

李登輝先前對釣魚台列島領土主權歸屬問題的立場，同樣引起各方側目。他在二〇〇八年接受日本媒體訪問時，公然主張釣魚台是日本的，他說，中共主張釣魚台是他們的領土，這是因爲當地有石油蘊藏量的問題，但中共在那些島上並沒有軍隊駐留，釣魚台顯然是日本領土。對於台灣的中華民國主張擁有釣魚台主權，他則表示，台灣漁民常介入釣魚台紛爭，那是因爲受香港人煽動所致。他的立場異於台灣官方，也與海峽兩岸絕大多數民眾不同，因而大受日本官民稱道。

李登輝對日本戰爭罪刑和釣魚台主權爭議的獨樹一幟立場，讓人聯想起他在一九九四年接受日本作家司馬遼太郎訪問時強調，自己二十二歲之前是日本人；他把遭受日本殖民統治的台灣人說成是日本人，並且對日本治理台灣的作爲與績效大加讚美，讓人對其民族認同大感疑惑。

無獨有偶，他在中華民國總統任內出版的《台灣的主張》一書所附的年表，居然出現「皇太子裕仁出巡台灣」、「裕仁天皇即位」，前面不加「日本」之主詞，而且對於一九三一年日本侵占中國東北，年表說是「日本勢力正式進入中國東北」，又把一九三〇年台灣原住民反抗日本暴力殖民統治而爆發的霧社事件稱爲「反日暴動」。這種表述方式完全立足於日本人立場，令人對他的心態更加了然於心了。

以日本右翼人士世界觀爲立論基礎

日本在第二次世界大戰中的罪行，中國和韓國首當其衝，受其荼毒最深，兩國皆不滿日本缺乏道歉誠意，又不願在教科書上承認發動侵略戰爭的歷史事實。這種迴避歷史錯誤的態度被認爲妨礙民族之間的和解，不利於和平價値的確立。然而，李登輝的立場恰恰相反，他堅決認爲日本不必一再爲戰爭問題道歉。對於國內外人是紛紛指責他爲日本幫腔，他無動於衷，置之不理，完全不改其見。

日本以高姿態處理戰爭罪責問題，果眞的是正確的嗎？且聽一位客觀第三者的說法。《當中國統治世界》的作者，英國專欄作家賈客（Martin Jacques）說：「中國的崛起，日本必須存本質上改變思維。事實上，如果日本早在幾十年前就願意處理鄰國戰爭的遺緒，日本的利益才有可能獲得最大的保護，但日本到現在似乎仍未關心這個問題。不僅如此，日本仍大致遵循本身的戰後立場，讓中國得以它精緻的外交手法，成功加以利用。」

李登輝不見於此，一貫以日本右翼的世界觀看待國際問題，並以此建構自己的政治主張。他可說是日本殖民教化下民族認同混淆、扭曲、變形的台灣人。長期在日本研究教學的客家籍台灣史學家戴國煇教授對他如此愛戀日本深不以爲然，曾批評他：「全世界找，眞的很難找到第二個曾經身爲被統治者，卻對過去的統治母國如此讚許的人。」戴教授認爲這是因爲他未認清日本在殖民台灣時所行「體制屬性的惡行」所致。

李登輝和李光耀祖先爲同一客家人

和李登輝同宗且曾互動頻繁的新加坡長時期領袖李光耀，對他的深刻印象是「深深沈浸於日本歷史和文化中」，因而「以日本栽培出來的菁英的視角看待中國的一切」。李登輝的一位老朋友向李光耀解析他所懷抱的使命及其緣由：他所受的日本教育和訓練灌輸他日本武士道的精神，同時因爲是虔誠的基督徒，故而秉持武士道精神，執行上帝的旨意，不惜一切代價要帶領台灣子民前往「應許之地」。

李登輝和李光耀不僅是同宗，而且是同一祖先的後裔。他們的先祖火德公是中原南遷的客家人，他跟隨父母於南宋末元朝初（約一二八〇年），也就是文天祥在贛南起兵抗元的年代，遷到福建寧化上杭，繁衍子孫，枝繁葉茂。後代名人包括李光耀（先人遷至廣東大埔後遷新加坡）、李嘉誠（先人遷廣東潮州後遷香港）、李登輝（先人遷福建永安後遷台灣桃園縣龍潭鄉再遷台北縣三芝鄉）。李光耀成長於英國殖民時代，後在日本占領下生活，在到英國留學。跟李登輝不同的是，他看穿英國的弱點與時代趨勢，掌權後領導新加坡堅決脫離英國殖民統治。

丘逢甲抗日割占台灣彰顯民族情操

另一位和李登輝同樣是祖先從中國大陸移民到台灣的客家人丘逢甲，對於日本人的態度也和李登輝截然不同。丘逢甲的遠祖丘文興是南宋抗金英雄岳飛的重孫女婿，曾率鄉里子弟追隨文天祥起兵抗元，兵敗後率殘部移居廣東梅州鎮平（今梅州市焦嶺縣），到丘逢甲曾祖父丘仕俊時從鎮平移居台灣。丘逢甲或許身上流著祖先抗拒異族統治的血液，因此在台灣面臨日本侵占威脅之時，他起而組織「義軍」，以廣東遷台客家子弟為主力，準備抵禦日軍入侵。到了台灣被割讓日本，丘逢甲嚙指血書，誓言：「萬民誓不從日，割亦死，拒亦死，寧先死於亂民手，不願死於倭人手。」日軍大舉入台割占，台灣官民宣佈成立「台灣民主國」，丘逢甲堅決「義不臣倭」，領導義軍奮勇抵抗。

經過慘烈戰鬥，傷亡慘重，功敗垂成，在彈盡餉竭之後，不得不內渡中國大陸，再赤手空拳另謀他圖。這位客家抗日領袖先回祖籍地廣東鎮平，後到潮州講學，再到汕頭、梅州興辦新式學堂，啓發民智，鼓動新思朝。他深以驅仇復土壯志未酬爲憾，決以「教育救國」爲努力目標。辦新學的聲譽鶴起，他加倍努力，在嶺東各處遍地開花，到處興辦學校或者助人興辦。

辦學之餘，丘逢甲十分關注時局的發展，對於列強侵凌日甚而滿清政府敗象日明憂心如魂，苦尋救亡圖存之策。他的思想逐漸從維新、改良轉到革命，進而支助革命黨人。一九一一年，武昌起義成功後，他策動廣東脫離清廷而獨立，並協助組成軍政府掃除清軍。十二月底，丘逢甲以廣東省三人代表之一的身份出席南京會議，推舉孫中山為中華民國大總統。他在會前拜見了孫中山，孫對他十五年之前在台灣「建立共和」表示推崇。台灣的抗日割占領袖和中國的革命領袖在中華民國的旗幟下會合了。

對孫中山民族思想的理解有偏差

對於孫中山的革命與政治主張，李登輝是透過日文書理解的。他推崇孫中山的民權主義、天下為公理念以及地權分配的掌握，但對於他的民族主義持保留態度。他認為，孫中山對民族主義的重視，其時代背景是他領導國民革命時正值歐洲帝國主義的全盛時期，源自於對「霸權主義」的過度解釋，是極端危險的想法。他誤以為孫中山主張「民族主義達成民權主義的不二法門」，其實，孫中山並未主張以民族主義達成民權主義，而是認為中國處在次殖民地的逆境中，必須先恢復民族的獨立地位；另一方面，民國成立之後，軍閥割據，致使革命不能進行，而軍閥有力量是因為「背後有帝國主義的援助」。

所以，孫中山強調民族主義的重要，確有事實的根據，並且有實踐上的邏輯性，因為若不能掃除包括日本在內的列強對中國的支配及其對軍閥的撐腰，豈有實行民主及發展經濟的客觀條件可言？李登輝或許自小即受日本殖民教育，以致變成孫中山所說的「失去民族的精神」，才會誤解孫中山提倡民族主義的眞義。

在日本的積極同化政策下接受教育

李登輝於一九二九年到汐止公學校就學之時，台灣民眾武力抗日的行動大抵已被弭平，先前對台灣的「漸進的同化政策」已被「積極的同化政策」取代，台灣的教育制度和教學內涵已和日本內地一元化，所以李登輝所受的教育和日本學生完全一樣。一直到一九四四年在京都帝國大學被徵召入伍，李登輝整整接受十五年的「皇民教育」。只有一九四六年到一九四九年返台改讀台灣大學農業經濟系的三年期間，李登輝才在中華民國教育體系中受教。但是，這時他已是二十四、五歲的成年人，思想基本已定型，何況他對照日本的殖民統治和國民政府「外來政權」的威權統治，處處感到彼優此劣，當然更不會有昨非而今是之感。

對中國文化的認識持負面態度

恰恰相反，李登輝在大學畢業之前的受教育過程，對他而言，全然是「昨是」而「今非」，「日是」而「中非」。他「向來熱衷研讀日本思想家和文學家的著作，所以日本思想對我的影響很大」，由於「接受正統的日本式教育，當然也深受日本傳統的影響」。至於對中國的文化與事務，少年李登輝的理解是：「中國長期處於封建體制之下，傳統文化受到扭曲，也使社會產生了許多積習難改的弊病。」深入他心田的是胡適說的「迷信名教，做事不重實際，只以口號、標語來獲心裡的滿足」，結果「造成價值的顚倒錯亂」；還有魯迅講的中國人「遇事不思解決，只求自我安慰、保住面子」，以致中國「陷於停滯，無法進步」；另外就是郭沫若說的「中國只有擺脫傳統的束縛，才有發展的希望」。他總的看法是中國封建制度「使人的思想言行產生扭曲」，以致「發展停滯」。他引用作家柏楊「大醬缸」之說，對中國文化作總結性的評價。

至於他對中國來的國民黨政府的第一次刻骨銘心遭遇，就是一九四七年發生的「二二八事件」及其後的「白色恐佈」。令他最不滿的是「被認爲可能與國民黨作對的知識份子，幾乎無一倖免，都被列入鎭壓的對象」，而他「也是被鎭壓的對象之一」。即使到了一九六九年，還因爲蔣經國四月間訪問美國時遭台籍人士鄭自財、黃文雄行刺，而他當年在美國攻讀博士學位時，與黃頗有往來，以致在六月間被警備總部約談十七小時，訊問持續一週。這樣的國民黨政府，當然令李登輝強烈憎惡。或許也因此更感到前殖民政府的美善了。

客家底福佬人，徹底閩南人化

李登輝在特殊的歷史情境下成長的背景，使他成爲「日本化的台灣人」，對中國充滿負面感情，對中國傳統文化極爲反感，對大陸來台的「外省人」則覺得是「他者」，異於我群。另一方面，他的祖先雖是客家人，但在他曾祖父那一代就從龍潭的客家庄搬到三芝鄉，從初生第三芝到求學地汐止、南港、淡水、台北，當時都是福佬人（閩南人）聚居的地區，母親江錦又是福佬人，所以李登輝成爲「客家底福佬人」，也就是「福佬化的客家人」。李登輝的福佬化非常徹底，既不會講客家話，客家意識也極淡薄。在一般客家人眼中，除了顯得倔強的硬頸個性外，李登輝身上毫無客家人熟悉的特質與風格，反而是徹頭徹尾的福佬人，或俗稱的閩南人。

接續原先所受的日本教育，李登輝在台灣大學農業經濟系碰上兩位恩師，一位是徐慶鐘，畢業於台北帝國大學（台灣大學的前身）；另一位是王益滔，畢業於東京帝國大學。兩位恩師都是日治學校培植出來，固然增長李登輝的專業知識，但對他的日本化傾向恐怕也更加重了。從一九四六年就讀台灣帝大農經系到一九七八年就任台北市長的三十二年間，李登輝浸淫在農業經濟的領域中，先後在台大及美國愛荷華、康乃爾大學修習農業經濟，並在政府農業相關部門任職，即使一九七二年被蔣經國院長拔擢爲行政院政務委員，也是負責農業方面的事務。這段農經的修習與工作時期一方面是李登輝的「自我塑造」時期，另一方面則是他的「自我隱藏」時期。

威權統治迫使他長期我隱藏

他因為涉入「二二八事件」以及左派讀書會的經歷，面對國民黨的「白色恐怖」和威權統治的陰影，李登輝不得不內斂自藏，不表露農業之外的個人主張和思想傾向。

李登輝諳於日本歷史與文化，應會從德川家康的隱忍功夫得到啓示。所謂「天雞啼叫」的典故，是刻劃日本戰國三雄的治國風格：織田信長是等不及天雞啼叫，就要把不叫的雞殺了；豐臣秀吉則是逼迫天雞啼叫；德川家康則是不疾不徐，天雞不啼就耐心地「等」，直等到他叫。這段漫長的自我塑造與隱忍時期，他深自沈潛，沈著不表露政治上的眞我。李登輝很常引用日本人的一句話來描述自己的隱忍戒愼心情：「食客要吃第三碗飯時，總是悄悄央人去添。」

即使當上台北市長和台灣省政府主席，李登輝從農業領域走到業務範疇開闊的地方首長職位，得以局部而漸進地「自我釋放」，但在政治強人的巨大陰影之下，稍有不愼，露出政治思維的自我本質，恐將失去蔣經國總統的信任。蔣經國剛提拔他當台北市長時，對他非常關心，呵護備至。每一個禮拜平均有三、四天，蔣經國會在下午驅車到市長官邸，一個人靜坐客廳等候李登輝下班，垂詢他如何處理市政。持續兩、三個月之後，他才告訴李登輝：「下次我不來了，你做得不錯嘛，我很放心。」

鞏固權力後開始發揮自我

隨著領導人對他政治信任的增加，以及所擔負職務的提升，李登輝隱藏的自我逐漸減少，所釋放的自我逐步增加了，而在當上中活民國總統與中國國民黨主席之後，他的「自我實現」得到絕佳的平台，有了充分落實的機會。然而，初掌大權，國民黨元老重臣仍然盤據要津，行之多年的政綱政策大體隨從舊慣，根深蒂固的政治文化如影隨形，對岸的中共狐疑而警戒地對他「聽其言，觀其行」，國際人士對他能否站穩腳跟存有疑慮，還在琢磨如何跟他打交道，而民間力量則是多元分歧，尙未能動員起來做爲後盾。因此，李登輝仍然必須隱藏自我，只能戒愼恐懼地局部釋放自我，有所保留地實踐自我。

像他這樣出身背景與思想傾向的人，跟傳統的國民黨根本是方鑿圓枘，跟當時的黨政要員是格格不入的，跟中共領導核心更是南轅北轍。他如果過多地表露眞我，過急地釋放自我，過快地實現自我，他的權位必然翻覆，兩岸之間也難免兵戎相見。蔣經國總統剛過世時，他即使刻意隱藏眞我，還是要在暗潮洶湧中被推舉爲國民黨代理主席，在驚淘駭浪中獲提名爲總統候選人，並在披荊斬棘之後才在國民大會過關當選爲總統。

隨著權力日益鞏固，李登輝在黨內愈來愈無所顧忌，而他的出生背景、行事風格與思想內涵在黨內核心圈子獨樹一幟，但在外部的社會整體而言，顯然與其同質性較高，因此他對外表露眞我，正好可以突破在黨內的孤立狀態，獲得廣大的奧援。因此，所謂「本土化」與「民主化」對李登輝而言，不僅是內心懷抱的信念、衷心追求的理想，更是清理與抑制黨內「非主流人士」的有力武器。後來，他在黨內的地位受到挑戰，不得不奮起應戰，一路過關斬將，往權力顚峰挺近。這個途程正是他戮力實現自我的過程，也是他爲國民黨奠立本土化基石、爲台灣鋪平民主大道，同時爲台灣的「主體意識」砌牆築堡的過程。

政治面貌變化多端，越來越強勢

到了他交卸總統大位並被逐出國民黨之後，李登輝一切束縛都解脫了，眞的「諸法皆空、自由自在」了，他開始「自我放任」，隨心所欲，凡事率由己意，毫不顧忌他人眼光，對輿論清議也置若罔聞。他的眞性情、眞面目經常不加掩飾地呈現在眾人眼前。只不過跟他共振共鳴的人越來越少了，他在政治上雖仍十分熱中，但變得越來越孤單，影響力越來越弱，在二〇一〇年的「五都選舉」中，他卯足力氣爲他一手支撐起來的台聯黨助選，高喊「五都全上」、疾呼「棄馬保台」，但聽者藐藐，台聯黨在五都近四百個席次中只獲兩席。李登輝的政治晚年非常孤寂，但仍然鬥智昂揚，思維獨特，有時跟著民進黨搖旗納喊，以期換取民進黨人對弱不禁風的台聯黨伸出援手；有時則指點江山，要民進黨支持一位非黨籍「本土派」，聯手拉下馬英九。他的呼聲雖不像在權力浪頭上那樣呼風喚雨，但還是讓各方人士不能不費心解讀。

在權力浪頭上以及離開權力漩渦之後的行爲表現，他的知交故友彭明敏看得很清楚：「總感覺李登輝常在台灣人總統與國民黨主席兩角色中交戰，以致前後矛盾、身份衝突，必須見人說人話，見鬼說鬼話，直到卸任後，李登輝才眞正還原自我。」確實如此，李登輝的人生經歷了自我塑造、自我隱藏、自我釋放、自我實現、自我放任的過程。

他在「自我塑造」的歷程中，先已習得「克己內斂」的功夫，使他後來「忍」功超強，有助於在凶險的生活場域和政治環境中持盈保泰，蓄勢克敵致勝。他年少之時即已警覺自我意識太強，於己於家皆不好，因此就讀淡水公學校（相當於小學六年級）時就主動要求在外寄宿，從獨立的經驗中釐清自我的定位。進入中學後，更以勞動服務來鍛鍊克己心，甚至主動負責打掃廁所來磨練克己忍功。

他曾對日本作家司馬遼太郎說：「假如對蔣經國先生稍微露出一點聲色的話，說不定我老早就被摧毀了。」因此他必須隱忍耐心等待。司馬讚賞他政治謀略了得，他欣然自得地說：「我從小就很靈敏，我總是在思考該如何內斂。」忍功高強，讓他可以從容自在地先洞察情境，再愼謀精斷，有理、有利、有節地採取行動，且能收放自如。

在主流非主流之爭中殺出血路

李登輝初掌黨國機器時，接收了蔣經國留下的總統與國民黨主席職位，但未享有原本應該相隨的權力，甚至還有被虛權化的可能。他慶幸是，當時國民黨並無權傾一時或眾望所歸的重量級人物，頂多只有掌控個別系統的權臣，而台籍人士成為檯面上領導人已是時代氛圍之所當然。他雖未獲蔣經國公開欽定為接班人，但至少是其法定職位的繼承者，等於握有「神主牌」。不過，這只能讓他在國民黨長期以來「黨政一元化」的傳統模式中，抵擋蔣宋美齡的孤軍攻勢，取得國民黨代理主席的職位。

接下來總統選舉，掀起「主流」與「非主流」之爭，態勢發展成外省籍政要結合本省籍的林洋港向他挑戰，他看準其中的關鍵性要害，請出台灣省議會議長蔡鴻文施出斧底抽薪之計，直接對林洋港打出「省籍牌」。所謂「林洋港為何要跟外省人合作打擊李登輝？」對林洋港是承受不起的「大哉問」，加上自知在國民大會絕非國民黨提名的李登輝的對手，不得不打起退堂鼓。李登輝經由封閉系統獲選為黨政最高領導人之後，決心再援引民意為助力，讓全民成為他的後盾，成為中國歷史上第一位以民意為「天命」的政治領袖。為了打出「民意牌」，他排除黨內所謂「委任直選」的方案，呼應民進黨的政治主張，將總統產生方式改為直接民選。

建立民選制度落實主權在民

總統直選和其他方面的民主制度改革，符合李登輝的基本理念，也有助於他鞏固權力。另一方面，當時執政黨主席李登輝和兩度出任民進黨主席的許信良，在既競爭又合作的關係下，通過國是會議和國家發展會，兩度合謀而達成修幹憲法增修條文，實現了主權在民的制度建構。許信良和李登輝的先祖都是從大陸遷台的客家人，只是遷台後移動的方向相反。李登輝的曾祖父從桃園龍潭搬到台北縣三芝，許信良的祖父則是從三芝搬到桃園中壢。許信良自小對政治懷有大志，但他個性奔放不羈，政治思維高遠而自由，以致無法見容於國民黨當道，不得不於一九七七年脫黨競選桃園縣長，當選之日引發質疑選舉舞弊的中壢火燒警察局事件，實對台灣民主政治發展產生深遠影響。他在屢遭國民黨整肅之後，成為民進黨的首腦人物，對一九九〇年代民進黨的走向發揮主導作用。

一九九〇年，在黨內權勢猶未鞏固的李登輝召開國事會議，民進黨對於是否與會去「與狼共舞」，爭論不已。許信良和部分民進黨人基於「李登輝情結」，認為應和李登輝站在同一邊，支持他打破國民黨外省寡頭壟斷權力的局面，同時他的政治改革有益於民主政治的發展，因此積極主張參加國事會議。他認為，民進黨如果杯葛李登輝召開的國事會議，就等於站在保守勢力的立場。而且：「民進黨長期以來要求的民主改革，到現在還未完成。儘速完成這些大目標，民進黨不惜與任何人合作，甚至和李登輝成為盟友。」在許信良主導之下，民進黨揚棄「人民民主革命」的路線主張，在民主制度改革的進程上成為李登輝的盟友。兩黨的「主流派」在理念相符、利益接近的情況下，聯手達成總統直接民選、凍結台灣省政府等共識性協議。

對李登輝而言，民進黨固然是國民黨執政權的挑戰者，但在民主改革的議題上，卻是面對「主權在民」思潮，成了可以和謀成事的伙伴。何況，建立民主制度可以讓民意大潮匯入黨內，衝擊既存權力秩序，清理無民意基礎的舊勢力，進一步鞏固李登輝的權勢。因此，李登輝毫無保留地推動民主改革，贏得「民主先生」的美名，又厚植了權力基石。

一度成為國民黨的權力獨攬者

李登輝韌性超人，戰力超強，他運用智謀精心經之營之，在國民黨內從一位「職位的擁有者」成為「權勢的獨占者」。他從「神主牌」打到「省籍牌」，再打「民意牌」，既準又狠，終於大獲全勝，但也把國民黨弄得分崩離析，最後自己也被驅逐出去。這段功過有如他的恩人、老友而後反目的王作榮所做的總結：「富智謀而有欠周延，因自負甚高而喜出奇謀，但出奇謀未必能致勝，反而外樹強敵，內起鬥爭，迄無寧日。」何以致此？王作榮認為他：「有雄圖遠略之志，而器識不相稱。多拼鬥精神，而少沈潛功夫。」

李登輝掌權之前原本以「沈潛功夫」著稱，得以在威權時代始終保全，何以在全權在握之後被認爲缺乏「沈潛功夫」？這應歸因於權力造成的魔幻作用。位高權重者極易因爲操持權柄如臂使指，深切感受權力的便捷與效能，遂產生一種幻覺，以爲手中權柄具有點石成金的魔力，足以化解各種障礙險阻，因而不再有戒愼恐懼的謙卑，不再有如履薄冰的謹愼，甚至目空一切，但求暢行己意。李登輝在一九九六年當選第一位民選總統後，權力與聲望達到高峰，遂把沈潛功夫一掃而空，一方面大逞其「拼鬥精神」，在黨政職位上清理所惡之士，任用所好之人，另一方面在政策上加大力度推展其「雄圖遠略」。

對內本土化，對外國際化

他的雄圖和拼鬥表現得淋漓盡致，而且內外皆然。他的基本路數大體可概括爲：對內求「本土化」，對外求「國際化」。兩者基本上是相輔相成的。他的「本土化」主要內涵是明確區隔「台灣人」和「中國人」。他說：「只要認同台灣，願爲台灣努力奮鬥，就是台灣人。我們應該提倡這種『新台灣人』觀。而懷抱民族情感，崇尚中華文化，不忘記中國統一的理想，就是中國人。」他將「台灣人」撿選出來之後，進一步強調要建立「台灣認同」，以形成一個和中國大陸完全不同的「新族群」。這個有了新認同而成爲新族群的「新台灣人」，是要「出埃及」的，而且「已經出發啦」。他由此推演出台灣問題「國際化」的主權觀點與對外路線。

在「本土化」路線的落實上，李登輝區隔的「台灣人」和「中國人」，雖在概念上以「是否認同台灣」爲判準，但這畢竟是心理層面的主觀標準，在現實上極易流爲「本省人」與「外省人」之間的區隔，因此在執政黨與政府相關體系的權力分配上，所謂「本土化」變成權位進行省籍轉換的重分配。這個機制相對於過去被李登輝稱爲「外來政權」的黨國體制而言，固然有糾正偏倚、趨向平衡的效益，但也出現了王作榮所說的問題：李登輝性情太急，本土化得太快了，讓「化」外之民受不了；另一方面，外省人性情太強。抗拒本土化的力量又太大了，遂演變成今日的內鬥。

「本土化」的另一內涵是文化意識的「台灣化」。原來自中國大陸播遷台灣的中央政府，一貫以中華文化的繼承者與發揚者自居，政治與文化菁英多半也懷有濃厚的中華文化氣息，學校教育也著重傳授中國文化與歷史，相對於中華民國主權涵蓋及治權所及的台灣而言，顯得有欠「在地化」，因此加強文化意識的「本土化」無非是事有必至的，也是建立台灣人民「主體意識」之所必要。不過，李登輝把「推崇中華文化」視爲有別於台灣人的「中國人」，致使「本土化」推到極致，而出現「去中國化」的趨向。更偏激的走向是將對中國文化的厭惡，等同於中共政權的厭惡，兩者聯繫起來，進而將對中國統一的排斥和對中華文化的排斥連結起來。同時，許多人將對台灣主權獨立的企盼和對本土文化的弘揚意願結爲一體。這些混同現象推而衍之，遂使「本土化」成爲一部超載的列車，甚至成爲閉鎖性、排外性、自戀性的文化牢籠。

本土化演變爲分化社會的概念

針對台灣近年來在「本土化」大潮流中盛行的「台灣意識」，台灣大學教授黃光國從德國哲學家黑格爾《精神現象學》理論解析，認爲「台灣意識」的發展層次較低，是區分「我群」與「他群」的限制性概念，而許多政治人物耽迷於操弄「台灣意識」，藉以謀求個人的政治利益，結果便造成台灣社會的沈淪。這個現象當然並非李登輝宣揚並推動「本土化」的本意，也非李登輝主政時代國民黨的普遍現象，而且將其發揚光大並推向極端者，另有其人，另有其黨，不能全然怪罪於他。但是，他在辭卸國民黨主席之後，圖謀另立山頭，開口閉口就是「國民黨內本土派」，隨後拉攏他們建立台聯黨，顯現他深諳「本土化」概念在台灣分化政治力量的妙用。

李登輝推動「本土化」用心很深，用力很大，於權力重新分配、文化意識轉型乃至台灣「主體意識」的建立而言，均頗有效益，但在「本土化」成爲優先價值之後，也對於政治風氣產生顯著的染著效應。首見其影的是，人才的進用考量出現「德」凌駕於才之上的趨勢，而「德」卻滲入濃濃的本土色彩，甚至將操守變成邊緣化的「德」，非關緊要。於是，國民黨所任用的人才以及所連結的伙伴出現太多染有「黑金」色彩者，致使政風日益頹廢，國民黨和他的政治支持度隨而日趨低落。

文化評論家南方朔在李登輝贏得黨內權力鬥爭之際即已撰文指出，國民黨錯失了歷史絕佳機會的「民主重塑」，未能藉著自我改造而重塑團結局面並贏回政權正當性，反而陷入漫長的新「宮廷鬥爭」，日益自我腐蝕，成爲一種「內鬥內行、外鬥外行」的政黨，而內鬥恰恰抵銷了外鬥的能力，因爲內鬥者只論其忠或不忠，外鬥則必須選擇能幹或不能幹，因此內鬥之政權必然倖進者當道，出現政治上的反淘汰，且一切精力自我耗損，淪於「保證相互毀滅」的過程；而國民黨似乎「正加速爲自己掘墓」。他的預言果然在二〇〇〇年實現了。

外交路線和兩岸政策糾葛纏繞

李登輝建立台灣主體地位的雄圖，對內是以「本土化」拼鬥，對外則是以「國際化」拼鬥，希冀衝破美國、中國等強權在「一個中國」原則下設定的國際秩序，進而促使「中華民國在台灣」成爲一個「正常國家」。在他早先的設想中，基於「台灣存在的事實」、「存在就有希望」的信念，透過各種途徑與各國重要人士維持良好關係也能對該國政府的政策產生影響，這種務實的作法可以爲外交困境帶來許多突破。而台灣所應努力的是，兼顧「促進兩岸關係」和「推動務實外交」所構成的均衡狀態。只有如此，方能避免中國大陸強制統一台灣，也不致在國際上走向孤立。

然而，「促進兩岸關係」和「推動務實外交」之間存者重大矛盾，經緯兩端必然衝突不已。特別是他推動的「務實外交」並非以發展兩國之間的實質關係爲已足，還意圖積極拓展國際能見度，甚至以「元首外交」爲能事，帶有濃厚的個人英雄主義色彩。

這對於長期遠離國際政治舞台而深感壓抑的台灣民眾而言，確實感到揚眉吐氣，雀躍不已。但是，這對中共而言，卻是對其在國際上佈下天羅地網以遂行其「一個中國」政策的作法構成重大挑戰，絕不能睜一隻眼閉一隻眼，而必須加大力度打壓，以免讓李登輝的「台獨路線」得逞。由於雙方矛盾無法化解，李登輝「元首外交」的動作變得越來越大，揚言不但訪問美國、東南亞，還要訪問歐洲、日本，而且「台灣主權獨立」的調子又越唱越高，使得中共惱怒不已，決心使力打壓。

元首外交風光一時卻遭壓制

李登輝以「務實外交」爲名推動的「元首外交」，一九九五年突破封鎖，如願回到美國母校康乃爾大學，發表「民之所欲，常在我心」的演講達到顛峰，台灣內部固然歡欣鼓舞，中國大陸卻是極度憤怒，美國行政部門也對情勢失控感到憂心，積極尋求補救。

後來擔任美國在台協會理事主席的卜睿哲（Richard C. Bush）論斷這件引起軒然大波的事端時說：「台北政府給華府（或許也給了北京）一個印象：李登輝的演講重點將會是他在康

乃爾的歲月以及台灣的經濟政策。而這也搞壞了情勢。事實上，這場演講有明顯的政治性質，美國和中共都覺得被耍了。」他對李登輝美國之行後續影響的評估是：「北京決定在他的『分裂主義』的定義中納入：台灣企圖爭取國際支持中華民國，做爲平等的中國政府而存在。」

結果當然是中共和美國聯手對台灣當頭棒喝。爲了將台灣和李登輝緊緊套進有限的國際空間中，中共大張旗鼓地發動文攻武嚇，繼之向美國政府施壓，迫使美國對華政策向中共傾斜。一九九八年，美國總統柯林頓訪問中國大陸，宣示「三個不支持」政策：不支持台獨，不支持兩個中國與一中一台，不支持台灣加入以主權國家爲成員的國際組織。台灣的國際空間受到進一步壓縮。以「元首外交」的高姿態推動務實外交，所獲成果適得其反，與各國的實質關係遭到更大的阻力和挑戰，台灣的外交變得更加寸步難行了。

有人質疑李登輝，在國民黨高壓統治時代，爲了自保、爲了仕途發展，可以隱忍內斂，懂得以「食客想吃第三碗飯時，總是悄悄地央人去添」，何以對於台灣生存發展有重大影響的務實外交，不知要隱忍內斂悄悄地做，還要大肆聲張，難道不知這會引起中共更大的反彈與更大的打壓嗎？李登輝確是勇氣過人，可是爲何在權力的征戰上表現得十足有勇有謀，但在兩岸和國際的征戰上卻顯得有勇無謀？

「特殊國與國關係」倉促推出而誤事

這樣還不夠，李登輝不但在台灣的國際能見度上大力挑戰中共，也在台灣主權獨立的法理主張上大聲挑戰中共。他的代表作就是台灣的中華民與中華人民共和國之間是「特殊國與國關係」。這是李登輝企圖衝破中共當局給台灣主權穿小鞋的一次冒進行動。

「特殊國與國關係」以當時國家安全會議諮詢委員蔡英文爲主腦，她受命領導一個小組進行「強化主權國家定位」的研究，其核心主張是：「一九四九年中共成立以後，從未統治過台澎金馬。我國並在一九九一年修憲，增修條文第十條將憲法的地域效力限縮在台灣，並承認中華人民共和國在大陸統治權的合法性；增修條文第四條明訂立法院與國民大會民意機關成員，僅從台灣人民中選出。一九九二年的憲改更進一步於增修條文第二條規定總統、副總統由台灣人民直接選舉。使所建構出來國家機關只代表台灣人民，國家權力的正當性也只來自台灣人民的授權，與中國大陸人民完全無關。一九九一年修憲以來，已將兩岸關係定位在國家與國家，至少是特殊的國與國的關係，而非一合法政府，一叛亂團體，或一中央政府，一地方政府的『一個中國』的內部關係。所以北京政府將台灣視爲叛離的一省，完全昧於歷史與法律上的事實。也由於兩岸關係定位在特殊的國與國關係，因此沒有再宣布台灣獨立的必要。」

蔡英文帶領的研究小組並且建議以分階段的方式逐步落實，包括修憲、修法與廢除國家統一綱領。這眞是一次有系統、有計畫、有終極目標的「主權出擊」。李登輝以總統身份將研究結論直接公諸於世，立即在世界、兩岸、台灣內部引發石破天驚的強烈迴響。

李登輝主政屆滿十年之際，獲得「特殊國與國關係」研究報告，如獲至寶，迫不及待地在「府院黨各階層確實無人知悉，主要決策官員幾乎皆在狀況之外」的情況之下，再接受「德國之聲」專訪時宣示。一位很接近他的記者形容，對李登輝而言，這是經過三天思考後的決定，「更是個醞釀多年的胸中塊壘，絕非匆促魯莽的即興演出」。問題變得嚴重的是，中共和美國政府都認定這並非他的「即興演出」，一點都不「匆促」，但是非常「魯莽」！

美國與中共聯手打壓

何以被視爲「魯莽」？在中共看來，這是對「一個中國」原則的破壞，兩岸關係因此發生質變，從而使得即將開展的海協會會長汪道涵訪台協商，頓然出現「兩會接觸、交流、對話的基礎不復存在」的問題。因此，中共當局「嚴正警告台灣分裂勢力，立即懸崖勒馬，放棄玩火行爲」。美國方面的反應同樣是錯愕、憤怒。卜睿哲指出，柯林頓政府擔心兩岸會因意外或誤判而爆發衝突，也氣李登輝事先沒有照會華府他將有個新說法，讓問題變得更加複雜。他總的評價是：「不論李登輝的動機如何，他盤算錯誤。他未與他外交團隊的重要成員或美國事先磋商，就衝動地決定公開此一方案。更好的作法應該是在政治談判眞的要進行時，才悄悄亮招。這下子反而使北京逮到機會在宣傳上占了上風。」

面對中共與美國方面的強烈反應，李登輝剛開始還是不以爲意，甚至得意洋洋，公開說「特殊兩國論已讓中華民國復生」，而且反映了人民的心聲，也在爲繼任者奠定長遠發展的基礎。他還強調，他發表「特殊國與國關係」是出於「宗教的道德勇氣」。然而，對中共的暴跳如雷，他固然可以反唇辯解，但是對於美國各方反應超出預期的強烈，官員紛紛指責這是一種「挑釁」，抨擊之聲一波強過一波，李登輝就不能相應不理了。

「九二共識」畫出兩條對立路線

在台協會理事主席卜睿哲銜命來台溝通。政府相關部門一片慌亂，勉強以「一個中國，各自表述」的先前說法滿足美方的期望，但留下更多內部的矛盾。蔡英文等原來的「特殊國與國關係」起草成員仍然主張維持李總統講話的原意，大陸事務委員會主委蘇起等和卜睿哲協商過的官員則傾向「一個中國，各自表述」的權變方式。兩邊的立場始終不能統一。至於原先以修憲、修法將「兩國論」入憲，以及廢除國統會的構想，則在中共的強辭批判下，不了了之。

李登輝從此也不再提「特殊國與國關係」，彷彿一切回到原點。只是，走過必留下痕跡，李登輝再次露出他的眞心本意，而他未事先與決策核心官員商量、不先照會美方，以至引發意想不到的強烈反應後，卻連一套對應的「劇本」都沒有，只能慌亂應付，碰得灰頭土臉，最後一無所獲。這件在美、中、台三邊關係中迴盪不已的事件，顯示李登輝在牢握權柄之際，不僅積極地「實現自我」，甚至已將自我的實現推到極其放任的程度，強求落實己意，而鮮顧客觀環境的接受度不足，也罔顧人民的共識度不足，即使是執行的精緻度，他也毫不講究。

他對兩岸之間的互動之道，同樣一直呈現「剛猛有餘、細緻不足」的問題，起先敢於派財政部長到北京開會、敢於派密使協商、敢於開啓兩會協商、敢於提出兩岸和新加坡合組船務公司，都是開創性的作爲。當然，他更敢於向中共挑釁，敢於衝撞中共設定的國際空間框架，敢於踩中共劃下的紅線，時時表現一位「勇敢的台灣人」的氣魄，豎立了高大的英雄形象。然而，最終所達成的效益何在？

「兩國論」風波的緣起可說是蔡英文主導的研究小組突破原先的政策，用「特殊國與國關係」將兩岸關係定位爲非「同屬一個中國」關係，因此在中共看來，兩岸關係已經質變，「一個中國」的原則不復存在；美國的認知亦復如此，因而卜睿哲見到台灣官員劈頭第一句話就是問「一個中國的原則還在不在？」他和台灣官員共議化解風波的對策時，還主動問道：「以前提過的「『一個中國，各自表述』，這個政策還存不存在？」當台灣官員表示還存在時，雙方立即找到「兩國論」的解套之道。

卜睿哲帶者滿意的答覆回去。但是，台灣決策官員的爭議自此形成兩條路線的嚴重分歧。這個分歧基本上是以蘇起爲代表的「九二共識」派，和以蔡英文爲代表的「兩國論」派，雙方的分歧不僅在如何回應中共的對策上相互對峙，甚至延伸至二〇〇〇年後民進黨政府與在野的國民黨之間的分歧，即使在二〇〇八年後國民黨政府依據「九二共識」，和中國大陸重啓協商並密切交流，但在野的民進黨和李登輝等人仍堅決否認有「九二共識」存在。

李登輝、陳水扁、蔡英文一脈相傳

「九二共識」的緣起是一九九二年兩岸兩會在香港協商「文書認證」及其後針對辜振甫和汪道涵會談進行預備性協商，彼此對於是否可以對一個中國的涵義各自解釋僵持不下，大陸方面曾在電話中表示兩會可以各自採取口頭聲明的方式表述一個中國原則，至於口頭表述的具體內容，則將進行協商。海基會同意可用口頭聲明方式對一個中國的涵義各自表述，但對於表述內容將依據「國統綱領」的一個中國涵義爲之。大陸方面對於「各自表述」的內容與方式另有意見，雙方並未取得一致協定。因此所謂「九二共識」是對於「一個中國、各自表述」具有局部共識而沒有完全共識的默契，台灣方面著眼於因爲中共不反對各自表述一個中國的內涵，所以不反對「一個中國」的原則。大陸方面則著眼於台灣不反對「一個中國」的原則，所以大陸不限定台灣方面所表述的內涵。

正確地講，所謂「九二共識」應是一種相互諒解的默契，而非一種共同認可的正式協議。如果海峽兩岸皆認定其存在，使協商有了可操作性，事實上即已確認共識存在。但是，李登輝、陳水扁和蔡英文等「特殊國與國關係」或「一邊一國」的信奉者則堅持絕無「九二共識」存在，其政治目的一方面是不讓台灣陷入中共設定的「一個中國」框架中，另一方面則是不讓台灣在此「共識」之下與中國大陸發展更緊密關係，以免台灣的「主體地位」和「獨立意識」淪喪。

由於李登輝任總統時代爲了化解「兩國論」而尖銳化的「九二共識」爭議，在國民黨選舉失利即將交卸政權前夕，陸委會主委蘇起爲了促使兩岸協商能繼續下去，避免新政府走上「分離主義」道路，特意提出「九二共識」的用語，用以包裝「一個中國、各自表述」。就實際運用而言，由於台灣方面堅持「九二共識」的內涵是「一中各表」，而「一中」就是「中華民國」，但中國始終未承認。不過，正如大陸海協會副會長李亞飛二〇一〇年到台灣參加論壇時表示，兩岸關係在交流與談判「雙引擎」的推動下，正在沿著和平發展的軌道向前發展，而兩岸之所以能夠用合作取代對抗，根本原因就是雙方有了互信的基礎；正因爲有了政治互信，兩岸才能擱置爭議，求同存異，保持良性互動氣氛；所謂「互信基礎」就是二〇〇八年以來雙方共同維護的反對「台獨」、堅持「九二共識」的政治基礎，「這是一九九二年海協會與海基會達成的各自以口頭方式，表述海峽兩岸堅持一個中國的共識，這就是九二共識。」

大陸承認兩岸對一個中國定義不同

對於台灣主張九二共識的內涵是「一中各表」，中國始終忽視「各表」。不過，二〇〇八年三月二十六日，馬英九當選總統後，中國國家主席胡錦濤與時任美國總統的布希通電話，當時新華社以英文稿寫道：「中國的一貫立場是，中國大陸和台灣應在『九二共識』的基礎上恢復商談，『九二共識』指的是兩岸雙方均承認只有一個中國，但同意在一中定義上存在不同。」這段英文稿被視為中方面首次在國際間提及「一中各表」，但新華社中文稿沒有這部分的內容。

李亞飛重申九二共識是兩岸談判的基礎，當然，站在中共的立場，即使各自口頭表述，仍是以「一中」爲前提，基本的立場和原則沒變，不代表支持「一中各表」。但是，大陸方面明確說各自以口頭方式表述「一中」，顯示雙方政治互信提升對，使得兩岸關係有了發展的基礎。如果執意否定「九二共識」的存在，無非是要破壞這個基礎，讓兩岸關係回到箭拔弩張的時代。就如同「兩國論」風波發生後，台灣的政府決策核心雖然與卜睿哲達成以「一個中國、各自表述」解套的協議，但對於和回應中共方面指定辜振甫給個說法的要求，蔡英文等人固執「兩國論」的基調，堅持絕不能退縮，致使李登輝採取折衷性調子：兩會於一九九二年曾有「一個中國口頭上自我表述」的共識，然而大陸方面卻一再宣揚其「一個中國」的原則，我方則認爲「一個中國」是未來式，兩岸現在是對等分治，同時存在，因此可以特殊的國與國關係加以定位。結果海協會在接到傳眞後三個小時以退回方式回應，並指海基會談話違背一九九二年兩會關於「海峽兩岸均堅持一個中國原則」的共識，故不予接受，退回。

態勢很明顯，中國大陸堅決要在「一個中國」的軌道上推進兩岸協商與交流，不容許台灣方面根據「兩國論」修憲、修法並與大陸協商。李登輝跟「特殊國與國關係」的設計者蔡英文卻仍抱住「兩國論」不放，認定主權宣稱上的抗爭重於兩岸之間實質交流合作關係的開展，不容許在模糊的主權主張空間中存異求同，擱置爭議，共謀雙贏。李登輝和蔡英文的堅持，到了陳水扁執政八年期間，更因爲陳水扁「一邊一國」的理念以及蔡英文主導大陸政策，繼續推進「兩國論」的實質性「特殊國與國關係」，並否定「九二共識」的存在，以致兩岸關係仍然在對峙中一籌莫展。

「戒急用忍」耽誤台灣經濟擴張時機

李登輝在兩岸關係的政治面以「特殊國與國關係」對應中共的「一個中國」政策，在經濟上則以「戒急用忍」爲盾牌，抗拒中國大陸經濟高速發展對台灣的「磁吸效應」，同時推出「南進政策」做爲配套措施。一九九六年八月，李登輝在國民大會答覆國大代表國是建言時首度指出，「以中國大陸爲腹地建設亞太營運中心的論調必須加以檢討」。同年九月，李登輝即提出「戒急用忍」主張，隨後明確限定「高科技、五千萬美金以上、基礎建設」三種投資應對大陸「戒急用忍」，以免台灣喪失研發優勢以及資金過度失血。此項政策發表後，即遭到工商業界的強烈質疑，並引發國家及社會安全如何與企業利益間取得平衡的辯論。

李登輝提出「戒急用忍」政策之際，民進黨主席許信良提出個人性的「大膽西進」主張，兩者形成兩極對照。許信良主張：「台灣的整體戰略是要把自己進一步連結到世界網絡在自由化和國際化的過程，大膽西進，只有在台灣自己的主體位置上，制訂整體的贏的策略，台灣方能獲得最大利益，確保生存發展空間。」他認爲：「長期而穩定的大量經濟合作關係一旦建立，不但有利於台灣經濟利益的拓展，也有助於台灣安全的維持。」許信良的「大膽西進」策略是從經濟發展策略構思，而李登輝的「戒急用忍」政策是從政治思維出發，得出面對經濟崛起的中國截然不同的對應心向。一個進取，一個退縮；一個開放，一個閉鎖；一個是力圖以經濟發展濟助政治主權地位的確保，一個則是基於政治主權的考量而犧牲經濟發展的機遇。

陳水扁當選總統後，適逢世界經濟不景氣，產業界方面要求鬆綁「戒急用忍」政策聲音加劇，而陳水扁將「戒急用忍」政策改爲「積極開放，有效管理」。二〇〇六年，再把「積極開放，有效管理」改爲「積極管理，有效開放」，但無論口號如何變，實質政策卻是和「戒急用忍」一脈相承，對大陸經貿投資積極限制。即使二〇〇八年馬英九當選總統調整兩岸政策，與中國大陸洽簽經濟合作協議框架（ECFA），這套閉鎖退縮並以政治思維抑制兩岸經濟合作的心向，仍然不絕如縷。從「戒急用忍」、「特殊國與國關係」、否定「九二共識」存在到反對兩岸簽訂ECFA，形成一條綿延不絕的抗斥中國大陸的「馬其諾防線」，而李登輝和蔡英文正是這條防線的主要構築者。

「戒急用忍」的基本思維是希望透過「抓大（資金）放小」和「抓高（科技）放低」，防止資金失血過快、過多，避免對中國大陸形成市場依賴，同時避免壯大敵人的經濟發展。其施行的結果，卻是事與願違，不僅對於資金與技術流向中國大陸只能構成干擾效果，無法有效防堵，而且徒然削弱相關廠商的戰略佈局，從而削弱其競爭力。更爲嚴重的損失，卻是使台灣在中國大陸經濟快速崛起的關鍵時刻，未抓住歷史性的機遇，採取「經略中國」的戰略攻勢，在與其並駕齊驅中壯大自己。反而採取戰略守勢，讓企業零散西進大陸，有些企業則被迫喪失機先。整體而言，「戒急用忍」未能達成積極的戰略目標，反而在自我設限中自我削弱了，在經濟上無所成，在政治上無所得。

經濟學家馬凱對於「戒急用忍」政策做了概括性總結：「面對大陸開放所釋出的最大利基，強加封鎖，例如採取戒急用忍政策，致民間的優勢條件無用武之力，經濟發展乃扭曲、畸形、閉塞，成長率直線滑落，所得停滯不進，造成治理的最大困擾。」

兩岸政策經不起實踐的檢驗

總的說來，李登輝的兩岸政策雖出自高遠思維，但在實踐中卻證明不見容於國際現實，且遭來對岸強烈壓制。他常批判日本政府領導人頂多只有理性的「能力」和機關算進的「利害」關係，其缺乏「既寬且大」的恢弘格局來思考大政。至於他那「既寬且大」的恢弘格局所思考的「大政」又是如何？

他的一個核心見識是「兼具霸權主義與民族主義的大中華主義，對其他亞洲國家而言，仍然極具威脅性」，這種情況如果繼續存在，亞洲將永遠不會有安定之日。他期待出現「最理想的狀況，是中國大陸擺脫大中華主義的束縛，讓文化與發展程度各部相同的地區享有充分的自主權，如台灣、西藏、新疆、蒙古、東北等，大約分成七個區域，相互競爭」。這就是李登輝被指摘附和日本人分裂中國的論調，也是他常被認定為「分裂主義」的另一個原由。如果他的預言成眞，所期待的理想狀況出現，即使遭受譏評，也值得忍受，問題是，事態的發展證明他的預言與期待落空，因而建築在此預期下的政策，也就顯得不切實際。

面對中共，他確實勇氣過人，但有何「智」藏諸其內，又對台灣的興國安邦有何種貢獻，他至今尚未在實踐中彰顯於世。

6

馬英九

貞固致遠　奠立和平發展的百年基業

他對原則與是非的持守堅貞而固執，處事果決但不專橫，且習於正面思考，喜於以折衝協商方式管理衝突，行事把持穩當。他的完善人格與行穩致遠作風，與兩位前總統截然不同，而能獲取信任與善待，在美國、中國大陸與台灣的大三角關係中暢行順達。他開創兩岸經濟大合作、大交流的新世紀，在此基礎上推動十年發展大計，為和平發展打造穩固的百年基業。

二〇一〇年十二月二十二日，國家通訊傳播委員會（NCC」）做了一個決議，撤銷年代綜合台的執照，以懲處其一再將節目廣告化。這個決議頓時引起軒然大波，各方撻伐之聲湧現，民進黨人士更直指這是馬英九打壓新聞自由、迫害媒體的惡行。次日接受媒體專訪的馬英九總統被問到這個問題，他頗感無奈地說，他不該有任何評論，倒不是因爲「不沾鍋」，而是因爲NCC扮演獨立機關角色，有獨立機關專業判斷。他強調，從沒管制媒體，也沒伸黑手，NCC有權限做處理（撤銷電視台執照），也許不一定符合每個人期望，但還是應該透過制度做調整。

對於是非道德的持守堅貞而固執

這是典型的馬英九，堅行正道，尊重體制，奉行制度，既不放棄原則去媚俗悅眾，也不以激越語言博取掌聲。他對於是非與原則的持守，盡其所能地做到孔子所謂「貞固」的境地，也就是持守正道堅貞不變，固執不移，達到倔強的程度。

即使如此，他在台灣的政治鬥場上卻一直是萬箭瞄準的目標。這是典型的台灣政治鬥爭之所必然，因爲藍綠陣營之間嚴重撕裂，在野黨人士永遠虎視眈眈，凡事必鬥，而且砲火猛烈；即使明明非關「馬」事，經常要拋出兇狠語言抨擊馬英九。即使是獨立機關的自主性作爲，如年代綜合台撤照之事，竟也揚言要「歷史鞭屍」馬英九。不僅反對立場者時時嚴苛批鬥他，支持者同樣事事嚴苛檢驗他，評量他的作爲是否符合期待與要求。他對陳水扁家族貪瀆案的偵辦、審判乃至吳淑珍是否關監的處理一貫表現的置身事外態度，一再引發「反扁」群眾的不滿，特別是吳淑珍被培德醫院拒絕接受，更引起軒然大波。然而，馬英九還是堅持不干預的一貫立場，任憑異議者非議。

如果馬英九不是台灣政壇最具完善人格者之一，他必然禁不起反對者長年累月嚴酷的檢驗與污衊，也通不過綿延不絕的猛烈砲火攻擊，更不可能以一個「外省家庭」出身的子弟，在「台灣人」占絕大多數的台灣高票當選爲總統。

如果馬英九不是一個持守貞固而循規蹈矩的人，他就無法形成根深蒂固的「司法性格」，對體制、法律與制度敬重且尊重。如此的崇法、守分，使得他看似柔軟乏力，卻也因爲他超然於外，而使得政府具獨立地位的體制發揮自主功能，確保其公信力，在沒有「馬力」介入的情況下變得力道更強。畢竟，柔弱最終將勝於剛強。

正因爲如此，所以在最高檢察署偵辦前總統陳水扁貪瀆案件的過程中，許多人質疑最高檢察長的超然性，不滿檢察官的辦案績效，疾呼他拿出魄力導正其事，但馬英九總統堅持置身事外，不介入、不干預。當台北地方法院對陳水扁貪瀆案及羈押案一再作出超乎常理的判決，眾議譁然，他也堅持不置一詞。他堅決讓體制彰顯其獨立屬性，遂使起訴與判決取得高度公信力，將司法的制裁威力淋漓盡致地發揮出來。他的言行看似愚拙，實爲貞固致遠的明智之舉。

自我惕勵：至德約己、至義立心

他信奉拙能勝巧。爲人行事厭惡取巧，認爲至巧是人格的扭曲。他年少時，父親馬鶴凌常以湖南先賢曾國藩的一段話教誨他：「唯天下之至誠，勝天下之至僞；唯天下之至拙，勝天下之至巧。」不只如此，曾國藩這位被馬家父子視爲「我鄉先輩」的清朝中興大臣，由於深究「內聖」之道，淬練出無數發人深省的自我修爲至理名言，所以對馬家父子教化頗深。馬英九常引用曾國藩「愼獨則心泰」之說：「愼獨者，遏欲不忽隱微，循理不須臾，內省不疚，故心泰。」也就是時時克制私欲，事事尊行天理，務求內省而無愧。本於此意，他自勉：「人若能心頭一塵不染，至德約己，至義立心，體悟心寧性靜之美，才能建立雅致愉悅的精神內涵。」

如此一位以「至德」與「至義」自我惕勵的人，由於其外省族群的出身背景，在台灣政治鬥場上一直被綠營人士特別伺候。從他們口誅筆伐所呈現的形貌，馬英九簡直是個十惡不赦的惡質政客，而「親中賣台」更已成反對黨給他取他的代名詞。如果他不是自我要求完美，而且克己自持，堅行正道，他恐怕早已在政治惡海中傾覆。

馬英九和李登輝人格特質截然不同

前總統李登輝為批馬、反馬的急先鋒。二〇一〇年的「五都」市長選舉，李登輝更高喊「五都全上」進而「倒馬保台」的口號。選舉結果雖然粉碎李登輝的夢幻，但他仍積極串連反對陣營，希望在二〇一二年的總統大選中形成「倒馬聯合陣線」。

李登輝和馬英九是截然不同的政治人物。李登輝是日本殖民時代皇民教育的跨時代人物，孺慕日本文化，始終以日文為吸收資訊與學習求知的媒介，以日本右翼人士的世界觀看世界；對於對中國文化、中國人、中共政權，他基本上是以「三合一」式的一體看待，持著極其負面的態度，認為中國文化無非「封建」、「醬缸」，而中國則是「霸權主義」；他對「外省籍」人士素無好感，格格不入。馬英九則是中華民國體制下「根正苗藍」的正統人物，自小熟讀《論語》、《古文觀止》、《孟子》、《滕王閣序》、《桃花源記》、《大學》等中國文化基本教材，自我認同為中華民族子民，再接受完整的台灣中小學與大學法學教育，在美國完成菁英教育，浸淫於美式文明中。對於中外各路文明包容涵納，兼容並蓄。李雖也在美國完成菁英教育，但對美式文化感受不深，也不習慣從英語接收資訊。

都會型、國際化、客家底、新移民之子

馬英九和李登輝的祖先同樣是中原南遷的客家人，後世遷至非客家人聚居區域，各被同化。李成為「客家底福佬人」，馬則是「客家底湖南人」。馬英九的客家背景目前有兩種不同的考證資料。雖然同指馬家源流是陝西「扶風」，但一說是祖先到江西永新當官，後遷至湖南湘潭。另一說是曾在閩西客家村長期居住，再遷往湖南。

根據「江西說」，馬英九的祖先原居陝西扶風，位於漢朝國都長安城附近，西元四世紀五胡亂華時遷至江西南昌，十一世後再遷江西永新，約十四世紀（元朝末年）遷到湖南。

根據「福建說」，福建龍岩學院客家研究所客座研究員吳福文綜合湖南《湖田馬氏族譜》和福建、江西各地客家馬氏族譜推算認為，馬英九是扶風馬氏第七十一世孫和湖田馬氏第二十二世孫，也是馬氏開基閩西的始祖馬發龍第三十二世孫。扶風馬姓經十代繁衍後，特別在漢唐盛世家族英才不斷湧現。三十六世的馬徵先後任福建邵武府尹和汀州府尹，其次子發龍（三十七世）在汀州（今位於清流縣北團裡南山下）開基，成為客家馬姓入閩一世祖，其後裔傳至扶風四十九世成中，於宋元之際避戰亂而舉家遷衡州（今衡陽），其子光佑（五十世）於明永樂八年摯母及子落籍湖田，以後湖田所傳馬氏都尊成中為遷湘始祖，而馬英九則是湖田馬氏第二十二世孫。

兩套考證都確認馬家祖源爲陝西扶風客家，後輾轉遷至湖南，但馬英九從未待過湖南，而是「台灣製造、香港交貨」的「新台灣人」。李跟馬同樣有客家血統但皆無客家意識，差別在於李徹底福佬化，馬則是都會型國際化的台灣新移民之子。

寧可下台也要嚴查賄選與貪污

李馬雖都成爲國民黨的領導人，但和國民黨政府的關係截然不同。李是國民黨爲外來政權，對其威權統治與白色恐怖極其反感，本身也受其壓迫，掌權後跟國民黨的傳統路線及其菁英格格不入，導致鬥爭不斷，迫使許多對他不滿的黨員出走，最後自己被註銷黨籍。另一方面，對於國民黨的金脈關係、「黑金文化」與地方樁腳卻又割捨不掉，甚至包容助長並加以運用。

馬英九堪稱「國民黨之子」，受黨厚愛，內化黨的正統價值觀，對黨滿懷使命感，與國民黨文化及其菁英有水乳交融部分，但對其中不符民主政治精神、不符廉能政治原則之處，則十分嫌惡，亟思破除。他擔任法務部長其間，雷厲風行地嚴辦賄選，起訴眾多國民黨籍政治人物與樁腳，引起黨政要人強烈反彈或指摘，但他堅持到底，絕不放手。察查貪污亦然如此，寧可下台也不退讓。他兩度擔任國民黨主席，對於國民黨傳統的金權交融曖昧不清、老大顢頇官僚封閉、地方派系錢權交易等弊端也深以爲非，大力改弦更張。他堅守正道之貞固，已到不近人情的地步。

在基本性格與處事態度上，李馬幾乎南轅北轍。兩人都很堅毅，但李硬頸倔強，爭強好勝，鬥性堅強；馬擇善固執，嚴辨是非，堅持原則，處事雖果決但不專橫，雖涇渭分明但不嗜爭鬥。李尚權謀，計策多端，手段靈活，強悍而陰狠。馬則陽光性格，和煦寬厚，眞誠待人，莊敬治事。他信奉曾國藩「思誠則神欽」之見：「心則忠貞不二，言則篤實不欺，至誠相感，故神欽。」

李在政治染缸中葷素不忌，多方接觸結交，多元運作籌措。馬則潔身自愛，一絲不苟，不沾染任何有含污之嫌的人、財、事，對於任何涉及交換關係之事都避之唯恐不及，經常連基本的人情世故都不苟俗見。

熱血沸騰的愛國青年

李馬都曾是熱血青年。李登輝曾基於社會主義理想加入共產黨，後脫離；也曾上街參與愛國運動。馬英九更是熱血沸騰的典型「愛國青年」，但抗爭的矛頭都指向侵犯國權的外強，如保衛釣魚台，抗議日本承認中共等；留學美國其間主編「波士頓」通訊，捍衛中華民國。從事政府公職後，戮力奉獻，有時忘情到奮不顧身的地步。他在法務部長任內，深以台灣被國際指控爲「毒品轉運中心」無恥，深以國民黨被批評爲「黑金政治」爲杵，深以台灣選舉「賄賂公行」爲憾，乃大力查賄、掃黑、掃毒，激起強烈反彈，不斷有黑道揚言對他下手，大家都力勸他放棄，但他父親馬鶴凌堅決支持，還告訴他：「文天祥和鄭成功都只活了卅九歲，你已經多活五年了。」就是這段時間，他和李登輝之間的基本矛盾尖銳化，幾乎到了無法調和的地步，他先被調離法務部長職位，繼而辭卸行政院政務委員職務。他和李登輝之間的歧異就在於：對於現實政治存在的嚴重污點究竟是遷就妥協還是對抗掃清？對於「黑金政治」究竟是跟著混水摸魚還是斬草除根？對於深重沸騰的民怨究竟是好官我自爲之還是羞愧自慚以對？

他和李登輝之間更大的歧異出現在兩岸關係的處置上。李登輝堅持台灣的「主權獨立」的主體地位必須獲得確保，台灣沒人否認其正當性與必要性，問題在於在兩岸之間歷史遺留的問題尚未化解，主權涵蓋的爭議尚難釐清，而在他大我小、彼強此弱，國際承認上又是眾戰寡對比鮮明的情況下，兩岸究竟應該抓緊主權問題，彰顯矛盾，激化衝突，還是暫時擱置主權爭議，存異求同，在「共創雙贏」的目標下交流合作？李登輝顯然是「主權至上」、「主權優先」的先行者，從「國與國特殊關係」開始，到堅決不承認「一個中國、各自表述」，他都高調地要求中國方面先承認「中華民國主權獨立」的地位，否則一切免談，充分顯現他爭強好勝的性格。

堅持以「一個中國，各自表述」突破僵局

馬英九當然也堅持「中華民國是主權獨立國家」，但審視現實，海峽兩岸之間現階段頂多只能做到「互不否認」，還達不到「相互承認」的地步，因此在兩岸地位對等的前提下，進行協商與交流合作是可欲也可行的。何況「一個中國、各自表述」的「九二共識」模式，大陸方面既已確認其存在，各自的立場都能顧全，且是擺在眼前可跨越障礙，何苦棄而不用?從李登輝總統、陳水扁總統到蔡英文主席，都堅決否定「九二共識」的存在，或者堅稱「九二共識就是一中共識」，就是不讓兩岸走上協商、合作的坦途。

經過李登輝和陳水扁二十年滿懷「台灣意識」的執政後，馬英九打破族群因素的制約，扭轉了國民黨在總統大選中二連敗的慘痛厄運，爲兩岸的和解、協商、交流、合作開創新的契機。他以英姿煥發之態直奔總統府，不再高呼「台灣主體意識」的口號，不再渲染「本土化」的魔咒，而以「以台灣爲主，對人民有利」爲立足點與價值座標，以具體行動推進兩岸之間的交流合作。

在兩岸關係陷入死結連帶拖累經濟發展之際，馬英九接掌總統大位，有力地回應了當時有如大旱之望雲霓的殷殷企盼。兩岸之間數十年的分隔對峙與言語叫陣，在他當選後頓然化爲和風軟語，雙方在「擱置爭議」、「求同存異」的共議之下，協商緊密開展，交流次第進

行，合作步步落實。台灣的發展自此開啓一個新的時代，兩岸關係的歷史也翻到新的一頁。

打通兩岸人流、物流、商流、金流

然而，從全球經濟發展走向上而言，他就任的時機卻是被推上火線而備受煎熬與淬練的關頭。就在他就職那一天，做爲經濟發展指標的台灣股市向下翻轉，隨著美國爆發的金融危機造成的全球性景氣衰退而持續跌落，一直跌了百分之五十七才止穩回升。相應於股市崩跌的經濟衰退，景氣滑落的幅度與深度超乎過往，也超乎想像。馬英九帶領的政府忙得焦頭爛額，但所提出的挽救與提振對策，一如其他國家，效應不彰，社會陷入一片愁雲慘霧中。

長期以來，國民黨被認爲擅長經濟事務的神話頓然失靈，馬英九和蕭萬長副總統可以挽救台灣經濟的期望也面臨考驗。馬英九超高的聲望快速下滑，跌幅幾近於股市跌勢。連帶的，國民黨在幾次的立法委員補選和地方公職人員選舉連嚐敗績，直到二〇一〇年五個院轄市長選舉才勉強止血。這次百年一遇的經濟大崩跌，固然重創全球每個國家，但相對而言，新興經濟體受創較輕、復原較快，台灣的經濟復甦與成長表現也傲視全球，二〇一〇年的經濟成長率高達百分之十點八。隨著經濟景氣翻轉，復甦力道強勁，以及兩岸情勢從對峙轉爲交流合作，通航、通商、旅遊大步開展，馬英九執政的績效漸次呈現，他所獲得的支持度也止跌回升。

當台灣的政治反對者猛烈抨擊馬英九「親中賣台」，又鼓動民眾馬英九「歷史鞭屍」之際，他們可能忘記二〇〇八年馬英九接掌政權時，台灣深陷於三塊泥淖中難以動彈：一個是兩岸關係的僵局緊綳，台灣不能掌握中國大陸經濟快速崛起帶來的機會之窗，致使競爭力下降。一個是經濟成長力道頓挫，發展停滯，產業轉型緩慢，且資金外流嚴重，人民對經濟發展前景的信心低落。另一個是在政治首腦基於黨派利益的操弄之下，政府體制的運作脫離憲政常規常軌，致使正常功能遭受扭曲，體制應有的威信蕩然流失。

提振治理品質下降的嚴重趨向

這三方面看似各自獨立，互不相干，其實是三位一體，病出同源，俱在反映台灣正面臨「治理品質」嚴重下降的病症。台灣大學政治學教授朱雲漢對此問題精闢指出：「治理品質的下降，意味著政治體質動盪、政策搖擺的風險增高、決策與立法的品質下降、公共建設延宕之後、政府的統籌兼顧能力下降，企業經營環境惡化。」他認爲這是導致過去十年間台灣經濟發展在東亞地區節節落後，民眾普遍對於民主體制運作感到失望的重要原因。台灣受到十餘年間治理品質持續下降的傷害，在經濟和兩岸層面的表現所受衝擊最直接而顯著。

以經濟表現而言，台灣是出口導向的國家，在二〇〇〇年時，台灣出口占全球總出口底比重爲百分之二點三，二〇〇八年時降至百分之一點六。出口地區雖以中國大陸爲第一，但台灣產品在大陸進口市場占有率，在二〇〇〇年時還高於南韓和東協總和，到二〇〇八年時卻已瞠乎其後。和台灣經濟體質最接近且競爭關係最強的南韓相較，台灣在二〇〇五年時GNP（平均每人的國民生產毛額）首度被南韓超越，落居「亞洲四小龍」殿後。韓國當年平均每人GNP從二〇〇四年的一萬四千億百九十三美元，上揚至二〇〇五年一萬六千二百九十一美元，一舉超越台灣的一萬五千六百七十六美元。在中國經濟力快速壯大後，兩岸關係的緊繃實際上已對台灣經濟發展造成很大的制約作用，特別是政府刻意採取嚴格的限縮措施，已嚴重壓抑兩岸經貿關係的發展。

爲了化解兩岸緊繃關係，爲台灣經濟創造良好發展環境，馬英九揚棄自李登輝到陳水扁奉行近二十年的主權對抗性作法，擱置兩岸之間意識型態的政治爭議，不再凸顯矛盾、激化衝突，而改弦更張爲造「建設性模糊」，以「一個中國，各自表述」的「九二共識」重啓兩岸協商。他提出兩岸「互不否認」的觀念，以此作爲兩岸未來協商更廣泛、更深入、更複雜議題的基礎。他深信在兩岸「互不隸屬又無法互相承認」的現實下，這是務實而可行的解套方法。

十五項協議開闢兩岸林蔭大道

果不其然，他當選不到一個月，副總統當選人蕭萬長即在海南博鰲與中共領導人胡錦濤會面。蕭萬長提出重啓兩岸交流的十六字言：正視現實、開創未來、擱置爭議、追求雙贏。他期望儘快開放兩岸直航，讓兩岸經貿正常化，開放大陸觀光客來台，重開兩岸協商。胡錦濤則強調：「在新的形勢下，我們將繼續推動兩岸經濟文化等各領域交流合作，繼續推動兩岸周末包機和中國居民赴台旅遊的磋商，繼續關心台灣同胞福祉，並切實維護台灣同胞的正當權益，繼續促進恢復兩岸協商談判。」兩岸之間關係自此邁入劃時代發展。

自他就任到二〇一〇年底的兩年七個月間，簽訂十五項協議和一項聲明，平均每兩個月達成一項協定，進展快速，成效宏大，創造了可觀的「和平紅利」。在外交上，他提出的「外交休兵」呼籲，也獲中共善意回應，雙方避免再耗費資源打無謂的外交戰。台灣也在中共的默許或允諾下，參與一些國際活動。

然而，台灣是個分裂型政治社會，最深的分裂點是兩岸關係，馬英九不希望分歧擴大，分裂加深，因此以臨淵履薄的戒愼恐懼態度推進兩岸關係發展。他說：「有人看到機會，有人卻看成是威脅，執政者要維持最大的平衡。」爲了維持平衡，他很早就提出當前兩岸之間應是「不獨、不統、不武」，這是分歧各方的最大公約數，也是維持最低度共識的不得不然舉措。即使如此，分歧的各方對他的兩岸政策仍然皆不滿意，且都疑慮甚深。他認爲這是必須堅持不移的正道，否則稍有偏倚，必然遭引嚴重政治紛爭，後患無窮。因此雖然被嚴厲批判「討好各方」，他也不變更立場。

親身見證「九二共識」，堅信其眞

馬英九其實是台灣最早負責處理兩岸交往的官員，一路走來，知之最詳，立場把握也持守最穩。早在一九八七年，他任國民黨副秘書長時，就銜蔣經國總統之命，草擬一份開放老兵回大陸探親的方案，其後主導《台灣地區與大陸地區人民關係條例》的草擬，完成兩岸關係事務第一項法制化工作。一九八八年行政院成立「大陸工作會報」，馬任執行秘書。一九九〇年，馬英九奉李登輝總統之命，以「研究委員」的身份參與草擬國統綱領。一九九一年，行政院成立大陸事務委員會，馬任副主委兼發言人，任內規劃成立海基會。可以說，兩岸關係起初的重大政策與措施的規劃、法律草案的初擬，馬英九都主導其事，直到一九九三年出任法務部長，才離開核心地帶。後來隨著新的權力中心鞏固，台灣進入李登輝大權主導兩岸關係的時代。

在馬英九參與兩岸事務階段，衍生了後來稱之爲「九二共識」的議論，馬是參與者、決策者，更是見證者。事情的過程爲：海基會從九一年二月成立，到九二年十月雙方在香港會談前，北京一再強調處理兩岸事務應堅持「一個中國原則」，並要求台灣表態；九二年八月由李登輝主持的國統會，對一中涵義作出決議：「海峽兩岸均堅持一個中國之原則，但雙方所賦予之涵義有所不同。」兩個多月後，香港會談登場，兩會首度針對一中議題進行正式對話。四天會談中，海協會提出五項「一個中國」的表述方案，海基會也獲得授權提出五項方案，但雙方對這十項方案未達成一致見解，海基會最後又提出三項口頭表述方案，其中一案的說法與國統會決議幾乎完全一致：「雙方雖均堅持一個中國的原則，但對於一個中國的涵義，認知各有不同。」海協代表雖表示可考慮接受，但仍要求海基代表確認這是台灣方面的正式意見。香港會談結束後，海基致函海協表示已徵得台灣有關方面同意，「以口頭聲明方式各自表述」，海協副祕書長孫亞夫當天即電話海基祕書長陳榮傑表示：「貴會建議採用貴我兩會各自口頭聲明的方式表述一個中國原則，我們經研究後，尊重並接受貴會的建議。」其後，兩會也曾分別致函對方，確認「雙方同意以各自口頭表述的方式，表明堅持一個中國原則的態度」，以及「在兩岸事務性商談中，不涉及一個中國的政治涵義」。可見雙方雖然「對一個中國的涵義，認知各有不同」，但雙方同意「以口頭聲明方式各自表述」。

在馬英九看來，海基、海協兩會九二年在香港的會談中，如果沒有達成「各自採用口頭聲明的方式表示一個中國的原則」之共識，不可能有九三年辜振甫和汪道涵在新加坡的會談，並在爲期四天的會議中達成四項協議。何況中國大陸領導人胡錦濤二〇〇八年與美國總統通布希電話時表示：「兩岸都接受一個中國原則，但兩岸對中國的定義不同。」可見中共確實同意我方可以表述「一個中國」的定義。馬英九的另一論證是二〇一〇年八月大陸海協會執行副會長李亞飛出席「兩岸和平創富論壇」時的發言，九二年海協會與台灣海基會達成的各自以口頭的方式表述「海峽兩岸均堅持一個中國原則」的共識，這就是「九二共識」；

有了這個共識作基礎，才有了今天兩岸的互信，才有了今天的發展。對親身參與其事的馬英九而言，「九二共識」明明存在，問題只是要不要承認。

質疑蔡英文將帶給台灣不確定性

馬英九進一步質問民進黨主席蔡英文：未來如果當選總統，要不要承認「九二共識」？如果不承認，兩岸關係將陷於不確定狀態；沒有這個東西，兩岸關係要和平發展，是很大的問號。這對蔡英文確實難爲，因爲要她承認她認爲不存在的事，是有困難。何況她自李登輝時代主導「國與國特殊關係」，到陳水扁時代嚴詞否定「九二共識」存在，再到自己擔任民進黨主席帶頭反對與大陸簽訂「經濟合作架構協議」（ECFA），可說是一以貫之，理路一脈相傳，早已構築一條主張台灣主權獨立於中國之外的戰線。因此，要他承認「一個中國，各自表述」，不只是承認「一個中國是指中華民國」，而且要在這個定義下承認「一個中國原則」，的確有違她的基本理念。

「九二共識」成爲公說有、婆卻說沒有的公案，眞相變得模糊不清，原委究竟爲何？我們不妨參考當時海基會董事長辜振甫的說法。表面上，他似乎否認「九二共識」存在，但實際上強調雙方對其內涵的認知不同。他在回憶錄中說：「……大陸將香港會談的結果以及後續的發展，片面宣稱爲『雙方以口頭聲明』的方式確認『海峽兩岸均堅持一個中國的原則』，隨後進一步改說『兩岸均堅持一個中國原則』是一九九二年兩岸兩會的共識。這種說法與事實經過不符。台灣各界則一直以『一個中國、各自表述』作爲一九九二年兩岸會談過程及結果的簡稱。」他另外於二〇〇三年在日本早稻田大學接受名譽博士學位時表示，九二年的台海兩岸兩會在香港會談時，達成的「一個中國，各自表述」應該不是「雙方的共識」（consensus），而是「相互諒解」（accord）。辜振甫進而指出：「一九九三年辜汪新加坡會談能夠實現，是因九二年香港會談的相互諒解，稱爲九二共識」。他的意思是雙方確有相互「諒解」，而諒解的內涵是「一個中國，各自表述」，而非「兩岸均堅持一個中國原則」。對照李亞飛副會長對「九二共識」的說法，雙方差異只是「各表一中」與「一中各表」之別，意思其實一樣，也就是「一個共識，各自表述」，問題只在那究竟是「共識」還是「諒解」而已。既然並非正式協議，只是雙方透過信函加以確認，因而用詞不同並非有無之別，無法據以否定其存在的事實。

「九二共識」像是透光紙窗不能戳破

關於這個模糊不清的「共識」或「諒解」，有人將其比喻爲「紙窗」，既有透光之效又有隔離之功，並希望雙方都不要捅破了這一層朦朧的窗戶紙。重要的是「要求同／不挑異」、「擱置爭議／求同存異」。在這個前提下，隔著「九二共識」這一扇紙窗，北京「各

表一中」。台北「一中各表」；「各表一中」在「一中原則」之內，「一中各表」也在「一中原則」之內。只要雙方「要求同／不挑異」，這一層朦朧的窗戶紙就能透光但不戳破。這個比喻十分生動，跟馬英九強調的「創造性模糊」有異曲同工之妙，都闡明了兩岸之間既然上無法「相互承認」，則最好的交往之道是在要害處保持曖昧，在忍受中接受對方，也在接受中默默忍受。

兩岸之間的關係錯綜複雜，基本矛盾棘手難決，但交流合作能創造「和平紅利」，嘉惠經濟與民生。因此一個負責任的執政者必須務實面對現況，先存異求同，在交流合作中共創雙贏，再求同化異，循序漸進，創造有利條件，協助根本問題的解決。相對而言，台灣的一些反對派人士懷抱者虛幻不實的政治藍圖，在主權獨立的語言堅持上寧可玉碎不可瓦全，在交流合作的實惠上寧可放棄割捨，也不可阻滯終極獨立目標的達成。

以共有的中華文化尋求最終解決

馬英九執政後讓台灣海峽成爲「林蔭大道」，兩岸之間邁入和平發展的全新境界。他執著於改善兩岸關係，是希望在爭取一個足夠長的歷史階段，讓兩岸能夠深度互動交流，並在這個和平基礎上，以共有的中華文化尋求解決途徑；他強調在這過程當中，我方絕對是在中華民國的憲法架構下，維持「不統、不獨、不武」現狀，並以「九二共識」爲基礎來進行。

「九二共識」在馬英九就職後成為重啓制度化協商管道解決問題的鑰匙，截至二〇一〇年底接連舉辦六次兩會會談，完成簽署諸多重要而緊迫的交流合作事項，包括：週末包機、陸客來台觀光、空運直航、海運直航、郵政合作、食品安全，以及定期航班、金融合作、兩岸共同打擊犯罪，還有漁業勞務、農產品檢疫、標準計量檢驗認證、兩岸經濟合作架構協議、智財權保護合作、衛生醫藥、生技合作等十五項協議，另達成陸資來台的共識。這些協議為兩岸關係帶來分隔六十年來最大的變革。兩岸關係轉軌所帶來的效益，證明雙方在政治上「和則雙贏」，在經貿上「合則兩利」。另一方面也證明基於「九二共識」所創造的「戰略性模糊」，無疑是雙方得以進入和平發展階段關鍵之所繫。

關鍵中的關鍵，則是彼此之間的善意與互信。馬英九有別於李登輝、陳水扁兩位前領導人，能獲取中共和美國等國領導人的信任與善待，而能在美國、中國大陸、台灣的大三角關係中順達暢行，游刃有餘，固然得力於他的政策規劃正確、行事把持穩當，也要歸因於他的人格特質趨向於正面思考，偏好平衡與和諧，喜於以折衝協商方式管理衝突，而不像李、陳二人皆慣於對立性思考，好強爭勝，且常被負面情緒左右，偏好以鬥爭方式處理問題。人格特質不同，造成歧異的政策思維與行事風格，的確顯而易見。馬英九之所以能走出異前任的兩岸與對外路線，實與他深植於內的人格特質有關。

兩岸應以「同情的理解」相互對待

兩岸關係在馬英九掌權後柳暗花明，春暖花開，並且益趨緊密厚實，還和彼此都能以「同情的理解」相互對應，有著密切的關係。由於台灣和大陸各有不可退讓的堅持，也各有不可碰觸的敏感神經，必須相互理解、體諒、包容、忍讓，才能良性互動，永續發展。這種心理素質是兩岸決策者不可或缺的，否則極易使彼此的矛盾尖銳化、衝突表面化。馬英九長期以來重要的兩岸與外交事務智囊，曾經擔任國家安全會議秘書長的蘇起，將兩岸交往中這種心理機制的重要性闡釋甚明：「如果台灣與大陸都能學著用『同情的理解』來看待對方，事事將心比心，處處互留餘地，透過善意交流與談判，雙方必可在許多領域，包括政治領域，找到可以互惠互利的地方。」

本著「先易後難」、「先經後政」原則，同時考量兩岸的迫切性程度以及台灣內部的共識性程度，兩岸之間交流合作合作首先是打通「人流」、「物流」、「金流」、「商流」等關節，其次是在教育與文化領域開展交流合作。初期幾乎是一拍即合，一談就通，很快取得豐碩成果。但是，隨著議題牽涉的利益糾葛出現複雜甚至衝突的爭端，加上台灣內部出現的拉扯性力量，致使兩岸之間協商的蜜月期逐漸過去，協商逐漸進入「深水區」，變得荊棘遍布，障礙重重，進度趨於遲緩。大陸方面也流露出從經濟領域張到其他領域，以期擴大成果的切心情，以致「經中有政」、「易中有難」的糾葛變得更加棘手。馬英九深明於此，認爲兩岸交流的節奏應與民意合拍，速度應力求穩健，不能再快，同時要讓讓經濟成果有感化，以期獲得更多民眾的支持。另一方面，要在「不統、不獨、不武」的原則下讓政治關係穩定化，不要出現失衡偏向，如此方能行穩致遠，進而讓交流的效益深度化，以時間換取空間，長久後可對中國大陸造成深遠影響。他對台灣的「巧實力」深懷信心，認爲經過充分、長遠而有深度的交流後，可以和平解決兩岸爭端，最重要的是要「用協商取代對抗，用和解消弭衝突」。

兩岸交流合作創造可觀的「和平紅利」

馬英九開展兩岸交流合作所帶來的「和平紅利」，對於台灣經濟發展所需要的環境助力，在時機上可說是來得太遲但還未完全過時，猶可發揮宏大而深遠的效益。經過李登輝對大陸投資「戒急用忍」和陳水扁「有效管理」的政策性制約，台灣未能善加把握中國大陸經濟快速崛起所釋放的大好機會，但誠如經濟學家朱敬一所說：「不論台商是否積極去中國大陸投資佈局、建置市場，整個市場機能都會被誘因所牽引，而中國大陸的大市場、大育成、低成本等特質，都不會因爲台灣政府或台商的作爲或不作爲而改變。」因此：「這是一個台灣無法螳臂擋車的大環境、大潮流，我們只能順；順才能維繫生存的命脈，再圖其他的發展。」

馬英九政府帶動的兩岸關係大轉軌，改變了台灣對中國大陸市場的思維，不再一味強調其威脅性，而著重於其所提供的發展機會，並以雙方協商所獲致的共創雙贏模式，積極把握這個歷史性機遇，爲台灣經濟發展注入新動力。在全球性金融海嘯之後，對大陸的經濟開放措施產生立竿見影的效益，對挽救經濟衰退頗有助益。大陸觀光客大量來台，帶來可觀的消費；大陸各省市及企業來台大量採購，大幅增長台灣的外銷金額；台資及大陸企業來台上市，活絡資本市場。這些措施爲台灣低迷的景氣帶來及時雨，爲衰頽的經濟添增了復甦的動力，其他深層的長遠經濟效益更是難以計數。

兩岸經濟合作有助台灣連結亞太

其中的一個劃時代創舉是在經濟的國際連結上，兩岸經簽訂經貿合作架構協議，不僅使台灣在最大外貿市場的中國大陸取得優勢的競爭力，也開啓了台灣和其他國家之間簽訂自由貿易協定的機會之窗。由於國際經濟在全球化的同時，也出現「板塊化」的趨向，區域經濟組織體如雨後春筍般出現。另一方面，國家之間簽訂自由貿易協定也蔚爲風潮。台灣受制於主權問題，在國際經濟組合及雙邊貿易協定上寸步難行，面臨邊緣化危機。跟中國大陸簽訂經濟合作架構協議，無疑是突破困局的第一步，至少先在「東協加一」及往後日本、韓國的加入立於不敗之地。

尤其値得注意的是，和台灣經濟結構最近似、在國際市場上競爭關係最激烈的韓國，在國際貿易上積極佈局，合縱連橫，形成「合圍」之勢，對台灣構成嚴重威脅。韓國先和美國達成協議，兩國同意在五年內取消百分之九十五工業和消費品的關稅。同時，南韓也和歐盟簽下自由貿易協定，自二〇一一年七月起，歐盟五年內把百分之九十八點七的南韓貨品關稅降爲零。兩個協定施行後對台灣出口影響至鉅，據估計，台灣每年GDP損失將達百分之一。台灣和貿易競爭對手力於不平等地位上，所受衝擊將很可觀，而唯一的補救之道，就是和中國大陸ECFA的基礎上，獲得默許跟相關國家簽自由貿易協定。

這個與台灣生存發展密切相關的緊迫問題，馬英九以他攻讀國際貿易法的學識與經驗，在總統大選之前就深明其緊迫性，即規劃了與大陸簽協議的政見。然而，開始推動之後，民進黨主席蔡英文及其他綠營人士卻強烈反對。馬英九乃規劃一場針對ECFA的辯論會。巧的是，蔡英文跟馬英九同樣出生自客家背景的家庭，她的父親蔡潔生是屏東枋山鄉客家人，早年北上台北在繁華的中山北路一帶經營房地產，三十六歲生下么女蔡英文。因爲一直在台北市成長，蔡英文也不諳客家話。他的成長與求學經驗與馬英九近似，都在都會成長後到國外完成菁英教育，只是各受父親政治立場的教化，而有不同的政黨傾向。

和蔡英文辯論獲得壓倒性勝利

兩位政治領導人物自國外所學近似，都偏重國際貿易法，只是對應否開展台灣和大陸經貿關係的看法南轅北轍。或許各自所持立場的觀點論據厚薄有別，馬英九在辯論中論點清晰，氣勢十足，而蔡英文則多詭辯而少論據，表現得讓馬英九疾呼「台灣人心會滴血」。馬英九在申論階段開門見山表示，面對國際情勢變化，要選擇民進黨的封鎖還是國民黨的開放？要選擇民進黨的邊緣化還是國民黨的國際化？他強調貿易是台灣的生命，如果不簽ECFA，台灣會吃大虧。

馬英九直批民進黨以誇大其辭的「膨風數字」和灌水來恐嚇民眾。民進黨宣稱ECFA會讓五百多萬台灣人失業，嚴重誇大事實，而且並非失業，只受影響而已，何況政府已編列預算，給予這些行業以稅收和政策的扶持。他重申，簽ECFA利大於弊，不可因噎廢食。蔡英文質疑，難道透過中國走向世界是台灣唯一選擇？馬英九回答，民進黨執政時沒有走出去的方案，讓台灣經貿地位不斷滑落，「我們增加對大陸出口，就業會增加；外商會來投資、會加碼，這就是我們爲台灣打造的環境。」但是，蔡英文在辯論中只會說ECFA不好，刻意提出悲觀的預期，卻拿不出任何替代方案。儘管蔡英文ECFA的理據明顯不足，但仍不改其志，辯論雖然明顯輸了，仍堅稱要上街頭反對，仍要申請公投，未來執政後還要舉辦取消

ECFA的公投。在他們眼中，這場辯論的唯一目的就在建立繼續對立抗爭的正當性而已，還有什麼理性辯論的空間可言？由此可見，每一個探討台灣出路與生路的議題，都被反對派人士轉化變質為內部的政治鬥爭，這儼然已成為台灣政治的宿命。

國際投資機構與基金對台灣興致勃勃

事實勝於詭辯。兩岸簽訂ECFA即已產生先期效果，不但成功提升國際能見度，吸引國際的目光，且隨著台灣與大陸經濟貿易的正常化，愈來愈多國際資金與投資機構興致勃勃，積極評估台灣，前來投資的意願明顯提升。而且，投資興趣的轉濃也正在中國大陸發酵，在大陸發展的許多台商，也因為兩岸經貿關係的改變，而有意返回台灣投資，共同打造更理想的家園。台灣將是跨國企業在亞洲設立區域總部或尋找聯盟夥伴的最佳選擇。

馬英九不懼反對黨的尖銳攻擊，堅決推動ECFA，讓人們對他的魄力與執著刮目相看。以往某些不明究裡的人誤以為他軟弱、搖擺，缺乏堅持意志的硬氣，到此方知他認定目標後必然堅持到底，抱定原則後必然貫徹到底，既強硬又耿介。在與大陸方面的談判過程中，他堅持農產品與勞務絕不擴大開放，力爭到底，寸步不讓，守住了底線，讓反對者沒有做文章的空間。由於他的執著以及大陸方面展現了「同情的理解」態度，做了相當程度的「讓利」，使得ECFA成為日本趨勢大師大前研一讚嘆不已的「精心調製的經濟維他命」，為台灣的經貿發展帶來可預期的效益。

經建會主任委員劉憶如此樂觀的指出：「兩岸簽署ECFA之後，國際企業與台灣合作布局大陸與亞洲市場，可以優惠方式進入大陸市場，享有投資保障協定，得以保障投資權益。此外，與亞洲其他國家相較，台灣企業對大陸經營環境的瞭解，以及台灣營所稅百分之十七的相對優勢，可爲投資台灣的外商帶來豐厚利益。在ECFA帶來的優勢條件下，外商投資台灣不僅能掌握台灣既有的產業優勢，還可以在優質經商環境下，獲得更爲永續的發展利益。」

台灣經濟結構獲得轉型提升契機

在民進黨執政八年期間，台灣經濟結構的調整呈滯後之勢，因此各項經濟數據在「亞洲四小龍」中幾乎都落居殿後地位。馬英九執政後著眼於產業的轉型發展以及經營環境的改善，做了全方位的展佈。主要作爲包括推動愛台十二建設、十大服務業、六大新興產業以及四大智慧型產業等三十二項計畫。部分建設屬於強化經濟發展的基本競爭條件，包括硬體和軟體的基礎建設，爲打造台灣經濟良好發展環境之所必需。另一部分的建設是要激發民間的創新力，由政府挑選服務業中具發展優勢及國際競爭力的產業，配合「軟實力」創新發展，以政策帶動產業轉型及創新，期能扭轉過去偏頗少數產業的經濟成長模式。

台灣經濟獲得突破性發展的關鍵所在於要成爲「全球的創新中心」，因爲創新與研發所帶來的附加價值最大，創新與研發愈發達的國家，國力也愈強盛。台灣的產業發展已經逐漸從代工走向品牌與創新，每年獲得專利件數在全世界名列前茅，青年人參加國際發明展，屢屢在好手如雲的競爭中獲得優勝。因此，馬英九深信只要加強研發，鼓勵創新，培養自製能力，保護智慧財產權，台灣絕對有優越的條件成爲全球的創新中心，世界頂級品牌的搖籃。這是台灣在新時代的經濟發展策略。

他深切了解台灣正處在轉型發展的十字路口。面對未來十年的關鍵性發展時期，馬政府下定決心從經濟基礎工程下功夫，致力於改善經濟結構，以積極的政策方向促進服務業發展；同時，相關經建政策是以輔導產業升級、改變產業結構、強化經濟體質爲核心發展目標。施政重點除增加就業機會、穩定物價，並促進所得均衡分配外，同時也將以開放與改革、塑造優質的投資環境，持續鬆綁法規，打造符合經濟環境永續發展的投資架構。

台灣的世界競爭力大幅提昇

經過前兩年的深耕，馬政府在二〇一〇年中公布的瑞士洛桑國際管理發展學院的「二〇一〇年世界競爭力報告」中，獲得高度肯定。在五十八個接受評比的國家當中，台灣的國家競爭力排名第八，比前一年進步了十五名，二〇一一年更推進到全球第六名。而最重要的是，台灣企業的競爭力高居全球第三，政府的效率是全球第六，這是台灣在被評比的十七年當中表現進步最快的一個時期。受到鼓舞的馬英九信心滿滿，決心打造台灣的「黃金十年」，把台灣帶入一個全新的經濟發展境界。

在中華民國一百年元旦祝詞中，馬英九總統信心滿滿地向世人宣告：「我們要打造台灣的『黃金十年』，爲中華民國第二個一百年奠定昌盛的基礎。讓『黃金十年』成爲和平的十年，建設的十年，也是幸福的十年。」「和平十年」是「建設」與「幸福」不可或缺的基礎，他認爲爭取台海長期和平發展是兩岸人民共同的願望。基於此，「兩岸當局應以和解消弭衝突，以合作取代對抗。現階段任何片面改變現狀的主張，都會影響兩岸關係的和平發展。兩岸炎黃子孫應該透過深度交流，增進瞭解，培養互信，逐步消除歧見，在中華文化智慧的指引下，爲中華民族走出一條康莊大道。」

讓惡質化的政黨鬥爭回復民主規範

當然，在世界發展潮流中需要「隨順而轉」的，不僅是經濟發展，在政治發展上同樣要順應趨勢，與時俱進。台灣經過蔣經國時代的民間抗爭與順應開放，到李登輝時代的制度落實與深化發展，進而經歷陳水扁執帶的政黨輪替與藍綠撕裂，一方面建立了全世界華人社會最完備的民主政體，符合世界文明發展的潮流，另一方面卻也在實踐中暴露諸多民主運作的缺陷，尤其是朝野政黨惡鬥與國家認同分歧之間複雜多端的糾葛，激化了政治的兩極對立，偏離了政治競爭的民主常軌，也弱化了國家行政體系的專業倫理。

馬英九處在極度惡質化的政黨競爭漩渦中，既是國家領導人又是執政黨主席，當然無法置身於泥淖之外，更不容易成爲體制的拯救者。他所能做的只是發揮自己人格特質中的一些美好素質，展現他的一些修爲與教養，實踐他所懷抱的一些善念與美德，讓憲政體制的運行貼近其專業倫理，讓政治競爭回復一點民主規範，讓政治對立稍爲緩和一些。

首要之務是尊重體制，讓政府體制依憲法本意運作，發揮其本然功能。在他的認知中，行政院是國家最高行政機關，因此是「第一線」的，而且爲了建立權責相符的憲政體制慣例，應任命立法院多數黨或多數聯盟組成內閣，假使民進黨贏得立法院多數席次，他將任命民進黨人擔任行政院長，實現「藍綠共治」。他的思維顯示他極爲尊重體制，對於權力的掌握與行使極爲節制，跟前任總統將行政院長視爲總統的「執行長」、甚至是「代理人」顯然不同。更有別於陳水扁時代，民進黨既非立法院多數政黨，甚至多數時候都不是最大黨，陳水扁卻執意任命民進黨人擔任行政院長，不但未能建立多數黨組閣的憲政慣例，更使政府體制因少數政府執政而陷入半空轉狀態。不過，馬英九尊重體制和節制權力的態度，卻也使得他就任初期被某些支持者質疑未能承擔民眾託付，積極行使總統職權，致使他的支持度受到挫損。

他尊重體制的自主功能、恪守權力的運作範限，表現得最昭彰的是在司法領域中，無論是檢察系統的偵辦獲釋審判系統的裁判，他都謹守不過問、不干預的超然立場。這種謹守分際、節制權力的作法，固然符合民主憲政規範，也能提升司法的公信力與權威性，但對於憎恨特定嫌犯或政治團體的民眾而言，由於辦案效率與量刑輕重不合己意，加上某些司法首長言行確實啓人疑竇，因而強烈怪罪馬英九未能積極發揮總統職權，懲治罪犯。這種指控雖有違民主法治理念，但是深深埋藏某些民眾心中，從而對馬英九總統深爲不滿，連帶影響對他的支持度以及對國民黨的積極性。前總統陳水扁貪瀆案的偵辦與審判，原本彰顯了司法系統超然於權力掌控的獨立性，以及無懼於政治權貴的公正性，顯現中華民國法治發展的高度，也因爲建立了必要的公信力，而使其偵辦與裁判得以擺脫「政治迫害」的指控，但對馬英九總統在特殊屬性群眾心目中卻造成傷害。

總統與行政院長關係進入佳境

總統和行政院長之間的權責關係，馬英九仕執政初期同樣因爲自我節制而受傷害。他所任命的行政院長劉兆玄爲學者出身，曾長時期仕行政系統擔任政務官，但缺乏民選歷練，也缺乏本土性和草根味，與馬英九的互補作用不大。馬總統基於行政院爲憲法明訂最高行政機關的考量，儘量讓行政院長扮演第一線的角色，避免與其爭鋒，但這種近乎「退居第二線」的作法，跟一般民眾對直接民選的總統所持的角色功能期待不符，加上劉兆玄的行事風格缺乏「庶民」色彩，對民意脈動的把持不夠敏銳，政治身段與語言的調性太冷，致使他難以在政黨鬥爭激烈、政治節奏快速、媒體喧囂弱智的政治鬥場中如魚得水。他的不適應雖無損於政策規劃長才的發揮，這方面確也取得可觀的績效，否則台灣在二〇〇九年的世界競爭力評比中的排名不會大幅向前，但是卻減損了馬英九總統領導才具的表現與評價。

吳敦義接替劉兆玄擔任行政院長之後，情況獲得顯著改善，一方面是總統與行政院長兩人的職權搭配與角色分工臻於協調而順當，另一方面是兩人的人格特質、行事風格、優勢缺點頗具互補性。馬英九的施政氣勢明顯轉旺，政策辯論能力以及與反對勢力的對壘能耐大為增強，對於社會各方人士的聯繫與溝通也頗有改善。馬英九將總統與行政院長之間的執政主軸立穩並鞏固之後，不僅總統掌握國家大政的領導地位和職權功能充分展現，同時也讓行政院長做為國家最高行政首長的角色變得積極有為而又不遮蔽總統的權力光芒。

由於馬英九非常尊重憲政體制，且願放手讓政府機關皆能充分而自主地各司其職，所以在首長、副首長及相關人員的提名上，他都避開政治控制意圖的考量，而以該當職權的發揮為至高選拔標準。他甫就任之際，提名跟民進黨關係密切的前交通大學校長張俊彥為考試院長，前民進黨立法委員沈富雄為監察院副院長，另提名多位獨立性頗強的民間人士為監察委員，雖最後多功敗垂成，未獲本黨立法委員認可，但充分表現他大公無私，秉持適才適所原則甄拔人才，以利各機關儘量發揮其憲政功能。

彌合政治撕裂傷痕用心良苦

馬英九的用人格局不僅以機關職權功能的發揮爲最高考量，而且突破政黨獨攬權位的狹隘性，更揚棄政壇習常慣見的酬庸性人士安排。他甚至刻意安排政治反對陣營人士出任要職，一方面表現兼容並蓄、海納百川的雍容大度，一方面增強政府政策形成過程中整合多元意見的能力，提升公共權威的正當性基礎。最顯明的一個例證是任命前台聯黨立法委員賴幸媛爲行政院大陸事務委員會主任委員。這個石破天驚的安排，引起同陣營人士強烈反彈，但後來證明這種不協調的人事安排，確實發揮海綿墊的作用，使得最最有突破性進展卻也爭論性最大的大陸政策，一方面有了較多的共識性基礎，削弱批評者的力道與反彈者的殺傷力，另一方面還拓展了大陸政策的戰略縱深，使其更具有進可攻、退可守的靈活空間與操作彈性。

在台灣藍綠撕裂的惡質化競爭環境中，政府人士安排幾乎都是清一色，指認用同一陣營人士，極少安排對立陣營人士出任要職。馬英九願意打破這種格局，應當也有藉此緩和政黨惡鬥、彌合政治傷痕的用心。可悲可憾的是，他的良苦用心，不但感動不了反對陣營的人，反而激怒同一陣營的部分人士。他們對馬英九包容性的用人方式以及一些寬鬆性的作爲，不但不苟同其中的深意與善意，還認爲這是意圖討好各方的軟弱表現。他們不能接受的事例很多，包括中正紀念堂的牌樓被民進黨政府改爲「自由廣場」，爲何不能改回「大中至正」？馬英九反問他們：「自由廣場有什麼不好，難道要改爲獨裁廣場嗎？」還有，當年執行此事的教育部主任秘書蔡國榮，是政治大學借調的副教授，學校教學評鑑原本痛過要將他解聘，總統府卻發表聲明認爲應予寬容。

馬英九這些和善的待「敵」之道，雖引起社會上有識之士的欣賞，但同一陣營的雜音卻紛至沓來。一個頗具代表性的強音，發自前中央日報社長彭歌，他在報上發表一篇長文：發展軟實力，要能硬起來。文末意有所指地說：「面對人生，要有堅強的骨骼，嚴正的氣節，軟中帶硬，柔而能強。如果缺乏剛毅勇健、擇善固執的精神，而祇是八方討好，唾面自乾，那樣的柔，那樣的軟，那樣的『小可愛』，恐怕也稱不上什麼『實力』了！」

爲分裂的社會人心增添黏合劑

其實，從馬英九歷來的言論語作爲看來，他並非意圖「八方討好」的人，反而對於重大的政策方針擇善固執，非常堅持；對於自己信守的爲政與行爲原則規範，也十分執著，絕不打折扣。他的諸多堅持和剛強的作風，常是雖千萬人吾往矣，硬氣懾人，絕不苟合。只是一些爭論性太大的「價值性」事務，彼此又各執一方，難以妥協，他則會尋求最大公約數，例如統、獨問題，爲了再激化避免撕裂性衝突，他只能宣示「不統、不獨、不武」原則，留待未來隨順解決。另外，在台灣惡質化的政黨鬥爭中，政治暴力語言橫行，做爲政治鬥場上的一方，他實在不願火上加油，降低格調沆瀣一氣。

在惡質化的台灣政治鬥場中，馬英九的人格特質其實是最合時宜，且最具建設性的。他在看似柔和的風格中，底蘊卻展現著剛正的執著；在溫婉的言詞中，卻飽含著對事非原則的信守與堅持；在平和穩妥的作爲中，處處體現著不與人苟合的倔強。他可說是一位柔性的硬耿領導者。

正是這樣的領導特質，因而台灣雖政治競爭激烈，反對黨的鬥爭方式兇狠，淪於黨派化的部分媒體成爲激化對立的幫凶，在這種政治殺戮戰場上，馬英九身爲鬥爭的焦點，也能口不出惡言，爭不出醜行，處處表現君子之爭的風度，顯得是個異數。

柔性而硬耿的領導特質正符台灣所需

同時，他謹守民主、法治、憲政的核心價值與倫理規範，悉心維護政府體制的合憲性、完整性與權威性，確保民主程序的落實，並且尊奉政黨競爭的倫理，引導政治轉入良性競爭的正軌。他的良善正直的行爲風範，雖常助長對手的氣勢，弱化同志的鬥志與戰力，但對於台灣這種遭受各種撕裂性力量分割的社會而言，卻是一股清流、一支砥柱，可爲激昂而慘烈的政爭注入潤滑劑，爲分裂、離異的社會人心添加黏合劑。

他在一篇紀念「五四運動」的文章中流露，對於台灣民主政治扭曲變形發展深以爲憂：「人與人間普遍缺乏互信，表現於外的就是相互對立、彼此醜化、揭人陰私等等。其結果便是，權力相互制衡的民主體制成了權力相互衝撞的殺戮戰場，反映在社會上的則是許多人厭煩、冷漠、疏離和分裂的情緒。」他認爲：「人與人之間的尊重、理解和互助帶來社會的基本凝聚力，也只有在這個基礎上，不同的個人、社群和黨派才會接受與遵守共同的規範。如此，權力制衡的機制始能正面運作。」

這些良善的素質在馬英九身上都可以找到，在民主政治體制下領導人應該具備的人格修爲，應該謹守的政黨競爭規範，馬英九皆很完備，堪稱獨善其身的典範。然而，時代所呼喚他、期望他的，畢竟遠不只此。他必須兼善天下，尋求良策去導正台灣的民主政治品質。這當然是艱難的挑戰與任務，非有擇善固執的堅毅志節，不屈不撓地奮鬥不懈，難以克竟其功。

剛正不阿的錚錚漢子當能突破荊棘險阻

從馬英九的公共服務生涯中的作爲，我們可看出他對於所堅持的原則與目標，確實能擇善固執，不屈不撓奮鬥。最典型的一個事例是他在法務部長任內，他堅決肅貪、查賄、反毒、掃黑，卯足勁、不妥協。寧可丟官，也不屈服長官意志；寧可讓自己所屬的國民黨陷入困窘甚至喪失權位也決不妥協；寧可罔顧黑道威脅的風險，也不屈不撓，堅決查辦到底。結果，他在肅貪、查賄、反毒、掃黑各方面都取得豐碩成果，雖然最後被迫調職，他也甘之如飴。如此一位剛正不阿的錚錚漢子，誰曰不能突破荊棘險阻、成就千秋大業？

Canon 24

INK PUBLISHING

硬耿領導
客家籍政治領袖的志節與功過

作　者　陳國祥
總 編 輯　初安民
責任編輯　江秉憲
美術編輯　鍾思音
校　對　陳國祥　江秉憲

發 行 人　張書銘
出　版　INK印刻文學生活雜誌出版有限公司
新北市中和區中正路800號13樓之3
電話：02-22281626
傳真：02-22281598
e-mail：ink.book@msa.hinet.net
網　址　舒讀網http：//www.sudu.cc

法律顧問　漢廷法律事務所
劉大正律師
總 代 理　成陽出版股份有限公司
電話：03-2717085（代表線）
傳真：03-3556521
郵政劃撥　19000691 成陽出版股份有限公司
印　刷　海王印刷事業股份有限公司

出版日期　2011年6月 初版
ISBN　978-986-6135-37-8

定價　280元

國家圖書館出版品預行編目資料

硬耿領導：客家籍政治領袖的志節與功過
陳國祥著.－－初版.－－
新北市中和區：INK印刻文學,
2011.6 面； 公分.--（Canon；24）
978-986-6135-37-8（平裝）
1.領袖 2.傳記 3.客家 4.中國 5.臺灣
782.21　　100010353

INK INK INK INK INK INK
NK INK INK INK INK INK INK
INK INK INK INK INK INK
NK INK INK INK INK INK INK
INK INK INK INK INK INK
NK INK INK INK INK INK INK
INK INK INK INK INK INK
NK INK INK INK INK INK INK
INK INK INK INK INK INK
NK INK INK INK INK INK INK
INK INK INK INK INK INK
NK INK INK INK INK INK INK
INK INK INK INK INK INK
NK INK INK INK INK INK INK
INK INK INK INK INK INK
NK INK INK INK INK INK INK
INK INK INK INK INK INK
NK INK INK INK INK INK INK
INK INK INK INK INK INK
NK INK INK INK INK INK INK
INK INK INK INK INK INK
NK INK INK INK INK INK INK
INK INK INK INK INK INK
NK INK INK INK INK INK INK